1984

D1729188

RAINER W. GRIMM wurde 1964 in Gelsenkirchen / Nordrhein -Westfalen, als zweiter Sohn, in eine Bergmannsfamilie geboren und lebt auch heute noch mit seiner Familie und seinen beiden Katzen im längst wieder ergrünten Ruhrgebiet. Mit fünfunddreißig Jahren entdeckte der gelernte Handwerker seine Liebe zur Schriftstellerei. Als unabhängiger Autor veröffentlicht er seitdem seine historischen Geschichten und Romane, die meist von den Wikingern erzählen, sowie auch Science-Fiction Romane und die Krimis von Hauptkommissar Johnny Thom.

Rainer W. Grimm's

Johnny Thom Krimis

Bibliografische Information Der Deutschen Bibliothek:
Die Deutsche Bibliothek verzeichnet diese Publikation in der
Deutschen Nationalbibliografie; detaillierte bibliografische Daten
sind im Internet über http://dnb.ddb.de *abrufbar.*

Alle Rechte liegen beim Autor
© 2022 Rainer W. Grimm
www.rainerw-grimm.jimdosite.com

Herstellung und Verlag:
BoD – Books on Demand, Norderstedt
Covergestaltung: Rainer W. Grimm
Layout: Rainer W. Grimm
ISBN: 9-783-7568-1560-9

INHALTSVERZEICHNIS

DER TOTE IM TAUBENSCHLAG

HEIßE STUDENTIN

BELLA NAPOLI

Der Tote im Taubenschlag

1. Nette Überraschung

Ein heller, markdurchdringender Summton zerschnitt plötzlich die Stille des Raumes und drang über die Ohren, bis in die letzte Gehirnwindung vor. Sonnenstrahlen zwängten sich durch die Schlitze der tiefroten Fenstervorhänge und tauchten den Raum in ein rötliches Licht. Langsam schälte sich eine Hand unter der geblümten Bettdecke hervor, und suchte nach dem Ausschaltknopf dieses nervtötenden Gerätes. Doch statt der erhofften Ruhe, plärrten nun die Bangles „Just another Manic Monday" aus dem Radiowecker. „Boah, halt die Schnauze Susanna!", raunzte es unter dem Federbett hervor. „Ich hab doch gar nix gesagt", kam die genuschelte Antwort einer hellen Stimme. Der Schläfer öffnete erschrocken seine Augen, warf die Decke zurück und richtete sich auf. Er sah auf den nackten Körper, der an seiner Seite in dem Bett lag, und fuhr sich dann mit der Hand über das stoppelige Kinn. Ohne Zweifel gehörten die üppigen Rundungen zu einer jungen Frau. Doch die Haarfarbe und auch die Ausmaße der Brüste, erweckten größte Zweifel daran, dass diese Frau seine Dauerverlobte Anja war. Also, wenn diese sich die dunklen Haare nicht ohne sein Wissen am gestrigen Tag blond gefärbt hatte, und wenn ihre Möpse nicht durch ein Wunder auf das doppelte Volumen angewachsen waren, was er wohl eher für unwahrscheinlich hielt, dann konnte die Anwesenheit dieser jungen Frau in seinem Bett nur auf eine große Dummheit hindeuten. Mit den Fingern fuhr er sich durch das zerzauste schulterlange Haar und stupste die Frau neben sich vorsichtig an.

„Nich schon wieder! Lass mich endlich schlafen." Die Hand der jungen Frau griff nach der Bettdecke und zog diese über den Körper, bis nur noch ein Büschel Haare hervor lugte. „Nee, nix mehr schlafen!" Johnny zog die Bettdecke zurück. Er besah sich die junge Frau noch einmal ganz genau, und zog seine Augenbrauen hoch. Was er sah, war nicht zu verachten. „Sach ma, wer bist du eigentlich?" Nun wandte sich die Verschlafene doch dem Fragenden zu. „Du bis mir ja ein Kavalier? Erst vögelste mir fast datt Hirn raus und kannst die ganze Nacht den Hals nich voll kriegen. Und jetzt frachse mich, wer ich bin! Watt bin ich für dich? Ne Nutte?" Die junge Frau war sichtlich empört. Langsam kam nun bei Johnny die Erinnerung zurück, allerdings nur die delikaten Details. Das wie und auch das warum, blieben im Dunkel seines Tully-Ginger-Rausches verborgen. Man hätte durchaus denken können, dass Johnny ein Jack Daniels Typ wäre, doch das war er mitnichten. Johnny mochte weder Bier besonders gerne, noch war er ein Bourbon Fan. Er war ein Cocktailtyp, was man ihm aber überhaupt nicht ansah. Sein bevorzugtes Getränk war der Tully-Ginger! Dies war nämlich Johnnys Lieblingsdrink. Tullamore Dew, ein irischer Whiskey, mit Eis, Limonenstücken und Ginger Ale. Immer noch lagen seine Augen auf dem schönen, nackten Körper, und seine Gedanken wühlten sich durch die Windungen seines Hirns, in der Hoffnung den Namen der Gespielin wiederzufinden.

„Susie?", versuchte er einen Probeschuss, denn so sehr er sich auch anstrengte, er hatte nicht die geringste Ahnung wer das Mädchen war. Und Susanne war ein geläufiger

Name und kam sehr oft vor. In einem Rudel von zehn Mädchen, war immer mindestens eine Susi dabei. Die Chance auf einen Treffer hielt Johnny also für ziemlich hoch.

Das große Fussballturnier seines Kreisliga-Vereins am Wochenende hatte es in sich gehabt. Dafür hatte Johnny extra frei genommen. Besonders die Feier danach, war nichts für Weicheier! Den zweiten Platz hatten sie gemacht, und es dann ordentlich Krachen lassen. Schon auf dem Platz hatte Johnny einige Bierchen gekippt, denn er spielte ja nicht mit. Diese Zeiten waren vorbei!

Und am Abend ging dann der große Bierstiefel rum. Ein zwei Liter Glas in Form eines Stiefels, aus dem das Trinken, gar nicht so leicht war ohne zu gluckern. Und wer dann gluckerte, zahlte den nächsten Stiefel. So war es Gesetz! Natürlich fand noch so manch anderes Getränk an diesem Tag den Weg durch Johnnys Kehle. Was sich nun als Fehler herausstellte. Denn dieses Mädchen war ohne Frage ein Mitbringsel des gestrigen Abends in der Vereinskneipe.

Jetzt sprang die Bettbekanntschaft verärgert aus den Federn. „Blödmann! Bine! Sa-bine, heiß ich", sagte sie, und ging mit wippenden Brüsten aus dem Zimmer, um im Bad zu verschwinden. Und es gab reichlich zum wippen, wie Johnny zugeben musste. „Echt nette Titten", grunzte er, und sah ihr mit leerem Blick nach. Dann schüttelte er seinen Kopf. „Mann, bisse Panne?", grunzte er leise, und hätte sich am liebsten geohrfeigt.

„Mist! Ich hab einen totalen Black out", rief er Sabine nach. Die Spülung der Toilette rauschte, und die Tür öffnete sich. „Du wars auch ganz schön voll, ey!" Mit einem Satz war sie wieder im Bett, und wollte sich an ihn schmiegen. „Ich hatte ganz schön zu asten, um dich nach Hause zu kriegen. Mann, bis ich ersma raus hatte, wo du wohns, datt hat gedauert."
Ihren Ärger hatte sie scheinbar mit im Klo abgespült, denn

sie schien gegen Morgensex nichts einzuwenden zu haben. „Eigentlich müsste ich ja sauer sein, aber was soll's? Komm, mein Süßer! Geht doch nix übern anständigen Morgenfick!"

Da schoss Johnny hoch, sah auf den Wecker und verließ eilig das Bett. „Bisse noch ganz frisch? Heut ist Montach und ich hätte schon vor einer Stunde im Präsidium sein müssen!"

„Wie Präsidium? Sach bloß du biss'n Bulle?"

„Ja! Abba wie et scheint kein besonders disziplinierter."

„Echt jetz? Ein richtiger Bulle?" Bine konnte es kaum glauben.

„Und?"

„Krass! Bist der erste Bulle den ich kennen lerne, der so säuft", antwortete Bine. „Und ich lande auch gleich mit ihm inner Pofe!" Sie schüttelte vergnügt den Kopf.

„Ja, passiert", grunzte Johnny unfreundlich, und war jetzt über seine Eroberung nur noch mäßig begeistert. „Und jetzt mach hinne, ich muss echt los!"

Er griff nach seiner Unterhose und der Jeans, wandte sich Bine zu, und sagte dann recht unfreundlich: „Wenn ich aus dem Bad komme, bisse wech!" Dann verschwand er in besagtem gekachelten Nebenraum und schloss die Tür hinter sich.

„Bulle oder nich! Du biss echt ein Arsch!", rief Bine ihm nach, sammelte dann eilig ihre Klamotten zusammen, zog T-Shirt und Mini an, griff nach ihren Pumps, und stürmte aus der Zweizimmerwohnung in den kalten Hausflur.

Umständlich hatte Bine ihre Schuhe angezogen und wäre dabei fast lang hingeschlagen. Lauthals fluchte sie: „Das ist der beste Fick nicht wert! Echt ey!" Dann machte sie sich schnellen Schrittes auf den Weg nach unten, denn von diesem Ort wollte sie so schnell wie möglich weg. Sie lief über den breiten Gang zum Treppenhaus, und erkannte, dass der Fahrstuhl nicht funktionierte. Ihr entfuhr ein kurzer Wutschrei, und dann lief sie eilig die Treppen hinunter.

Als sie den zweiten Stock des Hochhauses erreichte, Johnnys Wohnung war im vierten, kam ihr eine junge Frau entgegen mit der sie fast zusammenstieß. „Hey, langsam", rief die Dunkelhaarige, die etwa gleichen Alters wie Bine war. „Pass doch auf wo du hintrittst!"

„Sorry", mumelte Bine ohne anzuhalten, und hastete die Treppen hinunter. „Billiges Parfüm!", murmelte die Dunkelhaarige, und schüttelte ihren Kopf.

Johnny hatte sich rasiert und gewaschen. Jetzt saß er auf der Kante seines Bettes und schlüpfte gerade in seine braunen Cowboystiefel, als jemand einen Schlüssel in die Wohnungstür steckte, und diese sich einen Augenblick später öffnete. Die junge Frau aus dem Hausflur trat in die Wohnung. Johnny horchte auf.

Da trat die junge Frau auch schon in das Wohnzimmer, von wo aus man in das Schlafzimmer blicken konnte. „Was machst du denn hier?", fragte sie überrascht, als sie Johnny auf der Kante des zerwühlten Bettes sitzen sah. „Ich wohn hier", brummte der unfreundlich. „Solltest du eigentlich wissen. Und watt wills du hier, Anni?"

„Ich dachte ich überrasch dich ma, und räum deine Bude auf!" Plötzlich sah sie Johnny streng an, schnupperte wie ein Karnickel in den Raum, und rümpfte die Nase. „Sach ma, hattest du Damenbesuch? Das is ja ein scheußliches Parfüm! Stinkt wie so'n billiges Nuttendiesel!"

Plötzlich schrillte das orangefarbene Telefon, ein Überbleibsel aus den Siebzigern, vom Vormieter in der Wohnung zurückgelassen, das auf dem Tischchen neben dem Bett stand. Johnny nahm den Hörer ab und war eigentlich ganz froh über diese Rettung in letzter Minute, die ihm erstmal eine Antwort ersparte.

„Wo zum Teufel stecken sie?", dröhnte es aus dem Hörer.

„Es wäre nett, wenn auch sie sich mal im Büro blicken lassen würden!" Johnny erschrak ein wenig, und nahm den Hörer vom Ohr. Er wartete einen Moment, und sprach dann in die Muschel.

„Hab verpennt!"

Während er telefonierte, begann Anja sich nun umzusehen, wühlte mit immer zorniger werdendem Blick durch das Bettzeug, und wurde dummerweise auch fündig. Mit zwei Fingern zog sie einen schwarzen Spitzen-BH unter dem Kopfkissen hervor. „Sach ma, spinnst du?" Wenn Blicke hätten töten können, wäre Johnny genau in diesem Moment, wie einst Christopher Lee als Dracula, zu Staub zerfallen. Doch er war immer noch mit dem Telefongespräch beschäftigt, und fuchtelte nur abwehrend mit dem Arm.

„Sie haben in der letzten Woche schon zweimal verschlafen, aber das ist ja allein ihr Problem", plärrte der neue Kollege aus dem Hörer, so dass Anja problemlos jedes Wort mithören konnte. Eigentlich war Johnny gar nicht der Typ, der sich von irgendjemand zur Schnecke machen ließ. Aber der heutige Tag bildete mal eine Ausnahme. Sein Kopf brummte noch, und das Geschrei des Kollegen machte dies nicht besser. In seinen Gedanken suchte Johnny bereits nach einer Kopfschmerztablette. Wo hatte er die Dinger, wenn er welche hatte? Wahrscheinlich im Bad!

In dem Alibert, dachte er. Na klar, im Alibert! Gedanklich durchwühlte er bereits den Spiegelschrank über dem Waschbecken, welcher auf den Namen Alibert hörte. So wie wohl alle Brüder und Schwestern dieses Spiegelschrankes nach dem Namen des Urvaters der Spiegelschränke benannt wurden.

„Wir haben eine Leiche", sprach die Stimme aus dem Hörer. „Tatort ist in der Auguststraße. Ich treffe sie vor Ort! Und ein bisschen Beeilung, wenn ich bitten darf."

„Auguststraße?"

„Ja, haben sie was an den Ohren?" Es klickte, und das Gespräch war beendet. Was bildet sich der Affe ein, dachte Johnny und legte auf. Ein Neuer der sich als Boss aufspielte, so einer kam Johnny gerade recht.

Mit erhobenem Arm, an dessen Ende immer noch der schwarze Spitzen-BH baumelte, stand Anja vor dem Bett.

„Kannst du mir mal verraten, was das ist", pflaumte sie ihren Verlobten an.

„Äh… dein BH?"

„Willst du mich verarschen? Du weißt ganz genau, dass ich so einen BH nicht besitze. Du kennst meine Unterwäsche doch genau", schnauzte Anja ihn verärgert an. „ Außerdem passen da meine Möpse beide in ein Körbchen!"

„Ja ja, is ja gut", gab Johnny zu. „Ich habe jetz keine Zeit. Du hass doch gehört, dass wir einen Fall haben. Da muss ich hin."

„Oh, so kommst du mir nicht weg, mein Freund." Anja fuchtelte mit dem fremden BH herum. „Der gehört der kleinen Schlampe, die mich im Hausflur fast umgerannt hat. Ich hab doch das Parfüm gerochen." Anja war nun außer sich. „Sag bloß noch, du hast mit der gepennt?", schrie sie Johnny nun wütend an. „Na klar hasse", gab sie sich selbst die Antwort. „Ihr billiges Parfüm hat ja die ganze Bude vollgestinkert!"

„Nun rech dich ma nich so auf", versuchte er sie zu beschwichtigen. „Ich soll mich nich aufregen? Du vögels hier inner Weltgeschichte rum, und ich soll mich nicht aufregen?" Ihre Stimme wurde immer schriller.

„Anni, et tut mir leid", versuchte sich Johnny zu entschuldigen. „Ich war total blau und weiß von nix mehr! Gestern war doch datt Turnier."

„Du glaubst doch nich, dass du dich damit rausreden kannst?", rief sie wütend, warf ihm den BH ins Gesicht und rannte heulend aus der Wohnung. Johnny sah ihr nach und grunzte nur: „Da geht'se hin!"

In ihrem momentanen Zustand, war mit Anja sowieso nicht zu reden, dass wusste er. Also beließ er es erstmal bei dem Streit, und hoffte, dass sie sich irgendwann beruhigen würde. Dass die Geschichte für ihn noch längst nicht ausgestanden war, konnte sich Johnny natürlich denken. Da kannte er seine Anja zu gut. So eine Nummer hatte garantioert noch ein Nachspiel!

Aber jetzt konnte er erstmal durchatmen. Allerdings waren seine Gedanken bei der schönen Anja, denn diese tat ihm wirklich leid. Das hatte sie nicht verdient, und eigentlich war ihr Johnny auch immer treu gewesen.

Anja Gerhalt war fünfundzwanzig Jahre alt, und somit ganze sechs Jahre jünger als Johnny. Sie studierte im siebten Semester Maschinenbau, und lebte noch bei ihren Eltern. Diese waren ziemlich wohlhabend, und mit dem Verhältnis zu dem Polizisten überhaupt nicht glücklich. Als Tochter eines Unternehmers gehörte Anja eigentlich einer anderen Gesellschaftsschicht an, wie die Gerhalts fanden. Doch sie hatte sich nunmal in Johnny Thom verliebt, als dieser ihr in einer der zahlreichen Gelsenkirchener Diskotheken über den Weg gelaufen war. Allerdings hatte sie es bisher noch nie in Betracht gezogen, bei Johnny einzuziehen. Und genau darüber machte sie sich nun Gedanken. Vielleicht war sie ja mit Schuld an dem was Geschehen war. Als sie sich im letzten Jahr verlobten, hatte Johnny sie gebeten bei ihm einzuziehen. Doch Anja hatte die Antwort bis heute hinausgezögert, denn es hatte natürlich Vorteile, wenn man die Tochter reicher Eltern war. Johnny hatte irgendwann aufgehört danach zu fragen, und so blieb alles beim Alten. Und auch wenn ihr der Gedanke nicht gefiel, musste sie sich eingestehen, wenn sie mit Johnny zusammen wohnen würde, wäre die Sache mit dem fremden Weib nicht geschehen.

*

II. Die Leiche in der Taubenkacke

Johnny's Wohnung lag im gleichen Stadtteil von Gelsenkirchen, wie der Tatort. Das Zechenviertel um die Auguststraße war allerdings im unteren, südlichen Bereich, während das Hochhaus in dem Johnny wohnte, im oberen, nördlichen Teil des Stadtviertels stand. Auch hier gab es natürlich noch Zechenhäuser, und das Hochhaus war auch das einzige modernere, hohe Gebäude in der Straße, während alle anderen Häuser meist zweistöckige Zechenhäuser waren, die sich nun in Privatbesitz befanden. Irgendwie sah das schon merkwürdig aus, mit den alten Zechenhäusern und dem einen Hochhaus. Seit mehr als zehn Jahren lebte er nun in diesem Haus, und war mit seiner Zweizimmerwohnung durchaus zufrieden. Natürlich tat es ihm leid, was vorgefallen war, schließlich war er schon fast drei Jahre mit der hübschen Anja liiert. Aber ungeschehen konnte er die letzte Nacht nicht machen, und außerdem ließ sein momentaner Zustand wirklich nur bedingt vernünftige Gedankengänge zu. Und da hatte auch die morgendliche Waschung mit eiskaltem Wasser, nichts dran ändern können. Nur der pelzige Belag auf seiner Zunge, war nach dem Zähneputzen endlich verschwunden. Irgendwie lief der frühe Morgen an ihm vorbei, wie ein schlechter Film. Musste wohl noch am Restalkohol liegen, dachte er, erhob sich und ging zu dem kleinen Sideboard, neben der Wohnungstür. Hier stand eine hölzerne Schale in die er seine Schlüssel legte, damit er nicht nach ihnen suchen musste, wenn er die Wohnung verlassen wollte. Leider funktionierte das auch nicht immer, denn er vergaß nur zu oft seine Schlüssel in die Schale zu legen. Was dann natürlich wieder eine Suchaktion nach sich zog.

In diesem Sideboard, hinter der rechten Tür, war ein kleiner Safe eingebaut, in dem er normalerweise Waffe und Munition verstaute. Normalerweise!

Der Ärger mit Anja, der dicke Kopp vom Whiskey, all das war ihm plötzlich völlig egal, denn Johnny stand mit weichen Knien vor dem leeren Safe. „Mist!", entfuhr es ihm. „Wo ist die Scheiß Knarre?"

Eigentlich trugen die Beamten ja eine Vollautomatik vom Typ Walther, aber Johnny bevorzugte einen Revolver Kaliber 38 von Smith & Wesson. Hatte ihn einiges an Überredungskunst gekostet, bis der Alte die „Extrawurst" genehmigte, wie der Chef das nannte. Lieber wäre Johnny ja ein 45er Colt gewesen. Aber das war dann doch zuviel „John Wayne" und seine Kollegen verarschten ihn sowieso schon zur Genüge.

„Im Spind auf der Wache", schoss es ihm durch den Kopf. „Ja klar, die kann doch nur im Präsidium sein." Er versuchte sich daran zu entsinnen, ob er die Knarre am Samstagabend vielleicht wirklich in den Spind gelegt hatte. Aber irgendwie wollte sich die Erinnerung noch nicht so richtig einstellen. Jetzt war jedenfalls keine Zeit mehr um zu suchen, er griff nach seiner braunen, verschlissenen Lederjacke, die irgendwie ein bisschen nach diesem modernen Antikdesign aussah, das jetzt so „in" war, und die an dem Haken über dem Sideboard hing. Da rummste es, und die Smith & Wesson knallte auf den Boden. Johnny erschrak zuerst, und dann fiel ihm ein Stein vom Herzen, der in etwa genau so laut rummste, wie der Revolver. „Da bisse ja, blödes Ding! Hast mir echt 'nen Riesenschreck eingejagd!" Er hob die Waffe auf, die in dem schwarzen Lederholster steckte, und befestigte diesen mit dem Klipp auf der linken Seite an seinem Gürtel, griff nach dem Schlüssel in der Schale, und verließ die Wohnung. Aus dem Radiowecker tönte „Take on me" von A-ha.

Momentan außer Betrieb, stand auf dem Zettel der an der Fahrstuhltür befestigt war. Mit der Faust schlug Johnny gegen die Wand. „Dieses Scheißding is ja immer noch kaputt!", brüllte er durch den Flur. Verärgert ging er, leise irgendwelche Flüche vor sich her murmelnd, die dem Hausmeister die Pest an den Hals wünschten, zum Treppenhaus und machte sich auf den langen Weg aus dem vierten Stock nach unten.

Als er die große Glastür geöffnet hatte und aus der Kühle des Treppenhauses hinaus trat, schlug ihm die Wärme eines schönen Sommermorgens entgegen.

Der graue Betonplattenweg führte über mehrere Treppen auf den großen Parkplatz, der für die Bewohner des Hochhauses gedacht war. Aber es gab immer wieder Streit in der Nachbarschaft, da auch andere Straßenbewohner die Parkplätze oft und gerne nutzten. Heute Morgen aber, war der Parkplatz leer!

Nur ein Fahrzeug stand darauf, im Schatten einer großen Eiche. Johnny's BMW 2002tii! Er liebte dieses alte Fahrzeug! Vielleicht sogar mehr als Anni. Er war sein erstes und bisher auch einziges gewesen. Gekauft von seinem Gehalt als er die Polizeischule besuchte, und er hegte den Baujahr 1972er wie seinen Augapfel.

Damals, als er ihn bekam, war der Nullzwo in dem für diese Baureihe üblichen Gelb lackiert! Pissgelb, wie Johnny zu sagen pflegte. Kurze Zeit später erstrahlte der Wagen dann in einem schönen Weinrot, und diese Farbe war bis heute geblieben. „Na, mein Alter", sagte er und legte seine Hand auf das warme Dach. Diese Begrüßung war Johnny zur Gewohnheit geworden und es gab nicht wenige, die sich darüber Lustig machten. Er schloss die Tür auf und drehte die Scheibe runter, zog die Jacke aus und warf sie auf die Rückbank. Dann nahm er Platz und startete den Motor, der sanft schnurrte, wie ein verliebtes Kätzchen. Das alte Blaupunkt sprang an, und Bob Geldof sang „I don't like Mondays".

Er fuhr, vorbei an den zum Teil hässlich verputzten alten Zechenhäusern, bis er auf die Hauptverkehrsstraße kam, die vom nördlich gelegenen Stadtteil Buer, durch den Stadtteil Erle nach Süden führte und auf der angeblich schon der olle Napoleon mit seinen Truppen von Russland nach Hause marschiert war. Dabei sollte der französische Kaiser sogar im Schloß Berge übernachtet haben.

Heute war die Crangerstraße Hauptverkehrsader und Geschäftsstraße. Das Herz des Stadtteils Erle!

Vorbei an der Post und auch der evangelischen Kirche, in der Johnny seine Konfirmation erlebt hatte und die er nur den Dom nannte, fuhr er die Straße hinunter in Richtung Forsthaus, dem letzten Gebäude der Ortschaft. Dieses Haus sollte irgendwann in grauer Vorzeit wohl tatsächlich mal die Behausung eines Forstbeamten gewesen sein. Heute aber beherbergte das Gebäude eine von vielen Erler Kneipen.

Noch bevor Johnny dieses markante Gebäude erreichte, bog der weinrote BMW nach rechts ab, in die Auguststraße, die auf der Hauptstraße mündete.

Zweistöckige rote Backsteinhäuser reihten sich, auf beiden Seiten der schnurgeraden Straße, nur durch Hofeinfahrten unterbrochen, aneinander. Die Auguststraße gehörte einst zu der alten Zechensiedlung des Bergwerks Bismarck, welches aber längst nicht mehr existierte.

Diese Gegend kannte Johnny gut, denn hier war er aufgewachsen, hatte auf den Höfen mit seinen Freunden gespielt, und in dem letzten Haus, am Ende der Straße wohnten immer noch seine Eltern. Von weitem sah er schon die grün-weißen Fahrzeuge seiner Kollegen von der

Streifenpolizei am Straßenrand stehen. In der Einfahrt stand ein dunkler Ford Transit der Gerichtsmedizin Essen und er stellte seinen BMW dahinter ab.

Auf dem Hof mit dem dunklen Erdboden herrschte reges Treiben. Uniformierte waren damit beschäftigt die schaulustigen Nachbarn zurückzuhalten oder zu befragen. Immer wieder flammte das Blitzlicht eines Fotografen der örtlichen Zeitung auf, der versuchte ein reißerisches Foto für sein Blatt zu schießen, oder den Beamten einige Details des Verbrechens zu entlocken. Auf dem Hof standen parallel zu den Häusern die Ställe, aus den gleichen roten Backsteinen gemauert und etwa genau so breit wie die Zechenhäuser. Sechs Türen hatten die flachen Bauten, für jede Mieteinheit des Hauses ein Stall. Früher mal, wurden die Ställe von einem Schwein oder von Ziegen bewohnt. Heute hielt natürlich keiner mehr eine eigene Sau. Die gab es ja beim Fleischer ordentlich portioniert zu kaufen. Allerdings hielten manche noch Karnickel oder Tauben in den Ställen, und genau vor so einem Stall standen die Beamten. Über der Tür in dem flachen Satteldach mit den schwarzen Dachpfannen, waren die Einflugöffnungen für die Vögel, wenn sie in den Taubenschlag zurückkehrten. Johnny hob das gelbe Absperrband und trat heran.

„Moin Kollege", grüßte einer der Uniformierten, doch Johnny Thom hörte nicht hin und ging geradewegs in den Stall. Beleidigt ging der junge Uniformierte weiter. Auch Johnny hatte bei dem „Trachtenverein" angefangen, aber wer mit Kojak und den Straßen von San Francisco aufgewachsen ist, den zieht es zur Kripo. Das war zumindest immer sein Ziel gewesen!

In einem Maschendrahtverschlag in dem die Vögel gehalten wurden und an dessen Wänden die Regale mit den Brutboxen standen, lag ein älterer Mann. Es roch übel, und das nicht nur nach Taubenkacke, die den Boden reichlich

bedeckte, so dass es Johnny gleich wieder schlecht wurde. Ein Mann in einem weißen Einweg-Overall war über den Toten gebeugt, und als er den jungen Hauptkommissar bemerkte wandte er sich diesem zu. „Moin, Johnny!"
Fast alle Kollegen vom Revier und eigentlich auch alle Leute mit denen er zu tun hatte, nannten ihn Johnny, als Anspielung auf seinen Revolver und seine Vorliebe für Cowboystiefel. So war aus Johannes irgendwann Johnny geworden.

„Moin Pedder!"

„Ich vermute mal, der dürfte dir nicht unbekannt sein. Du kommst doch von hier", sagte der Mediziner und erhob sich. Nun erkannte Johnny den Mann, der da mit einem Messer in der Brust in der Taubenkacke lag. „Is datt etwa Opa Theo?"

„Opa Theo?" Der Pathologe konnte natürlich nicht wissen, wen Johnny damit meinte.

„Theo Kampinski! Ehemaliger Bergmann." Johnny beugte sich über den Leichnam um sich zu vergewissern. „Als Blagen haben wir von ihm immer Bonbons bekommen. Aber wenn wir ihn und seine Tauben geärgert haben, gab's auch ma nen Tritt in Arsch!" Johnny schüttelte den Kopf. „Kannste schon watt sagen?"

„Willste wissen wie er gestorben is?", witzelte der Pathologe. „Tatzeit, und all den anderen Kram, Blödmann!" Irgendwie war Johnny nicht nach Witzchen zumute, dafür hatte er den alten Theo zu sehr gemocht. Der Mann war schließlich ein Teil seiner eigenen Jugend gewesen. Und nun lag er tot in der Taubenkacke. „Tja, so plusminus 10 Stunden, würde ich sagen", antwortete Dr. med Peter Lorenz.

„Datt wäre ja gestern gegen 23 Uhr gewesen. Was hat der Theo um die Uhrzeit im Taubenschlach gemacht?" Johnny griff in eine der Brutboxen, und nahm einen der Vögel fachmännisch in seine Hand. Vorsichtig streichelte er der

Taube über das Gefieder. Und das Tier begann zu gurren.
„Warum bringt einer den alten Taubenvatter um?"
„Naja, das ist ja euer Job, es rauszufinden", sagte der
Pathologe. „Allerdings kann ich dir sagen, dass dies
höchstwahrscheinlich nicht der Tatort ist. Aber ich denke,
da wird dir die Spusi dann mehr zu sagen können. Ich bin
jedenfalls hier fertig. Kann er weg?"
„Ja, kann er! Wir erwarten dann ihre Ergebnisse!" Die
Stimme kam von der Tür und Johnny wandte sich um. Dort
stand sein neuer Kollege und Partner Hauptkommissar
Bulle!
Der Mann in dem weißen Overall sah Johnny fragend an
und dieser nickte zustimmend. Da schlängelte er sich an
dem Hauptkommissar vorbei zur Tür. „Bis dann, Johnny!"
„Jau, mach gut, Quincy!"

Klaus Bulle war ein Anfang-Vierziger und kam vor einigen
Wochen aus Düsseldorf in das Präsidium nach Buer. Warum
sich jemand aus der Landeshauptstadt nach Gelsenkirchen
versetzen ließ, war Johnny ein echtes Rätsel, und so benahm
sich Bulle auch. Rätselhaft!
Er sprach nur wenig, und wenn dann nur rein Dienstliches.
Den Kollegen gegenüber verhielt er sich ziemlich arrogant
und sprühte nicht gerade vor Freundlichkeit. Und auch der
alte Polizeirat Kaltenberg hatte nichts über den neuen
Kollegen rausgelassen!
Johnny war es egal! Er wollte sowieso keinen Partner, und
einen wie den, schon gar nicht. Klaus Bulle war ihm zu
überheblich, zu aalglatt, und er spielte sich zu sehr als Chef
in den Mittelpunkt. Alles nichts für Johnny Thom!
Und überhaupt, was ging ihn dieser Kerl überhaupt an?
Obwohl man ja schon gern wüsste, mit wem man da
zusammenarbeiten muss.

„Ihnen ist der Mann bekannt, Kollege Thom?", fragte Bulle mit regungslosem Gesicht. Johnny nickte. „Ja, ich kenne ihn. Er wohnt hier in dem Haus. Und datt schon so lange ich mich erinnern kann." Klaus Bulle zog fragend seine Brauen hoch.

„Ach so, können se ja nich wissen. Ich bin hier aufgewachsen. Meine Eltern wohnen heut noch in dieser Straße", er nickte mit dem Kopf in die Richtung, in der das Haus der Eltern stand. „Das erklärt natürlich einiges", sagte Bulle herablassend, drehte sich um und verließ den Taubenschlag. Johnny Thom sah ihm verärgert hinterher, und atmete tief ein. Was in dem Gestank ein Fehler war, wie Johnny schnell feststellte.

Zwei Männer von der Gerichtsmedizin kamen und verpackten den Toten, um ihn in das Institut zur Obduktion zu bringen. Nun trat auch Johnny auf den Hof hinaus und hörte gerade noch wie eine ältere Frau zu seinem Kollegen, der einen kleinen Ringblock und einen Stift in seinen Händen hielt, sagte: „Ihnen sach ich ga nix, sie Schnösel!" „Na, Frau Zepaniak, wie geht et denn?", sprach er die Frau an. „Ach, der Johannes", flötete sie, und das sie dem kleinen Johnny nicht noch in die Wange kniff, grenzte an ein Wunder. „Dem hier sach ich gar nix! So ein unfreundlicher Kerl!" Sie zeigte mit dem Finger über ihre Schulter. „Na, hören sie mal Frau…, ich kann sie auch ins Präsidium vorladen", beschwerte sich der Hauptkommissar und war sichtlich eingeschnappt. „Ich denke, datt wird nich nötich sein, Kollege. Ich mach datt schon!"
Johnny schob sich an Kollege Bulle vorbei und hob das gelbe Flatterband hoch, um darunter durchzuschlüpfen. Er hakte sich bei Frau Zepaniak ein und ging mit ihr von den Schaulustigen weg. „Komm se, Frau Zepaniak, wir gehen ma ein Stück!"

23

Sofort liefen einige der neugierigen Kinder neben ihnen her, aber Johnny scheuchte sie weg. „Blöder Bulle", schnauzte einer der Bengel, da wandte sich Johnny seinem Kollegen zu und rief: „Kollege der meint dich!"

Aber Hauptkommissar Bulle hatte zum Glück kein Wort verstanden, und sah nur fragend herüber.

„Jetzt sagen se ma, hamm se watt gesehen, Frau Zepaniak?", fragte Johnny die ältere Dame, die er schon so lange kannte, und wie er es geahnt hatte, sagte sie: „Du weiß ja, datt der Theo über mir wohnt... äh, gewohnt hat, und darum hab ich datt ja immer gehört, wenn er die Treppe runter kam. In die letzten Tage isser immer spät abends in runter seinen Taubenschlach gegangen. Datt hatt er sonst nie gemacht."

„Und hamm'se da ma watt gesehen. Hatt er da Besuch gehabt oder so?"

„Ich bin ja nich neugierich, Johannes", empörte sich die alte Dame. „Aber datt Licht aussem Stall hat immer in mein Wohnzimmer rein gescheint und darum hab ich aufn Hof rausgekuckt."

Nee, neugierig bisse nich Frau Zepaniak, du wills nur nix verpassen, dachte Johnny und begann zu grinsen.

Er erinnerte sich daran, wie diese Frau, die immer in ihrem Küchenfenster gelegen hatte, ihn und die anderen Kinder bei den Eltern verpetzte, wenn sie mal Mist gebaut hatten. Oder wenn sie auch nur zu laut waren, beim Fußballspielen auf der Straße. Aber diesmal kam ihm die Neugier der alten Frau ganz Recht. „Da kam tatsächlich einer. So'n Großen", sagte sie und machte ein nachdenkliches Gesicht. „Zweimal hab ich den gesehen!"

„Und wie sah der aus?", fragte Johnny. „Hamm se irgendwatt erkannt, watt für uns wichtich sein könnte?"

„Jungchen, datt war doch dunkel!" Frau Zepaniak schüttelte ihren Kopf mit dem zum Dutt verknoteten, grauen Haaren und sah den Polizisten dabei an, als wäre dieser nicht ganz richtig im Kopf. „Hm, schade!" Irgendwie hatte sich der Kommissar mehr von der wissensdurstigen Nachbarin erhofft. „Na ja", holte die Frau noch mal aus. „Also, viel mehr kann ich dir da auch nich sagen. Groß war er. Viel größer als Theo! Und der war nich mehr der Jüngste. Hatte fast schon ne Glatze, datt hab ich gesehen!"

Da musste Johnny wieder grinsen. Das bedeutete bei ihr also, nichts gesehen zu haben. „Hatte er vielleicht einen Bart?", fragte Johnny, um der Frau ein bisschen auf die Sprünge zu helfen.

„Nee hatte der nich. Aber der truch jedes Mal so ein Holzfällerhemd. Weisse, so ein mit große Karos!"

„Na sehen se, Frau Zepaniak! Datt is doch schon watt!" Langsam machte er mit der Frau an seinem Arm eine Kehrtwende, denn sie hatten das Ende des Hofes fast erreicht.

„Ich hab schon die ganzen Tage darüber nachgedacht, woher ich den Kerl kenne", sagte Frau Zepaniak plötzlich und so ganz nebenbei. „Wie jetzt? Kennen? Sagen se bloß sie haben den schon ma gesehen?" Jetzt war Johnny platt.

„Ja, ich bin mir sicher", sagte die Nachbarin und nickte. „Aber ich weiß nich mehr wo. Muss schon länger her sein!"

„Mann, Mann, Frau Zepaniak, da würdense mir abba richtig helfen, wennse sich an den erinnern würden!"

„Ach Junge, datt alte Gehirn funktioniert nich mehr so schnell. Und die Augen auch nich. Abba wenn mir watt einfällt, sach dir datt", versprach die Frau und wandte sich ab, um ins Haus zu gehen. „Getz muss ich abba ma rein, mein Morle hat bestimmt schon Hunger."

*

Grübelnd saß Johnny an seinem Schreibtisch, die Augen auf die weiße Klapptafel gerichtet, die in der Ecke des Büros stand und auf die er Bilder des Toten, des Tatwerkzeuges und des Tatortes gepint waren. Aus dem Kassettenradio, das auf der Fensterbank stand, tönte Nenas „Irgendwie, Irgendwo, Irgendwann". Er hatte seinen Schreibkram bereits erledigt und wollte jetzt eigentlich Feierabend machen. Da wurde die Tür geöffnet und Klaus Bulle trat herein. In der Hand einen Becher dampfenden Kaffee, den er auf seinen Schreibtisch stellte, der dem Johnnys gegenüber stand. „Ach ja, son Kaffee wäre jetzt nich schlecht", bemerkte Johnny, da sein neuer Kollege ihn beim Kaffee holen wohl vergessen hatte. Natürlich konnte er sich seinen eigenen Kaffee kochen, denn auf der Fensterbank standen eine Kaffeemaschine, ein Paket Filter und eine verschließbare Dose mit Pulverkaffee. Und sein Kaffee war bei weitem besser, als der aus dem Automaten, der unten im Flur stand. Doch nur um zu erleben, wie Klaus Bulle einen Kaffee ausgab, hätte er die Miege aus dem Automaten getrunken. „So", brummte der neue Hauptkommissar, trat an das Fenster, und machte das Radio aus. Dann nahm er auf seinem Drehstuhl platz. Freunde werden wir beide bestimmt nich, dachte Johnny und schüttelte nur den Kopf, denn seine Bemerkung zeigte bei Kollege Bulle keinerlei Wirkung. „Laut der Aussage von Frau Zepaniak ist unser vermeintlicher Täter ein ziemlich großer Kerl", sagte Klaus Bulle voller Überzeugung. „Theo Kampinski war gerade mal Einmetersiebenundsechzig, und Frau Zepaniak sagte er war wesentlich größer als Theo", sinnierte Johnny. „Das deckt sich aber nicht mit den anderen Aussagen." Klaus Bulle stellte den Becher ab, an dem er gerade genippt hatte. Er zog seinen kleinen ledereingefassten Schreibblock aus der Innentasche seines Jacketts, das über der Stuhllehne hing, und begann darin zu blättern. „Hier, ein Herr Wollnitz hat gegen zweiundzwanzig Uhr einen Mann an den Ställen gesehen. Einen jüngeren Mann, mit schwarzen Haaren, allerdings einige Häuser weiter vorne. Und eine Frau Petraski, wohnhaft auf Nummer elf, ist sich sicher gegen halb zwölf eine junge Frau oder einen Teenager männlich oder weiblich, das konnte sie nicht so erkennen, auf dem Hof gesehen zu haben. Sie sehen Kollege, die Aussage dieser alten Schachtel besagt gar nichts!" Irgendwie klangen die Worte dieses Mannes in Johnnys Ohren triumphierend. Johnny lehnte sich zurück, sah wieder ruhig auf die Tafel. Gegen dieses einfache Hilfsmittel wagte Klaus Bulle inzwischen nicht mehr zu Felde zu ziehen, denn diese Schlacht hatte er bereits gegen Johnny verloren. „Warum bringt einer den alten Theo um?", dachte er laut. Er nahm den Filzschreiber und schrieb „Großer Mann" auf das Whiteboard. Darüber schrieb er Täter, und zog einen strich zum Foto des Opfers. „Wo ist das Motiv?"

„So wie es aussieht, gibt es kein Motiv", sagte Bulle ernst. „Einfach nur ein Mord aus Mordlust!"

„Ich weiß nich", murmelte Johnny ungläubig.

„Ich hab da so meine Erfahrungen gemacht, sie können mir glauben, Kollege! Ich bin ja nicht erst seit gestern Polizist!" Der Tonfall in dem der Mann aus Düsseldorf mit Johnny sprach, nagte schon mächtig an dessen Nervenkostüm. Aber er riss sich zusammen, erhob sich und sagte ruhig: „Na, dann will ich mich ma dünn machen. Is gleich sechs durch!"

„Wenn es um den Feierabend geht, sind sie wesentlich pünktlicher", gab Klaus Bulle Johnny noch einen mit auf den Weg. Dieser schüttelte den Kopf, nahm seine Jacke und verließ das Büro.

„Warum hat der Alte ausgerechnet mir diesen Arsch aufs Auge gedrückt?" Er ging den langen Flur entlang bis zum Fahrstuhl, drückte auf den rotleuchtenden Taster und bemerkte dann den Zettel an der Wand. „Der Fahrstuhl ist leider außer Betrieb".

„Datt darf doch wohl nich wahr sein. Watt soll denn der Scheiß!" Sein Büro mit der Nummer dreihundertundzwölf, kurz Dreizwölf genannt, war im dritten Stock.

Zielstrebig ging er auf die große Tür aus Sicherheitsglas zu, sah zu dem Kollegen herüber, der im Aquarium saß, wie sie den vollverglasten Empfang nannten. Er trat an die Scheibe mit dem kleinen runden Fenster, das der uniformierte Beamte auch sofort öffnete. „Na, Johnny kein Bock mehr?", fragte er grinsend, und das sollte wohl eine Anspielung auf die Zusammenarbeit mit dem neuen Kollegen Bulle sein, denn irgendwie hatten alle ihren Spaß daran, dass man ausgerechnet Johnny diesen Neuen zugeteilt hatte.

Eigentlich warteten alle nur darauf, wann er explodieren würde. Ob, war gar nicht die Frage!

„Machste ma auf?"

„Jau, mach gut", antwortete der Kollege und der Summer ertönte, sodass er die große Tür öffnen konnte.

Als Johnny seine Wohnung betrat und den Schlüssel in die Schale auf dem Sideboard warf, empfing ihn die rauchige Stimme von Marianne Faithfull, die die Augen einer gewissen Lucy Jordan besang. Er nahm den Holster mit der Smith & Wesson von seinem Gürtel und legte diesen in den Safe des Sideboards. Dann ging er in sein Schlafzimmer und stellte den Radiowecker aus. Irgendwie war ihm nicht nach Musik. Mit einer Flasche Mineralwasser, die er sich aus dem Kühlschrank in seiner kleinen Küche geholt hatte, ließ er sich auf die große lederne Couch fallen. Was war das für ein Tag gewesen? Einer zum abhaken!

Nachdem er einen Schluck getrunken hatte, erhob er sich und ging noch mal in sein Schlafzimmer, setzte sich auf die Bettkante und griff nach dem Telefonhörer. Die Finger flogen über die Tasten, denn die Nummer kannte er ja auswendig. „Hier bei Gerhalt", meldete sich die piepsige

Stimme der Haushälterin der Gerhalts. „Ja, äh… Thom hier. Ich hätte gerne ma Anni gesprochen. Fräulein Lena, können se…" „Ja, einen Moment bitte", unterbrach die kleine Frau ihren Gesprächspartner, und Johnny hörte, wie der Hörer abgelegt wurde. Es dauerte eine Weile. „Anja Gerhalt", meldete sich Anja hoch offiziell und beleidigt mit vollem Namen, am anderen Ende der Leitung. Johnny räusperte sich. „Äh, ich bin's! Leg nich auf!"

Einen kurzen Moment herrschte eisige Stille, dann sagte sie. „Du hast ja Nerven. Traust dich hier anzurufen."

„Anni, echt, et tut mir leid", versuchte Johnny eine Entschuldigung. „Ich weiß auch nich watt in mich gefahren is. Wir sollten drüber reden!"

„Hol dir doch die kleine Schlampe zum reden", zickte sie ihn an.

„Jetz hör doch ma mit der auf", versuchte Johnny die Wogen zu glätten. „Nee Johnny, lass mich ersma in Ruhe. Ich muss mir Gedanken machen, ob ich mit dir noch watt zu tun haben will!" Dann klickte es.

„Scheiße!" Johnny legte den Hörer auf die Gabel und ließ sich auf das Bett fallen.

Nun lag er da, hatte seine Augen geschlossen. Für ihn war der Tag gelaufen und es dauerte nicht lange, da war Johnny eingeschlafen.

*

III. DAS MÄDCHEN MIT DEM GRÜNEN HAAR

Der Kommissar saß am Schreibtisch, als ein junger Kollege in das Büro trat. Hauptkommissar Bulle war an diesem Dienstagmorgen nicht zum Dienst erschienen, was seit seinem Antritt in diesem Präsidium nun schon öfter vorgekommen war. Aber so wie es schien, waren die Fehlzeiten von oben abgesegnet, denn niemand schien die Abwesenheit des Mannes aus Düsseldorf zu interessieren, und Johnny war sowieso der Letzte gewesen, der ihn vermisste.

„Guten Morgen, Herr Thom", grüßte der junge Mann, der auf den Namen Fred Rudnick hörte, und gerade erst frisch von der Schutzpolizei zur Kripo nach Gelsenkirchen gewechselt war.

„Na, Freddy, alles fit?", fragte Johnny, der sich heute wesentlich besser fühlte, als am Vortag.

„Hier, aus der Pathologie." Fred hob eine durchsichtige Plastiktüte hoch, in der sich ein Messer befand. „Und der Bericht! Sowie der von der Spusi!" Er legte den Beutel und die beiden Aktenordner auf den Schreibtisch, und zeigte dann auf den leeren Stuhl hinter dem zweiten Schreibtisch. „Glänzt der Herr Hauptkommissar wieder durch Abwesenheit?"

„Und bei mir spielt er sich auf, wenn ich mal verpenne", lästerte Johnny und schüttelte seinen Kopf. „Das wird sie interessieren." Fred hob den Plastikbeutel mit dem Messer noch mal hoch. „Es sind Fingerabdrücke drauf. Die von Kampinski konnte man identifizieren! Und dann gibt es noch welche von einer anderen Person."

„Der alte Theo wird sich wohl kaum das Messer selbst in die Brust gestochen haben", bemerkte Johnny grinsend.
„Nee, das wohl eher nicht! Aber die anderen Abdrücke könnten ja durchaus vom Täter stammen."
Johnny griff nach dem Beutel mit dem Messer, besah sich die Tatwaffe von allen Seiten. Es war ein Küchenmesser mit einer circa zwanzig Zentimeter langen, mit getrocknetem Blut verschmutzten Klinge. „War das Messer schon in der KTU, und hat die watt zu dem Ding herausgefunden?"
„Im Bericht der Spusi steht nichts", antwortete Fred Rudnick. „Aber ich vermute mal, die haben sowieso nur in dem Stall richtig gesucht! Jedenfalls steht hier nur der Stall als Tatort drin."
„Wieso der Stall? Dr. Lorenz hat doch gesacht, datt der Stall mit hoher Wahrscheinlichkeit nicht der Tatort is. War da keiner in der Wohnung vom Theo?" Johnny wurde langsam wütend. „Also, soweit ich weiß, hat Haupkommissar Bulle die Wohnung nicht durchsuchen lassen", antwortete Fred Rudnick. „Datt ist doch ein schlechter Witz. Führt sich hier als Chef auf, und dann sowatt", maulte Johnny, und war ziemlich sauer auf den Kollegen. „Abba wer schleppt die Leiche in den Stall, und warum?"
„Tja, dann werd ich mich ma anne frische Luft begeben. Und du schicks mir die Spusi hinterher." Johnny erhob sich von seinem Stuhl, nahm den Pappordner und den Beutel mit dem Messer, und ging an Freddy vorbei durch die Tür in den großen, kühlen Flur.

Langsam rollte der weinrote BMW durch die Straße mit den Zechenhäusern, bis vor das Gebäude in dem Theo Kampinski gewohnt hatte. Er bog in die Hofeinfahrt ein und kam zum stehen. Johnny drehte die Scheibe hoch, stieg aus und ging ums Haus zur Tür, denn die Eingänge befanden sich auf dem Hof, gegenüber den Ställen. Johnny hatte

Glück, die Haustür stand offen, so kam er in das Treppenhaus ohne bei Frau Zepaniak schellen zu müssen. Leise schlich er die, mit Ochsenblut gestrichenen Treppestufen hoch in den ersten Stock. „Da hatt et aber jemand verdammt eilich gehabt", brummte der Kripomann. Die Wohnungstür war nur angelehnt. Johnny zog seine 38er Smith & Wesson aus dem Holster, schob langsam die Tür auf und huschte so leise es ging in die Wohnung. Eng an die Wand gepresst, setzte er einen Fuß vor den anderen und näherte sich so, durch den schmalen Korridor, der Tür die in das Wohnzimmer führte. Die Tür mit der großen Milchglasscheibe war einen Spalt geöffnet und Johnny erkannte eine Gestalt, die sich in dem Raum am Wohnzimmerschrank zu schaffen machte.

In solchen Situationen bevorzugten die meisten seiner Kollegen einen verlässlichen Partner. Johnny konnte auf seinen neuen allerdings gut verzichten. Ja, als Jupp noch da war, das war etwas anderes! Aber Josef Tillmann, genannt Jupp, sein alter Partner und Mentor war pensioniert worden. Eine Kugel im Bein hatte ihn vor die Wahl gestellt, Innendienst oder Frühpensionierung? Und Jupp war nun mal kein Bürohengst!

Aber er konnte richtig gut mit dem Alten, da sie schon zusammen auf der Polizeischule gewesen waren. Und so hatte Jupp dafür gesorgt, dass sich Johnny bei Polizeirat Kaltenberg ein bisschen mehr herausnehmen konnte, als seine Kollegen. Eigentlich war es Jupp gewesen, der aus ihm den Polizisten gemacht hatte, der er jetzt war.

Johnny wartete regungslos und versuchte durch die Glasscheibe etwas zu erkennen. Scheinbar handelte es sich nur um eine Person, und diese hatte wohl auch noch nicht bemerkt, dass sie nicht mehr allein in der Wohnung des alten Theo war.

„Die Hände hoch", befahl Johnny mit tiefer Stimme, als er mit vorgehaltener Waffe in das Wohnzimmer trat. Die Person erschrak, riss ihre Hände in die Höhe und drehte sich um. Johnny staunte nicht schlecht, denn vor ihm stand ein Punk-Mädchen. Ihre Haare waren zu einer Igelfrisur geschnitten und giftgrün gefärbt. Sie trug ein ärmelloses T-Shirt mit dem Anarchozeichen auf der Brust, eine rote Hose mit Schottenkaros, und ihre Springerstiefel waren auf hochglanz poliert.

„Ey samma, bisse bescheuert mich so zu erschrecken?", sagte sie ruhig und sah Johnny mit großen Augen an.

„Quatsch nich…! Umdrehen! Hände an den Schrank!" Das Mädchen gehorchte, stellte die Grubenlampe, die sie in Händen gehalten hatte, wieder in den Schrank, und Johnny tastete sie nach Waffen ab. „Bisse jetz feddich mit dem fummeln? Frach doch einfach, wenne watt von mir wills. Abba richtich is datt nich", grinste sie frech.

„Kanns dich wieder umdrehen", sagte der Kripomann und ließ die Waffe in sein Holster gleiten. „Wer bist du?"

„Erkennse mich nich? Ich hab dich erkannt. Biss der Hannes Thom, stimmt's?" Nun war Johnny doch ein wenig verwundert.

„Mann, ich bin et! Die Babette!" Babette Kampinski, früher von allen nur Püppi genannt, war die Enkelin von Theo, und Johnny hatte sie tatsächlich schon als kleines Mädchen gekannt. Wenn sie mit ihren Eltern den Opa besuchte, flitzte sie immer mit den anderen Kindern über die Höfe.

„Püppi?", fragte er überrascht. „Irgendwie hab ich dich anders in Erinnerung."

Da lachte sie. „Na kla, is ja auch schon paar Jährchen her! Die blonden Zöppe sind längst ab!"

„Datt sieht man! Is nich viel von übrichgeblieben." Johnny musste sogar mal bei Püppi Babysitten, da war er knapp fünfzehn und Püppi fünf Jahre alt. Das hatte ihm zwar bei seinen Kumpels viel Spott eingebracht, aber das Geld konnte er damals gut gebrauchen. Für ne Mofa, eine alte Zündapp die man, warum auch immer, nur „Bergsteiger" nannte!

„Kannse mir ma verraten, watt du hier treibs?", wurde Johnny nun wieder dienstlich.

„Meine Mudder hat gesacht, der Opa Theo hat noch ein Sparbuch für mich. Datt wollte ich mir holen."

„Und da brichste einfach in ne Wohnung ein? Bisse noch ganz dicht?" Johnny schüttelte ungläubig seinen Kopf. „Datt is strafbar!"

„Ey Hannes, ich brauch die Kohle", versuchte sich Püppi rauszureden. „Wenn die Scheiße mit der Erbschaft ersma losgeht, is mein Sparbuch weg! Mein Vadder und sein dämlicher Bruder streiten sich ja jetz schon, watt wer kriegen soll!"

„Trotzdem…", wollte Johnny dazwischen, aber Püppi war nicht zu bremsen. „Die reißen sich datt untern Nagel und ich geh leer aus. Glaubse Opa Theo hätte datt gewollt?" Sie holte kurz Luft und fragte dann spitz: „Außerdem hab ich ja nen Schlüssel. Ist datt dann auch Einbruch? Watt wills du eigentlich hier?"

„Datt nennt man ermitteln!", antwortete Johnny. „Der Theo hat sich nich selbst erstochen!"

„Also stimmt et, datt du ein Bulle geworden biss, Hannes." Püppi drehte sich um, und fing so ganz nebenbei wieder an in den Schubladen zu wühlen.

„Ja, bin ich! Und sach nich immer Hannes zu mir, den gibbet nich mehr. Ich hör jetz auf Johnny!"

„Johnny! Ich lach mich kaputt!" Püppi fing laut an zu lachen und Johnnys Gesicht wurde düster. „Ich weiß nich watt et da zu lachen gibt?", sagte der Kripomann beleidigt. „Hasste ma im Spiegel gekuckt?" Er griff nach ihrem Arm und zog sie vom Schrank weg. „So Püppi, jetz is Schluß

34

hier! Du verschwindest, und ich vergesse datt ich dich hier gesehen hab!"

„Ey, und mein Sparbuch?", beschwerte sich die Punkerin und riss sich los.

„Wenn ich et finde, bring ich et dir. Du wohns noch bei deinen Eltern?"

Sie nickte. „Karlstraße!" Dann trollte sie sich ziemlich verärgert..

Bevor Johnny die Wohnungstür schloß, hörte er im Hausflur die Stimme von Frau Zepaniak. „Kind, wie siehs du denn aus? Karneval is doch längst vorbei!"

„Boah, geh rein, alte Schachtel!" Dann knallte die Haustür.

Endlich, dachte Johnny grinsend und begann sich in der Wohnung umzusehen. Aus der Jackentasche zauberte er ein Paar Einweghandschuhe hervor, die er über seine Hände zog. Irgendwie wollte er nicht glauben, dass es für den Mord an Theo Kampinski kein Motiv geben sollte. Da musste doch was dahinter stecken, das sagte ihm sein Gefühl. Langsam ging er durch die Räume, sah in alle Schränke, zog Schubladen auf, schaute sogar unter das Bett im Schlafzimmer. Obwohl er die Prozedur ja zur Genüge kannte, war es ihm doch jedes Mal unangenehm in den Sachen fremder Menschen herumzuwühlen. An den Wänden im Schlafzimmer hing neben Familienbildern auch ein Filmposter. Ein nacktes Mädchen und ein Kerl in verrußten Bergmannsklamotten tummelten sich vor einem Förderturm, unter dem Titel „Laß jucken, Kumpel!". Drum herum hingen Klappposter aus dem Männermagazin mit dem Häschen. Junge Damen im Eva-Kostüm, von denen einige inzwischen allerdings auch nicht mehr ganz so knackig waren, dachte Johnny grinsend, denn die Bilder waren aus den späten sechziger und frühen siebziger Jahren. Scheinbar hatte sich Theo schon so an ihren Anblick gewöhnt, dass er sie nicht mehr missen wollte. Auf dem Nachttisch stand ein Bilderrahmen mit einem Hochzeitsbild darin. Und ein Rahmen mit den Bildern von zwei Jungen. Johnny nahm das Hochzeitsbild und betrachtete es. Wo war eigentlich Theo's Frau geblieben? Damals, als er noch bei seinen Eltern gewohnt hatte, gab es noch eine Frau Kampinski, und auch zwei Söhne.

Auch in der Küche sah er sich um. Da stand ein einzelner Herd und ein alter Küchenschrank „Gelsenkirchener Barock". Ein Tisch mit Schubkasten drunter, stand in der Mitte des Raumes und vier Stühle drum herum. Auch hier öffnete er Türen und Schubkästen. Feinsäuberlich lagen in dem einen Kasten das Besteck und die Küchenmesser. Nun zog Johnny die Stirn kraus. Er griff nach einem großen Fleischmesser. „Datt gibet doch nich", grummelte er. „Datt wär ja ein Ding!" Da schellte es. Johnny öffnete die Tür, und drei Männer in weißen Einwegoveralls kamen die Treppe hinauf. Das war die Spusi. „Na, dann wünsche ich viel Spaß", sagte er zur Begrüßung. „Bericht zu mir!"

„Alles klar, Johnny! Hab mich schon gewundert, dass wir die Wohnung nicht unter die Lupe nehmen sollten." Hauptkommissar Thom zuckte mit den Schultern.

„Vielleicht arbeiten die in Düsseldorf ja anders." Er verließ die Wohnung, schlich sich die Treppe hinunter, um Frau Zepaniak nicht zu begegnen, und ging zu seinem Auto. Das Fleischmesser hatte Johnny mitgenommen. Nun saß er auf dem Fahrersitz, griff nach dem Beutel und besah sich die Tatwaffe. Die beiden Messer stammten zweifellos aus der gleichen Serie. Er legte die Beweise auf den Beifahrersitz und startete den Motor, das Radio sprang an und Simon Le Bon von Duran Duran rockte „Wild Boys". Am Ende der Straße, vor dem Haus seiner Eltern hielt Johnny wieder an.

„Ach, der Johannes! Datt is aber schön, datte uns ma wieder besuchen komms, Junge." Neben der Freude klang auch ein bisschen Vorwurf in der Stimme seiner Mutter, die ihm die Tür öffnete. „Komm rein, mein Kind!" Johnny verdrehte seine Augen, denn er mochte es nicht, wenn er mit seinem richtigen Vornamen angesprochen wurde. Zielstrebig ging er ins Wohnzimmer und setzte sich auf die Couch.

Irgendwie hatte seine Mutter die Gabe, ihm jedes Mal ein schlechtes Gewissen einzureden, denn er kam in letzter Zeit wirklich viel zu selten in das Elternhaus. „Is der Günner nich da?"

Ingeborg, auf den Namen hatten ihre Eltern sie vor mehr als fünfzig Jahren taufen lassen, sah ihren Sohn mit strengem Blick an. „Du soll's doch nich Günner sagen. Er mag datt doch nich. Sach gefällichst Papa!" Sie setzte sich neben ihren Sohn und legte ihre Hand auf sein Knie. „Er is im Keller, holt Bier rauf! Machse watt trinken?" Johnny schüttelte den Kopf. Da hörten sie die Wohnungstür ins Schloss fallen, und das Klimpern der Bierflaschen kündigte seinen Vater an. Mit einer dieser braunen, halbliter Flaschen trat er ins Wohnzimmer. „Ach watt, der verlorene Sohn is auch ma wieder da!"

„Boah, Günther is gut!", protestierte Johnny.

„Ich gib dir gleich Günther! Ich bin immer noch dein Vater!" Günther Thom stellte die Bierflasche auf den Eichentisch mit den hellbraunen Kacheln, und ließ sich in seinen Sessel fallen. „Na Junge, watt führt dich denn zu uns?"

„Ihr habt doch sicher gehört watt passiert ist?", begann der Johnny, und wurde wieder zum Kommissar. „Klar, den Theo hattet erwischt. Willse ein Bier?", antwortete der Vater und schob gleich eine Frage hinterher.

„Nee danke, hatte gestern einen intus. Hab schon Ärger genuch deswegen."

„Mit Anni?", fragte die Mutter dazwischen und Johnny nickte. Aber zu diesem Thema wollte er eigentlich gar nichts mehr sagen. Wenn seine Mutter erfahren würde, was er sich geleistet hatte, wäre der Teufel los. „Ihr kanntet den Kampinski doch schon lange. Watt war datt eigentlich für ein Typ? Ich kannte den ja nur als Blach! Wo is eigentlich dem seine Frau? Gestorben?"

„Ach, die Brigitte, datt war ne feine Frau", sagte Ingeborg. „Aber die is damals ja abgehauen, als Theo…", sie stockte. „Als Theo watt?", hakte der Sohn nach.

„Als Theo in Knast musste", vollendete der Vater den Satz seiner Frau. Johnny hob seine Augenbrauen. „Der war im Bau?"

„Brigitte hat damals ihre beiden Söhne genommen und is wech", erklärte Ingeborg. „Willse vielleicht ne Cola?"
Johnny schüttelte den Kopf.

„Der hat irgend ne krumme Sache gedreht, damals. Ging wohl um schweren Raub. War inne Sechziger", erzählte Günther. „Hatter zwei Jahre für gebrummt!"

„Zwei Jahre nur? Bissken wenich für schweren Raub", stellte Johnny fest.

„Na ja, man hat sich erzählt, datt se ihm nur wegen Mittwisserschaft anne Karre konnten", sagte Günther Thom. „Und datt Geld hamm se nie gefunden." Ingeborg erhob sich, und ging in die Küche.

„Richtich", bestätigte Günther. „Langezeit hielt sich datt Gerücht, der Theo hat die Kohle irgendwo versteckt. Aber weil er nie mit'n Rolls Royce aufgetaucht is, hat keiner mehr watt gesacht!" Er griff zur Flasche und nahm einen ordentlichen Schluck. Dann stellte er sie wieder auf den Tisch. „Du solls doch Untersetzer drunter tun, datt gibt Ränder!" Ingeborg war wieder aus der Küche zurück, mit einem Glas Wein in der Hand, griff nach den

Korkuntersetzern die auf dem Tisch lagen, und stellte Glas und Flasche darauf.

„Datt war ein ganz einsamer Mann, konnte einem direkt Leid tun", sagte sie. „Aber später kam der eine Sohn ja dann wenichstens öfter mal zu Besuch."

„Der kam mir gar nicht so einsam vor!"

„Doch war der abba! Für den gab et dann nur noch seine Tauben, weil er ja auch nich mehr arbeiten konnte."

Bis spät am Abend blieb Johnny bei seinen Eltern, aß dort Abendbrot, musste noch erzählen warum Anja so sauer war, seinen Fehltritt verschwieg er lieber und beließ es bei der Sauferei, sah dann noch mit ihnen Fern und fuhr gegen zweiundzwanzig Uhr nach Hause.

Als er vor seiner Wohnungstür ankam, klebte so ein post-it Zettel an dem Rahmen. „Ich war hier, blöder Arsch! Anja".

„Mist!" Johnny ärgerte sich, dass er sie verpasst hatte. Er war ja nun schon einige Zeit mit Anja liiert und mochte sie wirklich sehr. Aber ob sie ihm den Bock je verzeihen konnte, den er geschossen hatte, das wusste er wirklich nicht.

*

„Freddy, kannse ma im Archiv nach ner Akte suchen?", fragte Johnny. „Klar", kam die Antwort aus der Sprechmuschel des grauen Telefonhörers. „Nach wem soll ich suchen?"

„Theo Kampinski" sagte Johnny. „Ach! Ja mach ich. Bis dann." Es klickte in dem Hörer.

Der Schreibtisch gegenüber dem Johnnys war heute wieder leer geblieben. Hauptkommissar Bulle glänzte auch an diesem Mittwoch mit Abwesenheit. Plötzlich wurde die Tür geöffnet und der Alte höchstpersönlich trat in das Büro.

„Guten Morgen, Johnny", grüßte er. „Moin Friedrich", entgegnete der Angesprochene den Gruß. „Welch seltener Besuch in meiner bescheidenen Hütte?" Johnny drehte sich zur Fensterbank auf der sein Kassettenradio stand, aus dem Cyndi Lauper mit quietschender Stimme „Girl just wanna have fun" trällerte. Er drückte den Knopf und es wurde ruhig. „Was gibt's, Boss?"

„Habt ihr schon was Neues im Fall Kampinski?", fragte der oberste Vorgesetzte seinen Beamten.

„Ich arbeite dran! Lass mir gerade ne Akte bringen, denn Theo, unser Opfer, hat schon mal eingesessen. Vielleicht kommt ja was dabei raus." Johnny nahm einen Schluck aus seinem Kaffeepott, der vor ihm auf dem Schreibtisch stand. „Kaffee?", fragte er, doch sein Chef schüttelte den Kopf.

„Was anderes", sagte Friedrich. „Ich wollte dich nur davon in Kenntnis setzen, dass Hauptkommissar Bulle in der nächsten Zeit nicht zum Dienst erscheinen wird."

Johnny zog seine Augenbrauen hoch. „Darf man auch erfahren, warum mein werter neuer Kollege nicht erscheint? Das wird ja nun schon zur Dauereinrichtug. Oder ist der schon wieder in Düsseldorf?"

„Nein, das darf man nicht, und nein, dass ist er nicht", antwortete der Chef und sah dabei grinsend über den Rand seiner höchst unmodernen Hornbrille.

„Isser krank?", fragte Johnny, und bekam zur Antwort: „Wenn es etwas gibt, was du wissen musst, dann werde ich dich unterrichten, Johannes!"

Da wurde die Tür geöffnet und Fred Rudnick stürmte hinein. „Einmal Akte Kampinski", rief er übermütig, erstarrte dann aber beim Anblick des Alten zur Salzsäule.

„Sagen sie mal, Herr Rudnick, ihnen geht's wohl zu gut, oder was ist mit ihnen los?" Er wandte sich wieder Johnny zu. „Also, ich will Ergebnisse sehen. Und wenn du einen Partner brauchst, dann nimm den jungen Mann hier! Der hat

ja scheinbar reichlich Energie." Dann verließ Friedrich
Kaltenberg das Büro. „Was wollte der denn hier?", fand
Fred seine Sprache wieder.

„Der wollte wissen, ob ich heut Abend mit ihm tanzen
gehe?", veralberte Johnny den jungen Kollegen, dessen
Gesichtsausdruck beim Anblick des Alten sicher ein
schönes Foto für das schwarze Brett in der Kantine
abgegeben hätte.

„Gib schon her!" Johnny streckte den Arm aus, und Fred
Rudnick gab ihm den blauen Pappordner. „Dann wolln wer
doch ma sehen, watt da schönet drin steht, ne."
Fred setzte sich auf den Stuhl vor dem Schreibtisch des
Kollegen Bulle. „Das Phantom bleibt übrigens weiterhin
verschollen", sagte Johnny im Bezug auf den
Hauptkommissar aus Düsseldorf, während er, heute sein
langes Haar mit einem Gummi zu einem Zopf gebunden, in
der dicken Akte blätterte und zu lesen begann.
Es dauerte eine Weile bis er aufsah. „Theo hat tatsächlich
zwei Jahre gesessen. Von siebzig bis zweiundsiebzich.
Laut der Akte wurde er mit mehreren brutalen Überfällen
auf Sparkassen und Banken in Verbindung gebracht.
Konnten ihm abba nur Mitwisserschaft anhängen!"
Dann vertiefte er sich wieder in die Akte, und Fred sah
schweigend zu. „Der Haupttäter, ein gewisser Karl-Heinz
Wollschläger hat fünfzehn Jahre gekriecht."
„Dann müsste der ja auch schon wieder raus sein", stellte
Fred fest. Johnny sah kurz auf und zog eine Braue hoch.
„Heut hamm wa den Dreizehnten Sechsten Vierundachtzich.
Gut möglich!" Er griff nach dem Teleskoparm auf dem das
Telefon befestigt war, und zog dieses zu sich heran. Dann
nahm er den Hörer, und wählte. „Ja, Thom hier. Kannse ma
eben nach einer Akte Wollschläger kucken. Ich schick den
Freddy. Danke!"

Fred erhob sich. „Ich hab schon gehört. Bis gleich!" Und er verließ das Büro. „Guter Mann", sagte Johnny, aber das hatte Fred Rudnick nicht mehr gehört.

Es dauerte eine ganze Weile bis der junge Kollege wieder zurückkkam. In dem Radio, das Johnny wieder angeschaltet hatte, sang Nik Kershaw seinen Hit aus dem letzten Jahr „Wouldn't it be good" und Johnny sang leise mit, während seine Augen immer noch auf der Akte Kampinski lagen. Als Fred Dreizwölf betrat, reichte er den blauen Pappordner über den Schreibtisch, und Johnny begann sofort darin zu lesen.

„Ja kuck! Karl-Heinz Wollschläger is seit Oktober Dreiundachtzich wieder auf freiem Fuß. Wegen guter Führung, kam er eher raus." Johnny überflog die Akte weiter. „Der größte Teil der Beute wurde bis heute nich gefunden! Schau an!" Mit den Fingern tippelte er auf der Tischplatte. „Da stelle ma uns ma jans dumm, un fragen: Watt isse ne Dampfmaschin?", parodierte er eine Szene aus dem alten Film „Die Feuerzangenbowle" in schönstem kölsch, oder dass was er dafür hielt. „Um et mit den Worten des weisen Lehrers Bömmel zu sagen: Da isse dat Motiv!"

„Wieso das Motiv?", fragte Fred. „Sie meinen da sucht einer nach dem Geld?"

„Genau mein norddeutscher Freund!" Eigentlich kam Fred Rudnick ja aus Hannover, aber alles nördlich von Recklinghausen war für Johnny schon Norddeutschland.

„Ich komm aus Niedersachsen", beschwerte er sich, aber eher kleinlaut.

„Quatsch nich rum! Genau datt is unser Mann!"

Vielleicht war an dem Gerücht, von dem seine Eltern gesprochen hatten, ja doch etwas dran, und Theo hatte das Geld all die Jahre versteckt. In Johnnys Kopf begann sich ein Szenario zu formen. Zwar lückenhaft, aber eben ein Szenario.

Wollschläger hatte Theo nicht verpfiffen, denn er hoffte, dass dieser die Beute gut versteckt hatte. Nun wollte er seinen Anteil abholen, aber Kampinski weigerte sich die Kohle rauszurücken. Und so fand das Küchenmesser seinen Weg in die Brust von Opa Theo, dem alten Taubenvatter.

Ja, so könnte es gewesen sein, dachte Johnny. Er griff zum Telefonhörer und wählte eine behördeninterne Nummer. Nach einem Moment meldete sich eine Stimme. „Ja, Thom hier, auss'm dritten Stock."

Fred fand den Drehstuhl, auf dem er saß, richtig bequem. Mit seinem Holzstuhl war der nicht zuvergleichen. Irgendwie gefiel ihm die Vorstellung in diesem Büro seinen Dienst zu tun. Johnny war zwar manchmal merkwürdig, aber er war auch ein guter Polizist, von dem man sicher einiges lernen konnte.

„Ja… Johnny hier! Hömma, habt ihr ne Adresse von einem gewissen Karl-Heinz Wollschläger?" Da tippte Fred auf die dicke Akte. „Steht hier", flüsterte er dazwischen. Johnny öffnete den Pappdeckel und nickte. „Kollege, hat sich erledigt. Danke!" Ohne eine Antwort abzuwarten legte er auf. Mit knappen Worten umriss er dem jungen Kollegen sein erdachtes Szenario. „Das wäre jedenfalls ein Motiv für den Mord", stimmte Fred zu. Da fiel Johnnys Blick auf die Tüte mit dem Messer. „Die Tatwaffe stammt eindeutig aus Kampinski's Küche. Das würde bedeuten, und das Wollschläger in der Wohnung gewesen sein muss."

„Da müsste die Spurensicherung doch sicher irgend etwas in der Wohnung finden, vielleicht gibt es ja Fingerabdrücke oder so", meinte der Kommissar aus Hannover. „Genau, und dass wirst du jetzt herausfinden!" Johnny schob dem Kollegen das Telefon auf dem Teleskoparm hinüber Dann sah er in die Akte Wollschläger. „Die Adresse kenne ich, datt is im Schievenviertel. Da wolln wer dem Herrn gleich ma ein Besuch abstatten!"

Während Fred noch telefonierte, erhob sich Johnny, nahm den Schwamm vom Whiteboard und wischte den großen Mann weg. Dann griff er den Filzschreiber, und schrieb den Namen Wollschläger an die Stelle. Er nahm seine Jacke und kramte in den Taschen nach seinem Autoschlüssel. „Na, dann komm ma!"

„Wie, ich soll mit?"

„Klar, Partner!" Johnny grinste und verließ das Büro.

*

Der weinrote BMW fuhr vom Hof des Präsidiums, bog nach rechts ab und fuhr geradeaus über die große Kreuzung auf die Crangerstraße, die hier im Stadtteil Buer direkt gegenüber dem Präsidium ihren Anfang hatte.

„Du kennst dich hier gut aus", stellte Fred Rudnick fest als sie die Straße hinunter fuhren. Hier im oberen Bereich der Hauptverkehrsader standen Eigenheime und Villen, und zur rechten Seite begann hinter den Häusern der Park des Schlosses Berge. „Na ja, ich bin ja von hier! Waschechter Gelsenkirchener Junge! In der Straße, wo se den Theo Kampinski ermordet ham, da bin ich aufgewachsen!"

„Ich hatte ja auch gehofft in meiner Heimatstadt eine Stelle zu bekommen, aber da ich zur Kripo wollte…"

„…biste im Kohlenpott gelandet", vollendete Johnny den Satz.

„Genau! Nach Bayern wollte ich nicht!" Fred grinste.

„Weißwurscht und süßen Senf, bah! Da lob ich mir ne lecker Currywurst!" Johnny grinste. „Apropos Currywurst! Irgendwie hab ich Hunger. Wie spät is?"

Fred sah auf seine Armbanduhr. „Kurz nach elf", antwortete er. „Datt trifft sich gut. Da hat meine Pommesbude schon offen!"

In Höhe des angesprochenen Lokals, an dessen Scheibe in großen Buchstaben Erler Grill stand, lenkte er seinen Wagen an den Straßenrand. Die beiden Männer betraten das kleine Lokal. Zur rechten Seite stand eine lange, gläserne Verkaufstheke, im hinteren Bereich standen Tische und Stühle, eine Musikbox, die aber schwieg, und eine „Space-Invaders" Daddelkiste an der zwei Jugendliche versuchten die Welt zu retten.

„Zweima Currywurst, Pommes Majo, bitte!" Die Bedienung mit den kleinen, roten Locken auf ihrem Kopf nickte. „Watt zu trinken?"

„Zwei Cola! Wir setzen uns schon ma, Rosie", sagte Johnny und ging in den hinteren Bereich der Imbisstube. „Äh ja", entfuhr es Fred, und er folgte seinem Chef. Beide setzten sich an einen der Tische. Im hinteren Bereich, neben dem Treppenabgang der zu den Toiletten führte, war eine runde Sitzgruppe, an der Jugendliche saßen. Neben der runden Bank standen in einer Nische die Musikbox und der Spielautomat. Besonders ruhig ging es in der Ecke nicht zu. Mädchen mit hochtoupierten Haaren, und leuchtend grellbunten Shirts, kabbelten sich mit jungen Burschen. Alle in einem vor Hormonen sprühenden Alter. Bis Rosie für Ruhe sorgte. „Wer nix bestellt, sofort raus jetzt!", rief sie verärgert, und räumte die leeren Teller und Colagläser ab, die wohl schon etwas länger auf dem Tisch gestanden hatten. „Wenn der Chef kommt fliegen die sowieso raus", sagte sie zu Johnny, als sie an dem Tisch vorbei, wieder hinter dem Tresen verschwand.

*

IV. NEUIGKEITEN VON FRÜHER

Als sie die Straße und das Haus im Schievenviertel erreichten, wurden sie enttäuscht. Hier wohnte kein Karl-Heinz Wollschläger, zumindest gab es kein Klingelschild mit diesem Namen. Mit der flachen Hand fuhr Johnny über alle sechs Knöpfe und nach einem Moment summte es und die Tür ließ sich durch leichten Druck öffnen. Eine ältere Dame öffnete im Parterre ihre Wohnungstür und fragte was es denn gäbe, da brüllte eine kehlige Stimme aus dem zweiten Stock herunter: „Welchet blöde Arschloch schellt mich aus'm Bett? Ich hau dir inne Fresse!" Da sah Johnny seinen Kollegen an. „Mach du ma hier, ich übernehm den Schreihals."

Zwei Stufen gleichzeitig nehmend, rannte er die Treppe hoch und schon auf dem Zwischenpodest im zweiten Stock, krakelte der Typ: „Ich brauch nix, und ich kauf nix, und jetz verpiss dich!"

„Nee, wart ma! Da wa doch noch watt mit inne Fresse hauen", rief Johnny herausfordernd die Treppe rauf, und ehe der Kerl in seinem verdreckten Feinripp-Unterhemd, noch etwas sagen konnte, stand Johnny schon vor ihm.

„Bisse beklo…", weiter kam er nicht, da hatte der Kripomann ihn schon gepackt, verdreht und seinen Kopf mit dem Arm gegen die Wand gedrückt. „Spricht man so mit liebem Besuch?"

„Ey, watt soll datt?", beschwerte sich der Kerl stöhnend.

„Wieso? Du wolltes mir doch inne Fresse hauen?", fuhr Johnny ihn an. „So, watt is jetz? Odda bisse nur ne Maulhure?" Er drückte leicht zu, so dass der Mann Atemprobleme bekam.

„Mann! Hör auf! Hab Nachtschicht, muss pennen!", japste er, und Johnny lockerte den Griff. Er fingerte nach seiner Marke und hielt diese dem Mann unter die Nase.
„Du bis'n Bulle?"
„So isset! Und jetz hätt ich ma ne Frage. Kennse einen Kalle Wollschläger, der soll eigentlich hier im Haus wohnen." Johnny ließ den Mann nun endgültig aus seiner wenig liebevollen Umarmung frei.
„Ne, kenn ich nich!"
„Sicher?"
„Klar, mich interessiert nich wer hier wohnt, oder gewohnt hat. Is mir egal!"
„Na dann, gut Nacht!" Dieser Typ wollte nichts sagen, und schon gar nicht nach Johnnys Auftritt.

„Der Herr Wollschläger wohnt nich mehr hier", hatte die ältere Dame Fred erklärt. „Bestimmt schon zwei Monate nich mehr! Der hat auch nur kurz hier gewohnt."
„Und wo der jetzt wohnt, wissen sie nicht?", fragte Kollege Rudnick. „Nee, datt kann ich ihnen nich sagen. Abba datt war ein feinen Mann. So hilfsbereit!" Dann dachte sie einen Moment nach. „Abba arbeiten ging der nie!"
„Und?", fragte Johnny, als er wieder im Parterre angekommen war. „Nichts!", antwortete sein neuer Partner. „Sagen se ma, hat der watt ausgefressen, der Kalle?", fragte die ältere Dame neugierig. „Datt dürfen wa ihnen doch nich sagen", antwortete Johnny und Fred verabschiedete sich mit den Worten. „Ich danke ihnen für die Auskunft. Auf Wiedersehen!"
Als sie gerade aus der Tür traten, hörten sie noch wie die ältere Dame sagte: „Idioten!"

Nachdenklich starrte Johnny durch die Windschutzscheibe, nach dem er eingestiegen war. Er steckte den Schlüssel in

das Zündschloss, drehte ihn aber nicht. „Sowatt gibt et doch ga nich. Da steht ne falsche Adresse inner Akte."
„Der Bewährungshelfer wird die Adresse sicher wissen", vermutete Fred. „Oder der Kerl hat sich aus dem Staub gemacht."
Da grinste Johnny. „Dann wissen wir wenigstens, dass wir auf der richtigen Spur sind." Jetzt drehte er den Schlüssel, der Motor sprang an, und aus dem Radio erklang Peter Schillings „Terra Titanic".

*

Am frühen Mittwochnachmittag saßen die beiden Beamten in Dreizwölf, und während Johnny telefonierte, war Fred damit beschäftigt seinen Schreibtisch einzuräumen. Er hatte einen Karton aus seinem alten Büro angeschleppt, und richtete sich nun auf dem Platz des Kollegen aus Düsseldorf häuslich ein.
„Datt is ja schön und gut, watt sie mir hier erzählen, abba sie müssen uns datt doch mitteilen, wenn ihr Klient umzieht", schimpfte Johnny in den grauen Hörer. „Jetz geben se mir ma die neue Adresse." Er nahm einen Stift, strich die Adresse in der Akte durch und schrieb eine neue Adresse hinein. Dann verabschiedete er sich und legte auf. „Sowatt hab ich noch nie erlebt. Der Wollschläger hat natürlich seinen Umzug dem Bewährungshelfer gemeldet, und der is auch sonst recht diszipliniert, sacht er. Watt man von dem Bewährungshelfer nich sagen kann. Der Trottel hat den Umzuch nich an uns weitergegeben." Er tippte auf den Ordner. „Abba jetz besuchen wir den ma." Die beiden erhoben sich, und verließen das Büro.
Der Weg führte sie in den Stadtteil Resse. Die Crangerstraße nach Süden und vor dem Stadtteil Erle nach rechts, Richtung Resse. Vorbei an Bauernhöfen und Weiden, wurde

die Bebauung wieder dichter. Noch bevor sie die Hauptverkehrsader und Geschäftsstraße des Stadtteils erreichten, bogen sie nach links ab, und hielten vor einem Mehrfamilienhaus an. Johnny sah aus dem Fenster. „Hausnummer Neun! Hier isset!"
Die beiden Männer stiegen aus, und begaben sich zur Haustür, die sie über fünf Treppen erreichten. Fred sah auf die Namenschilder der Klingeln. „Wollschläger! Hier!"
„Na, dann schell an", drängte Johnny seinen Kollegen. Es gab keine Gegensprechanlage an diesem Haus, und nach einer Weile wurde die Tür mit einem Summen entriegelt. Johnny stemmte sich gegen die Tür, und trat in den Hausflur ein. Eine angenehme Kühle schlug ihnen entgegen. Draußen waren neunundzwanzig Grad. Recht warm für einen Junitag. Sie gingen die Treppe hoch in den zweiten Stock. Hier stand ein Mann an einer geöffneten Tür. Johnny hob seinen Dienstausweis in die Höhe. „Herr Wollschläger, wir müssten mal mit ihnen sprechen."
„So? Na dann kommense ma rein." Er trat bei Seite, und ließ die beiden Beamten eintreten. „Da geradeaus, is datt Wohnzimmer." Die Wohnung war sauber und ordentlich. Sie war auch wohnlich eingerichtet. Karl-Heinz Wollschläger bot den Männern einen Platz an, und fragte ob er etwas anbieten könne, doch die Beamten lehnten dankend ab. „Der Name Theo Kampinski, sagt der ihnen was?", fragte Fred. Da nickte Karl-Heinz. „Natürlich, mit dem hab ich früher ma gekumpelt." Da grinste Johnny. „Datt is abba schon etwas länger her. Wann haben se denn den Theo datt letzte ma gesehen?" Da wurde Wollschläger etwas blaß um die Nase. „Den Theo? Äh….!"
„Ja, den Theo Kampinski, Herr Wollschläger", versuchte Johnny etwas Druck aufzubauen. Doch der Mann, der wegen schweren Raubes gesessen hatte, sah Johnny nur an und schwieg. „Sagen sie mal, tragen sie gerne Hemden mit

Karomuster? Solche Holzfällerhemden?", fragte nun Fred, und versuchte die Befragung in eine andere Richtung zu lenken. Eigentlich war die Frage sowieso überflüssig, denn Karl-Heinz Wollschläger trug genau so ein Hemd. Er nickte etwas überrascht. „Äh… ja eigentlich schon, die sind doch bequem. Abba sie sind doch sicher nich gekommen, um mit mir über Mode zu reden?"

„Nee, datt bestimmt nich", bestätigte Johnny die Annahme. „So jetz ma Tacheles. Wo waren sie am Montach den Elften Sechsten zwischen neun und vierundzwanzig Uhr, Herr Wollschläger?"

„Da wa ich zuhause, im Bett. Wo soll ich sonst gewesen sein? Watt is den überhaupt los?" Der Verdächtige sah von einem zum anderen.

„Sie wollen uns aber nicht für dumm verkaufen", zweifelte Fred an den Worten des Mannes. „Theo Kampinski ist tot. Ermordet! Wir wissen, dass sie in der letzten Zeit des Öfteren bei Theo Kampinski im Taubenschlag waren. Dafür gibt es Zeugen."

„Eine Gegenüberstellung wäre kein Problem", fügte Johnny hinzu. „Der Theo is tot? Datt kann doch nich sein", war Karl-Heinz Wollschläger ziemlich entsetzt. „Ich war doch erst am Samstach bei ihm!"

„Ah, also doch", sagte Fred nickend.

„Ja, wir haben über die Tauben gesprochen. Mehr nich!" Da wurde Johnny streng. „Jetz mach ma nen Punkt! Über die Tauben gesprochen. Verarschen kannse jemand anders", sagte der Hauptkommissar verärgert. „Wir können sie auch in Gewahrsam nehmen. Ma sehen watt der Richter dazu sacht. Also, spuck et endlich aus!"

Da gab Karl-Heinz Wollschläger nach. „Is ja gut! Ich wollte meine Kohle von ihm. Abba er hat felsenfest behauptet, datt er se nich mehr hat."

„Ja, und weiter", drängte Kommissar Rudnick.

„Theo hat auf die Kohle aufgepasst. Ja! Abba den hamm se ja auch zu zwei Jahren verdonnert", erzählte Wollschläger nun die Geschichte. „Datt war noch inne Siebsiger. Er hat die Kohle angeblich auf er Zeche versteckt. Untertage, verstehnse? Und dann isser eingefahren. In Knast!" Johnny verfolgte die Geschichte mit größtem Interesse. „Also war die Kohle aus dem Raub irgendwo auffm Pütt?" Wollschläger nickte. „Als Theo wieder rauskam, hatten se ihn entlassen. Er hat mir erzählt, datt er versucht hat nochma in Pütt einzufahrn. Hatter abba nich geschafft."

„Also war die Kohle aus dem Raub in weiter Ferne", stellte Johnny fest.

„Noch schlimmer! Sie war wech! Der Pütt hat dicht gemacht, und wurde komplett platt gemacht. Theo sachte, er hat den Förderturm fallen sehn."

„Ganz schön ärgerlich", sagte Fred Rudnick, und Wollschläger nickte. „Ich wollte mit dem Geld in Kanada ein neuet Leben anfangen. Jetzt bleib ich eben hier, und geh stempeln."

„Datt is ja ne schöne Geschichte, abba vielleicht hat die Geschichte auch mit dem Tod des Taubenvatters Theo geendet", warf Johnny ein.

„So, und watt soll mir datt bringen, ausser datt ich den Rest meines Lebens inner Kiste sitze? Die Kohle is und bleibt wech!" Wollschläger hatte bis jetzt die Ruhe bewahrt, aber nun wurde er laut.

Da wollte Fred noch weiter stochern, doch Johnny legte ihm seine Hand auf den Arm, so dass er schwieg. „Na, gut, Herr Wollschläger, belassen wir es dabei. Ich erwarte sie in den nächsten Tagen im Revier, um ihre Aussage aufzunehmen." Damit war der Besuch bei dem Tatverdächtigen Nummer eins beendet!

*

Das Bürofenster war sperrangelweit geöffnet, und der leichte Wind wehte die warme Sommerluft in den Raum. Aus dem Radio sangen Wham ihren Hit „Wake me up before you go go", und Johnny saß auf seinem Drehstuhl und schlürfte Kaffee aus seiner weiß, emaillierten Blechtasse. Fred war auf dem Weg zum Kopierer im Parterre, um den Bericht zuvervielfältigen, den er gerade verfasst hatte. Johnny blickte auf die Klapptafel.

„Wollschläger datt Geld is nicht mehr dein Motiv, abba watt is mit Rache?", sprach er zu sich selbst, als die Bürotür geöffnet wurde, und Fred eintrat. Er legte einige Blätter Papier auf den Tisch, nahm einen Locher und begann die Blätter mit Löchern zu versehen, um diese in die Pappordner einzuheften. „Was schaust du so nachdenklich?", fragte er Johnny, und begann endlich sich daran zu gewöhnen ihn zu duzen. „Also direkt is datt Geld aus dem Raub wohl nich der Grund. Abba watt is mit Rache?" Da zog Fred die Augenbrauen hoch.

„Na ja, du hass ja selbs gehört, der wollte nach Kanada, und Theo hatt ihm seinen Traum zu nichte gemacht."

„Dann bleibt Wollschläger unser Verdächtiger Nummer eins?", fragte Fred, und Johnny nickte. „Solange wir keinen besseren haben."

Da klopfte es plötzlich. „Herein", rief Johnny, und die Tür wurde zögerlich geöffnet. Langsam schob sich der Kopf einer alten Frau durch den Schlitz zwischen Tür und Rahmen. „Ich suche den Johannes Thom", sagte Frau Zepaniak leise, was Johnny von der Frau gar nicht gewohnt war. Eigentlich war sie forsch und überhaupt nicht leise.

„Ja, Frau Zepaniak, den hamm se gefunden", antwortete der Hauptkommissar. „Kommense ruhich rein." Fred grüßte freundlich, und schob seinen Kram zur Seite, den er immer noch nicht zur Gänze eingeräumt hatte. Dann nahm er einen Vordruck für die Aussagenaufnahme. Johnny bot der alten

Frau den Stuhl neben seinem Schreibtisch an. Dann wandte er sich zum Fenster und machte das Radio aus. „Mit ihnen hab ich abba nich gerechnet. Wie wär et mit einem Kaffee?" „Ach, nee. Lass ma, datt is mir zu warm für Kaffee", lehnte Frau Zepaniak dankend ab, und nahm Platz. „Mir is da noch watt eingefallen, Johannes." Erstaunt sah Johnny die alte Dame an. „Na, dann erzählen se ma."

„Nee, erst die Formalitäten", sprach Fred dazwischen. „Mittwoch, Dreizehn, Sechs, Vierundachtzig. So! Name?" „Ilse Zepaniak", antwortete die alte Frau. „Geburtsdatum und Ort?" Fred schrieb die Antworten in das Formular. „Adresse?"

„Mann, das ist der Tatort", fuhr Johnny dazwischen. „Jetz is gut. So, Frau Zepaniak, erzähl ma."

„Gestern war jemand in den Theo seine Wohnung", begann die Frau zu erzählen. Da nickte Johnny. „Ja, das war unsere Spurensicherung." Er lächelte die Frau an, denn er wollte sie nicht brüskieren, da sie sich extra ins Präsidium begeben hatte, um Johnny zu informieren. Doch Frau Zepaniak winkte ab. „Nee, die meine ich nich. Ich meine den Theo seine Enkeltochter, die Püppi! Die war vorher inner Wohnung."

„Das wissen wir schon. Sie hat nur ihr Sparbuch gesucht", sagte Johnny, und erntete einen überraschten Blick seines Kollegen. Denn Johnny hatte die Begegnung mit der jungen Frau verschwiegen. Da schüttelte die alte Frau den Kopf. „Son Quatsch. Datt hatt die doch schon letzte Woche vom Theo gekricht." Nun war Johnny der Überraschte. „Wie? Watt soll datt heißen?"

„Na, datt heißt, äh… am Freitach letzte Woche, datt wa der Achte, hab ich die Püppi mit einen jungen Bursche bei uns im Hausflur gesehen, und da hat se mit ihrem Sparbuch rumgefuchtelt." Mit großen Augen sah Johnny die alte Frau an. Wenn diese Aussage stimmte, hatte ihn Babette angelogen. Aber warum?

Was hat die Enkeltochter in der Wohnung gesucht? Johnny war nun ziemlich verärgert, ließ sich dies aber nicht anmerken. „Und am Montag?", fragte nun Fred. „War die am Montag auch bei ihrem Großvater?" Frau Zepaniak verzog ihr Gesicht. „Hm… da wa dieser Mann mit dem Holzfällerhemd. Abba datt wa so gegen Mittach."

„Der Mann in dem Holzfällerhemd war am Montag bei Theo Kampinski?", fragte Fred nochmal nach. Da beugte sich die Frau Johnny entgegen. "Sach ma, hört der schwer, dein Kollege?" Dann wandte sie sich Fred zu. „Ja, am Montach, gegen Mittach", sprach sie besonders laut. Johnny musste sich wegdrehen. Dann räusperte er sich, und wandte sich wieder seiner einstigen Nachbarin zu. „Wo hamm se den denn gesehen?"

„Der war mit Theo im Stall bei den Tauben", antwortete sie. „Und war der auch bei Theo in der Wohnung?", wollte Fred wissen. „Ich glaub nich. Hab ihn nich mit Theo nach oben gehn sehn. Da war der Theo schon wieder alleine, als der rauf is." Fred hatte alles in sauberer Handschrift mitgeschrieben, nun legte er Frau Zepaniak das Formular zur Unterschrift hin. „Wenn sie bitte die Richtigkeit ihrer Aussage hier bestätigen wollen."

„Hä…"

„Sie solln datt unterschreiben", sagte Johnny, und Frau Zepaniak nahm den Stift.

„Wissense watt, Frau Zepaniak, ich hab gleich Feierabend, Da kann ich sie nach Erle mitnehmen. Dann brauchense nich mit de Bahn fahn."

„Oh Johannes, datt is abba nett!"

*

54

Nachdem Johnny seine ehemalige Nachbarin in der Auguststraße abgesetzt hatte, bog er auf die Crangerstraße und fuhr zurück Richtung Norden.

Unter einem großen Kastanienbaum fand Johnny einen Parkplatz. Den letzten freien! Er hasste es eigentlich unter Bäumen zu parken, denn die Tauben waren gnadenlos. Er stieg aus, und sah über den Parkplatz. Verärgert über all die Autos, die da nicht hingehörten, schüttelte er seinen Kopf, und ging dann zur Eingangstür des Hochhauses. Hätte er besser hingesehen, hätte er auch Anjas alten Mini gesehen. Der kleine orangefarbene Cooper war ihm allerdings entgangen. Mühsam schleppte er sich durch das Treppenhaus in den vierten Stock. Der Fahrstuhl war immer noch nicht repariert, und Johnny nahm sich vor, bei dem Vermieter anzurufen und ordentlich Rabatz zu machen.

Er ging den langen Gang entlang, bis zu seiner Wohnungstür. Und dann stutzte er, denn in seiner Wohnung lief Musik. Das war an sich nichts worüber er sich Gedanken machte. Oft blieb der Radiowecker an, wenn er die Wohnung verließ, aber nicht in dieser Lautstärke. Er löste die Sicherung an seinem Holster, die den Revolver in der Tasche hielt. Dann schob er seinen Schlüssel leise in das Schloss und drehte ihn. Die Tür sprang aus der Falle und er drückte diese vorsichtig auf. Und dann sah er, wie Anja zu dem Song „Karma Chameleon" von Culture Club durch die Wohnung tanzte. Johnny drückte den Knopf der Holstersicherung wieder zu, und warf den Schlüssel in die Schüssel auf dem Sideboard. Jetzt bemerkte Anja, dass sie nicht mehr allein war. Sie stürzte zu dem Radio in der Küche, und drehte den Ton leiser. „Äh… du bist schon da?", fragte sie ein wenig verlegen. Setzte dann aber sofort ein böses Gesicht auf. Schließlich war sie ja sauer auf Johnny. Johnny nickte. „Ja, du auch, wie ich sehe!"

„Ich kann ja wieder gehen", sagte sie eingeschnappt. „Nee, bleib ma ruhich", grinste Johnny sie an. „Vielleicht kann man ja heute mit dir reden."

„Ja, das kann man", sagte sie und nickte. „Ich habe mir Gedanken gemacht, wie das passieren konnte."

„Und? Haste ne Erklärung gefunden, außer datt ich hackevoll und rattenscharf wa?", fragte Johnny, und merkte nicht, dass er Anja erneut reizte. „Du findest das wohl witzig? Dann können wir ja gleich Schluß machen!"

„Komm Anni, jetzt sei ma nich so", versuchte Johnny seine Dauerverlobte zu beruhigen. „Also, zu welchem Ergebnis biste gekommen?"

„Es war meine Schuld!"

Johnny staunte nicht schlecht. Was war denn jetzt passiert?

„Ja, es ist meine Schuld! Und darum habe ich beschlossen, bei dir einzuziehen." Anja lächelte, während Johnny der Kinnladen runterfiel. „Du... du wills hier einziehen?"

„Ja, würde ich hier wohnen, dann wäre es nicht dazu gekommen, dass du totalbesoffen mit der Schlampe im Bett landest, oder?" Johnny nickte langsam, denn nun begann er Anjas Gedankengängen zu folgen. „Wir sind jetzt schon so lange verlobt, da wird es langsam Zeit", versuchte Anni ihren Entschluß zu begründen. „Abba watt sagen denn deine Eltern dazu. Ich mein, vorallem deine Mudda?" Johnny wusste ja, dass Elke Gerhalt ihn nicht mochte. In ihrem Kastendenken festverwurzelt, war Johnny für sie ein Prolet. Und das würde er auch bleiben. Da senkte Anja ihren Blick, was Johnny natürlich bemerkte. „Aha, ich habs doch gewusst."

„Mama hat mich bedrängt, dich zu verlassen, da hab...!"

„Wie sie hat dich bedrängt?", unterbrach Johnny seine Verlobte. „Sach bloß du hass ihr datt erzählt?"

„Ich war so wütend", sagte Anja, und das sollte wohl als Entschuldigung verstanden werden. „Ja, da hab ich ihr davon erzählt." Johnny schüttelte nur den Kopf. „Und? Waren schon die ersten Kandidaten zum Handanhalten in der Villa Gerhalt?" Dies sollte eigentlich als Spott gemeint sein, doch an Anjas Reaktion erkannte Johnny, dass tatsächlich einige reiche Ableger versucht hatten bei Anja zu landen. „Deswegen hab ich mich doch mit ihr gestritten, und sie hat mich tatsächlich vor die Wahl gestellt." Anjas Augen füllten sich mit Tränen. „Watt heißt datt?", wollte Johnny wissen.

„Ich soll mich endgültig von dir trennen, oder ausziehen!"

„Und watt sacht dein Vatta? Du biss doch seine Prinzessin", wunderte sich Johnny. Und er hatte gar nicht Unrecht. Anja war ein Einzelkind, und somit, in Ermangelung eines männlichen Stammhalters, Werner Gerhalts ein und alles. Sie sollte einmal seine Firma übernehmen, weshalb sie auch Maschinenbau studierte.

„Der hat noch nichts gesagt." Anja zuckte mit den Achseln. „Er hofft wohl, dass sich alles wieder von allein einrenkt. Nun, was sagst du?" Eines war klar, wenn Johnny Anjas Wunsch ablehnen würde, wäre dies das Ende ihrer Beziehung. Er begann zu lächeln. „My castle is your castle!"

Da lief Anja eine Träne über die Wange, und sie umarmte Johnny freudig. „Morgen kommen zwei Jungs aus Papas Firma mit nem Bulli. Mit denen hole ich meine Sachen", hauchte sie Johnny ins Ohr.

*

V. EIN NEUER VERDÄCHTIGER

*J*ohnny war gerade damit beschäftigt frischen Kaffee aufzusetzen. Im Radio liefen gerade die neun Uhr Nachrichten, als die Tür von Dreizwölf geöffnet wurde. Aber nicht wie vermutet trat Fred Rudnick in das Büro, sondern Klaus Bulle. „Oha, welch seltener Besuch", entfuhr es Johnny wenig charmant. „Da machen sie sich mal keinen Kopp drüber, Herr Kollege", antwortete der Mann aus Düsseldorf spitz. „Ich will nur meine Sachen holen. Sie sind doch sicher erfreut zu hören, dass ich meinen Dienst absofort in der Hauptstelle in Gelsenkirchen versehen werde." Da huschte ein Grinsen über Johnnys Gesicht. „Na, da können die sich ja freuen", er drückte auf den Knopf der Kaffeemaschine, machte die Kaffeedose zu und stellte diese auf die Fensterbank zurück. Dann setzte er sich an seinen Schreibtisch. „Was..? Wo sind meine Sachen hin?", empörte sich Hauptkommissar Bulle, als er feststellte, dass in dem Schreibtisch nicht mehr seine, sondern die Sachen eines anderen lagen. Johnny zeigte auf den Wandschrank. „Wenn ich mich nicht täusche, ist da ein Karton drin."
„Sie können es ja wohl gar nicht erwarten", fauchte Kollege Bulle verärgert, aber Johnny blieb gelassen. „Wenn ich ehrlich bin... ja! Aber das ist nicht auf meinem Mist gewachsen, sondern eine Anordnung von Polizeirat Kaltenberg."
„Ist mir auch egal. Ich hoffe meine Sachen sind noch alle da", ließ sich der Kollege zu einer Frage hinreißen, die Johnny überhaupt nicht gefiel. Was bildete sich der Kerl eigentlich ein. „Willste uns etwa unterstellen, wir würden deine Klamotten klauen?", fuhr Johnny wütend hoch. „Jetz

hör mir ma genau zu, du Superbulle, deinen Krempel braucht hier keiner! Und dich braucht hier auch keiner. Deine Klasse haste ja schon bewiesen. Wenn de datt nächste ma einen Fall an dich reisst, dann vergiss nicht wieder, den Tatort untersuchen zu lassen. Und jetz nimm deinen Karton und verschwinde!" Johnny nahm den Karton, den Bulle vorher auf den Schreibtisch gestellt hatte, drückte diesen dem Beamten aus Düsseldorf in die Arme, und öffnete ihm die Tür. Ein wenig bedröppelt verließ Klaus Bulle das Büro, und Johnny schloß hinter ihm unsanft die Tür.

„Ganz schön unverschämt, der Kerl", ärgerte sich Fred über die Anschuldigungen des Kollegen, musste dann aber doch über Johnnys Aktion lachen. „Und den hat es jetzt in die Hauptstelle verschlagen? Na, die werden sich freuen." Dann griff Fred zu dem blauen Pappordner, den er mitgebracht hatte. Er öffnete ihn, und las.
„Die Fingerabdrücke vom Messergriff, hat die Spusi auch in der Wohnung gefunden. Vorallem im Wohnzimmer! Dazu Blutflecken im Teppich und auf dem Fernsehsessel des Opfers."
„Und wie schaut et mit Wollschlägers Fingerabdrücken aus?", wollte Johnny wissen. Da schüttelte Fred seinen Kopf. „Leider kein Treffer!"
Verärgert schlug Johnny mit der Faust auf den Schreibtisch. „Kann et denn nich ma einfach gehen?"
„Das Wohnzimmer ist mit hoher Wahrscheinlichkeit der Tatort", stellte Fred Rudnick fest, und Johnny nickte. „Jetz fehlt uns noch der Besitzer der Fingerabdrücke."
„Also, ich wäre dafür, dass wir uns erstmal die Babette Kampinski vornehmen", schlug Fred vor. „Und du wirs staunen. Ich weiß sogar wo die wohnt." Johnny grinste den Kollegen an, und nahm seine Jacke. Da erhob sich auch Freddy von seinem Stuhl und öffnete die Tür. „Dann

besuchen wir datt Fräulein Kampinski ma." Johnny machte
das Radio aus, und folgte seinem Kollegen auf den Flur.

*

Der BMW fuhr die Hauptstraße nach Süden, bis in den
Stadtteil, den Johnny so gut kannte. Vorbei an seiner
Stammpommesbude, und der katholischen Kirche zu seiner
Rechten, und dann an der Ampel nach rechts, nach Westen.
Nach einer Weile erreichten sie die Karlstraße. Einst als
Zwilling der Auguststraße für die Arbeiter des Bergwerks
Graf Bismarck gebaut, standen hier nun fünfstöckige
Hochhäuser, mit schwarzen Schifferschindeln verkleidet. In
diese Straße bogen sie ein. Johnny fuhr ganz durch, bis fast
zum Ende. Dort stand das letzte Gebäude, Hausnummer
zweiundzwanzig. Hier lenkte Johnny den Wagen auf den
Parkplatz. „Da drin wohnen die Kampinskis. Schon seit
Vierundsiebzig." Er zeigte zu dem Hochhaus. Erstaunt sah
Fred seinen Kollegen an. „Woher weißt du das denn?" Da
lachte Johnny. „Vorher standen hier die Zechenhäuser, und
wie ich schon erzählte, habe ich hier die kleine Babette
babygesittet. Die meisten Bewohner der alten Häuser sind in
die Hochhäuser gezogen, als die ersten fertiggestellt waren."
„Mann, du kennst dich ja hier aus", staunte Fred. Johnny
zuckte mit den Achseln. Dann stiegen sie aus.
An der Haustür suchten, und fanden sie das Namenschild
Kampinski. Johnny klingelte. „Ja, wer is da?", fragte eine
Stimme nach einem Moment. „Die Kommissare Thom und
Rudnick. Wir müssten mit ihnen sprechen."
Da summte das Türschloß und die Tür ließ sich öffnen.
„Zweiter Stock", sagte die Stimme aus dem Lautsprecher.
Die beiden Beamten traten ein, gingen acht Stufen hoch
zum Parterre. Johnny trat vor den Fahrstuhl und drückte den
Anforderungsknopf. Da tönte eine junge Stimme von hinten.

„Der is kaputt!" Ein Mädchen sprang die Stufen hinunter, und verschwand nach draußen. „Datt is doch jetz nich wahr. Die Dinger hassen mich", ärgerte sich Johnny. Als sie im zweiten Stock ankamen, war die rechte der drei Wohnungstüren in diesem Stockwerk geöffnet. Eine Frau stand da, und wartete.

„Frau Kampinski?", fragte Johnny, und die Frau nickte.

„Gibt es etwas Neues im Fall meines Schwiegervaters?"

„Wir müssten mal mit ihrer Tochter sprechen", sagte Fred.

„Ist die zuhause?"

Da sah Frau Kampinski die beiden Beamten erstaunt an. „Ähm… ja." Dann drehte sie sich um, und rief den Flur runter Richtung Wohnzimmer: „Wolfgang, kommst du ma!" Kurz darauf erschien Wolfgang Kampinski, ältester Sohn des Opfers Theo Kampinski. „Watt gibt et?", fragte er ein wenig verärgert, denn er sah gerade fern. Er hatte nichts zu tun, denn er war arbeitslos. Dies war zurzeit ein Schicksal, dass viele in dieser Stadt teilten. „Herr Kampinski, wir müssten die Babette ma sprechen." Johnny hob seinen Dienstausweis in die Höhe. „Thom? Der Name kommt mir bekannt vor", stellte Wolfgang Kampinski fest, nach dem er den Namen gelesen hatte. „Ja, meine Eltern wohnen auf der Auguststraße, und ich hab früher als Jugendlicher ma auf die Babette aufgepasst."

„Ja, richtich! Der Johannes Thom. Vom Günner der Sohn", rief Wolfgang erfreut. „Watt is denn mit Püppi?"

„Routinefragen", antwortete Fred sofort. „Vielleicht hat sie was gesehen. Sie war ja kürzlich noch bei ihrem Opa."

„Wer? Die Babette?" Der Vater sah seine Frau erstaunt an. „Weißt du da watt von? Die wa doch schon ewich nich mehr inner Auguststraße."

„Is sie da?", hakte Johnny nach, denn er wollte eine Diskussion mit den Eltern vermeiden. Da nickte Wolfgang Kampinski. „Ja, dann komm se ma rein. Er zeigte auf die

Tür ihres Zimmers. „Da isse drin. Abba nich erschrecken."
Babette war einundzwanzig Jahre alt, und es war recht
merkwürdig, dass es sie nicht in eine eigene Wohnung zog.
Aus dem Zimmer dröhnte Musik, wenn man diese als solche
bezeichnen konnte. Aber Geschmäcker sind ja nun mal
verschieden. Das Klopfen wurde allerdings überhört, was
Johnny nicht wunderte. Also drückte er die Klinke runter,
und trat ein. Der Raum war völlig vernebelt. Das Rollo war
halb heruntergezogen, und die Fenster waren verschlossen.
Mit sicher nicht mehr als zwölf Quadratmetern war das
Zimmer nicht größer als eine Knastzelle. Allerdings waren
die bei weitem heller tapeziert. Hier waren zwei Wände in
Schwarz gestrichen, und die gegenüberliegenden erstrahlten
in einem freundlichen Grau. Darauf war ein riesiges
Anarchozeichen gesprüht. Auf einem Regal aus leeren
Bierkästen stand ein Ghettoblaster, den Fred sofort
ansteuerte, und zum schweigen brachte. „Ey, watt soll
datt?", beschwerte sich Babette. „Datt is ja wohl dreist!"
„Na, Püppi! Wir hätten da ma ein paar Worte mit dir zu
wechseln. Johnny ging zum Fenster, zog das Rollo hoch,
und öffnete die beiden Fensterflügel. Sofort zog der Rauch
hinaus, und von außen hätte man denken können es brennt.
Auf einem zweisitzer Klappsofa saß ein junger Mann mit
pechschwarzem Haar. „Und wer sind wir?" Fred trat auf den
Punker mit dem schwarz gefärbten Haaren zu. „Wenn du
nich weiß wer de biss, tut mir datt leid. Ich weiß wer ich
bin." Er sah Püppi an, und grinste frech.
Doch da unterschätzte er den jungen Polizeibeamten. „Nun,
wer ich bin weiß ich. Aber ich will wissen wer du bist. Und
wenn du mir das nicht sagen willst, dann nehme ich dich mit
und loche dich ein." Nun wurde der junge Mann etwas blaß
um seine Nase. „Und jetz is ma Schluß mit de
Fissematenten", mischte sich Johnny ein. „Name, aber
zackich!"

„"Nu sach schon", drängte Babette ihren Freund. „Kralle!",
sagte der.
„Watt, Kralle?", wurde Johnny langsam sauer. „Alles klar,
wenn du et so wills." Er zog die Handschellen aus der
ledernen Gürteltasche am Rücken. „Ja ja, is ja gut. Dieter
Fröhlich! Ich heiße Dieter Fröhlich!" Da musste Johnny
grinsen. „Echt jetz? Dieter Fröhlich? So siehse ga nich aus."
„Ha ha", beschwerte sich der Punker. Fred zog seinen
kleinen Block aus der Tasche und begann zu schreiben.
„Adresse?", fragte er. „Karlstraße sechs". Bekam er sofort
die Antwort. „Na also, geht doch."
„So, Püppi, und nu zu uns", wandte sich Johnny dem
Mädchen mit den grünen Haaren zu. „Watt wolltest du in
der Wohnung von deinem Oppa?"
„Boa hey, datt weiß du doch, Hannes", sagte Babette
genervt. „Nee, datt weiß ich eben nich. Weil die Geschichte
mit dem Sparbuch is nämlich gelogen." Johnny setzte sich
neben den Punker auf das Sofa, blickte ihn an und grinste
breit. „Wir haben nämlich Zeugen, die bestätigen, datt du
datt Sparbuch längst hattest."
„Die Zepaniak, die alte Spinatwachtel", platzte es sofort aus
der Punkerin heraus. „Na na na, immer schön freundlich
bleiben", warnte Johnny, und nahm seine Tippgeberin in
Schutz. „Ich brauche von euch beiden die Aussagen. Und
darum sehen wir uns morgen im Revier. Kla? Um zehn Uhr.
Auf Zimmer Dreihundertzwölf. Und schön pünktlich sein,
wenn ich bitten darf." Er erhob sich, und ging zur Tür. Fred
folgte ihm. Da drehte sich Johnny nochmal um, und sah
Babette an. „Sach ma, bisse für die Punkerei nich schon
bissken zu alt?" Dann gingen die Beamten.

*

Als Johnny an diesem Abend nach Hause kam, hatte sich seine Wohnung ziemlich verändert. Da wo der zweite Sessel gestanden hatte, standen nun ein Schreibtisch und ein Drehstuhl. Dafür waren das Sofa und der Tisch etwas nach hinten gerückt. Und wo vorher der große Gummibaum gestanden hatte, den der Vormieter zurückgelassen hatte, stand nun ein Regal, mit Ordnern und Büchern drauf. Der Gummibaum stand jetzt im Schlafzimmer. Auch hier hatte sich einiges geändert. Die eine Seite des viertürigen Schrankes hatte Anja ausgeräumt und für sich in Beschlag genommen. Johnnys Sachen hingen nun dicht gedrängt und hoch gestapelt auf der anderen Seite des Schrankes.

„Watt is denn hier passiert?" Johnny stand im Wohnzimmer, und sah sich um. „Wo is der zweite Sessel geblieben?"

„Im Keller", antwortete Anja grinsend. „Ich habe dir doch gesagt, ich ziehe hier ein. Und irgendwo muss ich ja arbeiten." Johnny nickte, und fügte sich in sein Schicksal. In der Küche war der Tisch gedeckt. Ein ganz neues Wohngefühl, denn so richtig zu Abend gegessen hatte Johnny als er noch bei seinen Eltern gelebt hatte. Oder wenn er diese besuchte. Aber hier, in seiner Wohnung!

„Ich habe mir gedacht, es wäre doch schön, wenn wir gemeinsam essen. Darum habe ich eingekauft, und den Tisch gedeckt." Sie setzte sich auf den Stuhl, und drehte das Küchenradio etwas leiser, aus dem Kenny Loggins sein „Footloose" sang. Dieses stand auf einem Regal, über dem Küchentisch. Johnny setzte sich ebenfalls. „Hass ja reichlich aufgefahren, Anni", bemerkte er, und griff in den Brotkorb. Darin lagen mehrere Roggenbrotscheiben und auch einige Scheiben Sonnenblumenkernbrot. In einem Schüsselchen lagen gekochte Eier, und auf einem großen Teller hatte sie mehrere Sorten Aufschnitt angerichtet. Und weil Johnny diese gerne mochte, was Anja wusste, lag da noch eine feine Kalbsleberwurst. So war es für die junge Frau auch nicht

verwunderlich, dass Johnny das Roggenbrot mit der Leberwurst bestrich. Was sie aber nicht kannte, war was dann kam. Er nahm eine große Gewürzgurke aus dem Glas im Kühlschrank, und schnitt diese in hauchdünne Scheiben. Damit belegte er das Leberwurstbrot. „Magst du Tee?" Erstaunt sah Johnny seine Verlobte an. Eigentlich hatte er als Kind zuletzt Tee getrunken. Zwergentee! Das war der Hibiskustee aus der zweiliter Flasche seines Vaters. Oder besser die Reste des Tees, den er auf den Pütt mitgenommen hatte. Darin schwammen dann kleine Kohlestippen, und in der dazugehörigen Geschichte, hatte man den Kindern erzählt, dass dies der Tee der Zwerge war. „Äh… ich trinke keinen Tee." Da grinste Anja. „Den magst du!" Sie schüttete die Tasse voll, nahm einen Zuckerwürfel, und warf diesen in den dampfenden Tee. Johnny nahm die Tasse, pustete, und trank einen Schluck. Dann begann er zu lächeln.
„Hibiskus", stellte er fest, und es gefiel ihm eigentlich doch ganz gut, mit Anja hier zu sitzen und zu Abend zu essen..

Es war schon weit nach Zehn, als sich Kralle auf den Weg nach Hause machte. Langsam ging er über den Gehweg in Richtung des Hochhauses mit der Nummer sechs. Als er bemerkte, dass ihm jemand folgte. Kralle überkam ein ungutes Gefühl. Plötzlich sagte eine Stimme in seinem Rücken. „Ey, warte ma!"
Kralle wandte sich um, und sah einen großgewachsenen, alten Mann. Er atmete auf! „Watt willse, Alter?", fragte er frech. Doch mit der Antwort hatte er nicht gerechnet. Eine gerade Rechte traf den jungen Punker unter dem Auge und streckte ihn nieder. „Ey, bisse bescheuert?", beschwerte er sich, und erhielt einen weitern Schlag.
„Jetz hör mir gut zu, Bürschchen", sagte der große Kerl. „Morgen Abend, um Elf, da komm se mit deiner Schnalle zur Wohnung."

„Watt denn für ne Wohnung?"
Eine Ohrfeige traf Kralles Gesicht. „Stell dich nich doof. Zu
Theos Wohnung. Und bring den Schlüssel mit!" Dann zog
er eine Pistole unter seiner Jacke hervor. „Und wenn ihr
nich erscheint…!" Dann wandte er sich um, und ging weg.
Sofort rannte Kralle zurück zum Haus mit der
Zweiundzwanzig.

*

Auch wenn Johnny nicht damit gerechnet hatte, kamen
Babette und Kralle pünktlich ins Präsidium. Nun saßen sie
auf der Bank im Flur vor Dreizwölf und warteten. Die Tür
wurde geöffnet und Fred Rudnick trat heraus. Er sah
Babette an. „Guten Morgen! Schön dass sie pünktlich sind.
Fräulein Kampinski bitte treten sie ein. Und sie Herr
Fröhlich folgen mir bitte zur Spurensicherung." Babette
folgte der Aufforderung, und betrat Dreizwölf. Kralle erhob
sich, und schloß sich Kommissar Rudnick an. Dieser sah
dem Punker erstaunt ins Gesicht. „Was ist ihnen denn
passiert?"
„Ich wurde überfallen", berichtete er, und wollte die ganze
Geschichte erzählen. Doch Fred bremste ihn. „Das können
sie mir gleich erzählen. Erst machen wir die Formalitäten."

„Hallo Püppi", begrüßte Johnny die junge Frau. Er zeigte
auf den Stuhl neben seinem Schreibtisch. „Setz dich doch."
Babette nahm Platz, und grinste. „Datt wa ja ne ziemliche
Vorstellung gestern."
„Vorstellung? Wir ermitteln in einem Mordfall. Schon
vergessen?" Da schüttelte Babette ihren Kopf. „Kaffee?",
fragte Johnny, wartete aber die Antwort gar nicht ab, und
schüttete den heißen Trunk in eine Tasse. Diese stellte er
vor die junge Frau. „Und jetzt ma die Wahrheit." Er nahm

ein Kassettengerät, stellte das Mikrofon auf den Schreibtisch, und drückte auf Aufnahmetaste. „Watt wolltest du in der Wohnung?"

„Na ja, datt mit dem Streit um datt Erbe stimmt schon. Watt ich dir erzählt hab. Ich hab nach einem Hinweis gesucht."

Johnny zog die Augenbrauen hoch. „Watt denn für ein Hinweis? Da musse schon genauer werden."

„Der Oppa Theo hat immer gesacht, der hat watt für mich. Wenn er ma nich mer is, dann bräuchte ich mir keine Sorgen machen. Und datt hatter im Wohnzimmerschrank versteckt, oder so ähnlich."

„Und nachdem Oppa weg wa, hasse dir gedacht, geh ich ma suchen", folgerte Johnny, und Babette nickte. „Du hass doch gesehen, wie ich wohne. Und mit meinen Alten is auch nich immer gut Kirschen essen", beshwerte sie sich.

„Datt sacht dein Vatter sicher auch", hielt Johnny dagegen. „Und, hasse watt gefunden?" Da schüttelte Püppi den Kopf.

„Nee, noch nich. Abba ich schein nich die einzige zu sein, die danach sucht." Da stutzte der Hauptkommissar. „Wie?"

„Na, den Kralle hat gestern Abend einer überfallen", erzählte Babette. „Der hat ihn zusammengeschlagen, und gesacht wir sollen heute Abend um Elf beim Oppa anne Wohnung sein."

„Ach", wunderte sich Johnny. „Weiße wie der Kerl aussah?"

„Kralle sacht, der war alt, und groß. Und der hatte ne Knarre. Damit hatter gedroht, falls wir nich kommen."

Da klopfte es an der Tür, und diese wurde geöffnet. Fred steckte seinen Kopf herein. „Du, Johnny, das musst du dir mal anhören."

„Ich weiß schon! Der Überfall auf Kralle!" Fred schob Kralle in das Büro, und Johnny sah das ledierte Gesicht. Um das rechte Auge war es ziemlich geschwollen und blau. Dazu kam eine Platzwunde an der Stirn. Die Geschichte schien zu stimmen. „Da gab et abba übel watt aufs Maul, wa?"

„Die Beschreibung hört sich nach Wollschläger an", meinte Fred, und Johnny nickte. „Na, dann wollen wir uns den Herrn mal vorknöpfen." Er wandte sich an Babette und Kralle. „Ihr geht da hin, heute Abend. Wir kommen auch. Mal sehen, was der von euch will."

Langsam verstrich der Tag. Langsamer als sonst, wie es sich für Johnny anfühlte. Viel geschah nicht am Nachmittag, ausser das Polizeirat Kaltenberg nach Dreizwölf herüber kam, und Johnny dafür tadelte, dass er schon so lange nicht mehr bei seinem Mentor und Freund Jupp Tillman zu Besuch war. Allerdings hatte dieser sich auch schon einige Zeit nicht mehr im Präsidium blicken lassen, was er sonst regelmäßig getan hatte. Johnny klärte den Polizeirat über den laufenden Fall auf, und musste sich anhören, dass sie sich bei der Klärung doch gefälligst mal etwas anstrengen sollten. Auch mit Anni hatte Johnny telefoniert, und dieser mitgeteilt, dass er einen Nachteinsatz habe, und daher auf das gemeinsame Abendessen verzichten müsse.
Und dann, nach achtzehn Uhr, wurde es langsam ruhig im Revier. Die Tagschicht ging heim, und die Nachtbesetzung bezog ihre Plätze. Gelangweilt saßen Fred und Johnny in ihrem Büro. Dem einzigen auf dem Flur, in dem noch Licht brannte. Im Radio sang Nino de Angelo irgendwas von wegen „Atemlos". Und keiner der beiden wusste mehr etwas zu erzählen. Kaffee mochte auch keiner mehr. Und dann war es endlich zehn Uhr. „Ich denke, wir machen uns jetzt auf den Weg."
So fuhr der weinrote BMW durch die Nacht Richtung Süden.

Langsam lenkte Johnny seinen Wagen auf den Hof seiner
Eltern. Hier ließ er das Auto stehen, denn er wollte nicht
Gefahr laufen, dass Karl-Heinz Wollschläger den BMW
erkannte. Man konnte ja nie wissen, ob er das Fahrzeug
beim Besuch der Beamten gesehen hatte!
Weit war es ja nicht zu laufen, bis zu dem Haus des Opfers.
Fred Rudnick bezog Stellung seitlich des Stalles, während
Johnny mit Theo Kampinskis Schlüssel das Haus betrat.
Leise schlich er sich die Treppen hinauf, in der Hoffnung
von Frau Zepaniak nicht gehört zu werden. Er ging bis in
das Stockwerk über dem der Wohnung des Opfers. Hier
setzte sich Johnny auf die Treppe und wartete. Er zog
Bessie, seinen Revolver aus dem Holster, und prüfte die
Trommel. Und wieder hieß es Warten. Eine halbe Stunde
konnte verdammt lang sein, besonders wenn man in einem
dunklen Hausflur auf einer Treppe saß.

Fred stand an der rechten Ecke des Stalles. Es war ruhig auf
dem Hof. Nur hin und wieder drang ein leises Gurren an
seine Ohren. Doch plötzlich hörte er Stimmen. Von der
linken Hofeinfahrt näherten sich zwei Gestalten dem Anbau,
in dem das Treppenhaus war. Zu beiden Seiten befanden
sich die Eingangstüren des Doppelhauses. Als Fred sich
sicher sein konnte, dass dies Babette und Kralle waren,
machte er sich kurz bemerkbar, verschwand aber sofort
wieder hinter der Stallecke. Und plötzlich näherte sich ein
Mann. Fred erschrak, denn die Person kam nicht von der
linken, wie er es erwartet hatte, sondern von der rechten
Hofeinfahrt. Sofort lief er zurück, und verschwand hinter
dem flachen Gebäude. Wenn Wollschläger ihn bemerkt
hatte, war die ganze Aktion gelaufen. Fred Rudnick hätte
sich die Haare büschelweise ausreissen können. Das hatte er
nicht bedacht. Doch Wollschläger ging geradewegs zu den
beiden Personen an der Tür.

„Is euer Glück, datt ihr gekommen seid", sagte er drohend und zeigte auf die Waffe in seinem Hosenbund. „Watt wolln sie eigentlich von uns?", fragte Babette, und zeigte wenig Angst vor dem großen Kerl in dem karierten Hemd. „Datt weißt du doch genau, Kleine. Ich will meine Kohle, und ich hoffe für dich, datt du weißt wo der Theo die versteckt hat." „Da muss ich sie enttäuschen", antwortete Babette. „Ich hab selber nach Oppas Hinweisen gesucht. Abba bis jetz hab ich noch nix gefunden."

„Dann suchen wir jetz zusammen. Los, mach, schließ auf!" Leise betraten die drei Personen den Hausflur, und konnten nur hoffen, dass Frau Zepaniak tief und fest schlief. Sie schliechen die Treppe hinauf, und schlossen die Tür zu Theo Kampinskis Wohnung auf.

Dann verschwanden sie nacheinander in der Wohnung. Jetzt war auch Johnny aufgestanden und kam leise die Treppe hinunter. Er wartete einen Augenblick. Jetz sind se im Wohnzimmer, dachte er, und steckte langsam den Schlüssel in das Schloß.

Karl-Heinz Wollschläger hatte seine Pistole aus dem Hosenbund gezogen, und hielt damit Püppi und Kralle im Schach. „Macht keinen Mist, sonst…", drohte er. „Und jetz such, Mädchen. Und du beweg dich nich." Kralle schüttelte den Kopf. Nach den Schlägen des Alten, hatte er mächtigen Respekt vor dem Mann. Babette öffnete die mittlere, die Glastür, von den drei Türen des Schrankaufbaus. Dahinter stand lauter Kram. Einige Sammeltassen, die noch von ihrer Oma stammten, und auch Bergmannstinnef von Opa Theo. Die Grubenlampe, eine kleine Kohlenlore mit der Aufschrift Zeche Graf Bismarck, ein Kohleklumpen auf einem lackierten Brettchen, und eine Bergmannsfigur.

Püppi zögerte einen Moment. „Na los", drängte der alte Wollschläger. Da griff sie in den Schrank, und zog die

Grubenlampe heraus. „Die mochte Oppa am liebsten. Vielleicht hatter dadrin ja watt versteckt", flüsterte sie und versuchte die Grubenlampe zu öffnen.

Unbemerkt hatte Johnny die Wohnung betreten, schlich durch den Korridor zur Wohnzimmertür, und sah die drei Personen vor dem Schrank stehen. Der große Kerl war ihm am nächsten. Zufrieden nickte Johnny!

Wie eine Katze betrat er unbemerkt das dunkle Zimmer, hob seine Hand, in der er seine Bessie hielt, legte diese dem Wollschläger in den Nacken, und spannte den Hahn. Das Klicken ließ den großen Kerl zusammenfahren. Dieses Geräusch schien er gut zu kennen. „Schön langsam die Waffe auf den Boden legen, Herr Wollschläger!" Er zögerte einen Moment! Wollschläger wiegte seine Möglichkeiten ab, aus der Geschichte herauszukommen. Dann beugte sich der Mann nach vorne und ließ seine Waffe auf den Teppich fallen. „Und jetzt brav die Hände auf den Rücken. Kralle mach das Licht an." Beide Männer folgten sofort den Anweisungen des Hauptkommissars. Die Handschellen klickten, und das Deckenlicht beleuchtete den Raum. „Tja, Herr Wollschläger, datt wa ja wohl ein Schuß ins eigene Knie", sagte Johnny, während Fred das Wohnzimmer betrat. „Die Kollegen sind da", teilte er Johnny mit, dass draussen bereits die Kavallerie wartete. „Dann bring ihn ma runter. Auf den warten noch ein paar Jährchen Knast."

„Pah, ihr könnt mir ga nix. Mit den Theo sein Tod hab ich nix am Hut!"

„Ja, das wird sich zeigen. Aber für die Nummer hier, gibt es bestimmt noch eine Rechnung, Herr Wollschläger. Gehen wir!" Fred schob den Gefangenen vor sich aus dem Raum, und Johnny wandte sich Püppi und Kralle zu. „Allet in Ordnung?", fragte er, und beide nickten. Er trat an den Schrank, besah sich den Bergmannskram, und schloß dann die Glastür. „Na, gut! Dann ab dafür!"

Als sie die Treppe hinunter kamen, stand natürlich Frau Zepaniak an ihrer Wohnungstür. Der Krach und auch das blaue Licht der Einsatzfahrzeuge hatte die von Natur aus neugierige Frau natürlich geweckt. „Watt is denn hier los? Muss der Krach denn sein? Et is doch mitten inne Nacht!"

*

VI. Manchmal kommt es anders...

Karl-Heinz Wollschläger wurde am nächsten Tag von Johnny und Fred vernommen. Doch ein Geständnis brachten sie aus ihm nicht heraus. Und da die Spusi seine Anwesenheit in der Wohnung nicht nachweisen konnte, sah es in der Mordsache tatsächlich düster für eine Verurteilung aus. Die andere Angelegenheit, besonders der Besitz einer Schußwaffe, würde ihn allerdings in arge Schwierigkeiten, und höchstwahrscheinlich auch in den Knast bringen.

Am nächsten Tag wurde Wollschläger dann nach Essen in die „Krawehle", die JVA in der Krawehlstraße überführt. Und noch war Fred davon überzeugt, dass Karl-Heinz Wollschläger der Mörder war. Er hatte gleich zwei Motive für die Tat. War das Geld aus dem Raub tatsächlich noch da, wollte er seine Beute zurück. Stimmte die Geschichte, die Theo Kampinski erzählt hatte, und das Geld war im Pütt geblieben, so sann Wollschläger wohl auf Rache.

Johnny war langsam von dieser Theorie abgekommen, und er sollte Recht behalten.

Es war ein junger Kollege in Uniform, der am Morgen an die Tür von Dreizwölf klopfte. „Herein!" Fred saß an seinem Schreibtisch, und Johnny war mal raus zu den Toiletten. „Ich hab hier einen Bericht für euch", sagte der Kollege, und reichte die blaue Pappmappe herein. „Danke Oliver", bedankte sich Fred, und nahm die Mappe entgegen. Er klappte den Deckel auf und begann zu lesen. Seine Augen wurden immer größer. „Na, das ist ja ein Ding!"

Es dauerte eine Weile, da kam Johnny von seiner dringenden Sitzung zurück. „Watt grinste denn so?", fragte er, als er Freds freudiges Gesicht sah. „Du wirst staunen.

Setz dich erstmal hin, Johnny", schlug der Kommissar vor. „Watt hasse den da schönet?" Johnny zeigte auf die blaue Mappe. „Das ist der Bericht von der Spusi, und du wirst es nicht glauben, wir haben einen Treffer bei den Fingerabdrücken." Da erhellte sich Johnnys Gesicht. Er zog die Augenbrauen hoch. „Na, und?"

„Dieter Fröhlich!"

„Kralle? Echt?", staunte der Hauptkommissar nicht schlecht. „Datt gibtet doch ga nich."

„Und ob es das gibt! Die Fingerabdrücke aus der Wohnung, und auch die auf dem Messer. Alle von Dieter Fröhlich."

„Na, wenn datt nich ma ne Überraschung is." Johnny erhob sich, und griff nach seiner Jacke. „Kommste?"

Da legte Fred die Mappe auf den Schreibtisch, und folgte seinem Kollegen hinaus auf den Flur.

Der Weg führte die Beamten in die Karlstraße, zum Haus Nummer sechs. Sie klingelten, doch niemand öffnete.

„Mist!", ärgerte sich Johnny. „Meinst du der ist abgehauen?", fragte Fred, doch Johnny schüttelte seinen Kopf. „Nö, der denkt doch, wir haben den Wollschläger im Visier. Der is noch irgendwo hier. Vielleicht nur einkaufen."

„Oder drüben bei der Kampinski", meinte Fred Rudnick. Da nickte Johnny. „Gut möglich. Fragen wa ma nach."

Der BMW blieb auf dem Parkplatz, und die beiden Männer gingen den Gehweg, der direkt am Haus die Eingänge verband, entlang bis sie Nummer zweiundzwanzig erreichten. Freddy schellte. „Ja, wer is da?", fragte nach einer Weile eine weibliche Stimme. „Frau Kampinski, hier ist die Polizei. Kommissar Rudnick." Da summte der Türöffner, und die beiden Männer traten ein.

„Da hamm se ja gute Arbeit geleistet." Mit diesen Worten empfing Frau Kampinski die beiden Beamten. „Sitzt der Mistkerl jetz endlich wieder im Knast?" Babette hatte also

von den Ereignissen in der Wohnung ihres Großvaters erzählt. Fred nickte. „Ja, der Täter ist in Gewahrsam."
„Is die Püppi zuhause, wir müssten die ma sprechen", fragte Johnny, und Frau Kampinski glaubte auch den Grund zu kennen. „Wegen den Verbrecher, nee? Aber datt tut mir leid, die is nich da."
„Und wo wir die Babette finden, wissen sie nicht", hakte Fred nach. Aber Frau Kampinski schüttelte nur den Kopf.
„Ja, dann, sagen se der Püppi ma, die soll sich bei mir melden. Tschüß!" Johnny wandte sich ab und ging zu den Treppen. Fred verabschiedete sich, und folgte.
„Und was jetzt?", fragte er als sie ins Freie traten. „Nix! Ersma zurück zum Auto, würd ich sagen."
Sie gingen den Weg zurück entlang der Rosenrabatten, und als sie den Parkplatz fast erreicht hatten, sagte Freddy: „Schau mal, wer da kommt." In aller Seelenruhe kamen da Kralle und Püppi den Weg entlang. Beide schleppten Plastiktüten mit der grünen Aufschrift Hues, von einem Geschäft an der Straßenecke. „Der war nur einkaufen", stellte Johnny fest. „Watt wollt ihr denn schon wieder?", rief Babette unfreundlich. „Bleib ma locker, Püppi", entgegnete Johnny. „Zu dir wolln wa gar nich."
„Genau, Herr Fröhlich, wir wollen zu ihnen", sagte Freddy. „Sie müssen uns auf das Präsidium begleiten!"
Kralle blieb stehen, und erstarrte. Am liebsten hätte er die Tüten fallen lassen, und wäre davongelaufen. „Äh… warum datt?"
„Datt erfährst du dann im Revier, darf ich bitten!" Johnny wies auf sein Auto. „Kann ich meine Einkäufe wenichstens nach oben bringen?" Da nickte Johnny, und die beiden Beamten schlossen sich an.
Die Wohnung ähnelte stark dem Zimmer von Babette Kampinski. Nur es war eigentlich recht ordentlich. Die Tapeten waren zwar mit Grafitti besprüht, und überall

hingen Poster, vor allem von den Sex Pistols, aber es war sauber. Kralle und Babette begannen in der Küche die Waren wegzuräumen, und Fred bewachte sie dabei, während Johnny durch die Wohnung ging.
Etwas Auffälliges konnte er aber nicht finden. Dann ging er zurück zur Küche. „So, den Rest schafft die Püppi allein. Abfahrt, Kralle!"
Bald darauf saß Dieter Fröhlich neben Kommissar Rudnick im Font des weinroten BMW und wurde ins Präsidium gebracht.

*

Der Fahrstuhl hielt im vierten Stock. Sie gingen über den Lichthof durch eine Glastür in einen Gang. Die letzte von drei Türen auf der linken Seite, war ihr Ziel. Gegenüber befand sich ein Raum, in dem ein uniformierter Beamter seinen Dienst tat. „Tach Andi", grüßte Johnny den Kollegen. „Wir brauchen den Verhörraum."
„Is offen", antwortete der Beamte. Johnny grüßte und öffnete die Tür, die nur angelehnt war. Auffällig in dem Raum war der riesige Spiegel an der einen Wand. Mittig stand ein großer Tisch mit vier Stühlen in dem Raum. Darauf stand ein Kassettengerät mit Mikrofon, und auf der einen Seite war ein Metallring in den Tisch eingelassen. Den Platz hinter dem Ring, wies Johnny Kralle zu. „Setzen", befahl er. Da betrat auch Fred den Raum. Er brachte drei kleine Wasserflaschen und stellte diese auf den Tisch. Die blauen Pappordner unter seinem Arm, legte er auf die Tischplatte. Dann setzte er sich, und begann das Band zu besprechen. Tag und Datum, der Name der verhörten Person, die verhörenden Beamten.

„Ich denke, sie wissen warum sie hier sind, Herr Fröhlich", begann Fred das Verhör. „Äh... nee, weiß ich nich. Bin ich verhaftet?"

„Nein, bisse nich. Noch nich!" Johnny hatte nun auch Platz genommen. „Wir haben deine Fingerabdrücke in der Wohnung von Theo Kampinski gefunden."

Da lachte Kralle kurz auf. „Ja, und, ich war ja auch oft genug mit Püppi bei ihrem Oppa."

„Sie leugnen also nicht, in der Wohnung des Opfers gewesen zu sein?", fragte Fred. Kralle schüttelte seinen Kopf. „Nee, leugne ich nich!"

„Waren sie auch am Montag den elften Juni in der Wohnung?", wollte Fred wissen. „Weiß nich. Kann sein. Vielleicht", gab Kralle zur Antwort."Datt warse ganz sicher, denn da hasse den alten Theo erstochen", konfrontierte Johnny den Punker nun direkt mit der Tat. Und dieser fuhr empört hoch. „Hab ich nich!"

„Wir hamm aber deine Fingerabdrücke auf der Tatwaffe gefunden", legte der Hauptkommissar nach. „Und zwa nur deine. Watt sachse jetz?"

Der Bursche mit den pechschwarzgefärbten Haaren wurde kreidebleich. „Ich... ich war datt nich", sagte er leise.

„Oh, da sagen die Beweise abba watt anderet." Johnny hatte Kralle nun genau da, wo er ihn haben wollte. „Oder willse uns vielleicht watt erzählen."

Da begann Kralle zu reden: „Der Oppa Theo hat der Püppi immer erzählt, datt wenn er ma nichmer is, hatt er watt für die Püppi. Und zwar kricht se dann seinen alten Wohnzimmerschrank. Den ollen Schrank kannse behalten, Oppa, hatt se immer gesacht. Abba der Theo hat gesacht, die soll nich so voreilich sein. Wer den Pfennich nicht ehrt, is des Talers nich wert., hatter immer gesacht. Und dann hamm wer den ma belauscht, als er mit dem Wollschläger im Taubenschlag gequatscht hat. Und da war von viel Geld die Rede, datt der Wollschläger haben wollte. Abba der Theo hat immer gesacht, datt die Kohle wech is. Da hat die Babette datt verstanden mit dem Schrank. Hatt se gedacht! Wir ham den Theo dann öfter besucht, und Babette hat immer den Schrank heimlich durchsucht, wenn der Oppa inne Küche war. Sie hat abba kein Geld gefunden. Und irgendwann hatt se die Schnauze voll gehabt, und hat angefangen zu betteln. Oppa ich brauch Geld. Oppa ich muss ausziehen, der Vadda is unausstehlich. Abba der Theo blieb hart."

„Und datt war schlecht für seine Gesundheit", stellte Johnny Thom fest. Kralle senkte den Blick.

„Und weiter?", fragte Fred Rudnick.

„Als wir bei ihr im Zimmer saßen, da is ihr die olle Grubenlampe eingefallen."

„Was denn für eine Grubenlampe?", wollte Fred wissen.

„Na, keine echte, sondern so ne Lampe aus Messing für Touristen oder Sammler. Die steht im Wohnzimmerschrank, mit lauter son Berchmannskram."

„Jau, die hab ich gesehen", sprach Johnny dazwischen, und Kralle nickte. „Da dachte die Püppi, vielleicht war da irgendein Hinweis auf datt Geld drin. Datt wa dem Oppa Theo zuzutraun. Der alte wa ein Fuchs!"

„Und dann seid ihr auf Schatzsuche gegangen? Am Montag?", vermutet Fred, und ahnte, dass sie sich dem Ende näherten.

„Die Püppi hat den Schlüssel von ihren Eltern geklaut, und wir sind zur Auguststraße. War spät abends, und datt wa schon dunkel. Hamm uns in die Wohnung geschlichen. Vom Korridor aus, ham wa gesehen, datt der Alte in seinem Sessel saß, und laut geschnarcht hat. Der Fernseher lief noch, darum musste Püppi kein Licht anmachen." Kralle stockte mit seiner Erzählung.

„Na, watt is?", drängte Johnny. „Willse für deine Freundin in Knast? So für zwanzich Jährchen."

Da schüttelte Kralle den Kopf. „Hol mir ma ein Messer ausse Küche, hatt se zu mir gesacht. Ich wollte nich, da hattse gesacht, datt se ja irgendwie die Grubenlampe aufkriegen muss. Da bin ich inne Küche, und hab datt Messer geholt."

„Und datt hasse dann der Püppi gegeben, und die is damit ins Wohnzimmer", fuhr Johnny fort, und ahnte was kommen würde. „Und die Püppi war so schlau, und hatte Handschuhe an", fügte er noch hinzu.

Da nickte Kralle wieder, und verzog seine Mundwinkel. „Jau, so schwarze Gummihandschuhe. Keine Ahnung wo se die aufeinma her hatte." Plötzlich unterbrach Fred das Verhör. „Herr Fröhlich, ich muss ihnen sagen, dass sie das Recht auf einen Anwalt haben, bevor sie fortfahren." Nun sah ihn Johnny mit bösem Blick an. Was war denn in den gefahren? Wie konnte der denn den Kralle jetzt bremsen? Aber Kralle winkte ab. „Nee, ich mach jetzt reinen Tisch!" Da atmete Johnny auf. Obwohl ihm klar war, dass dieses Verhör hätte durchaus wertlos sein können.

„Die Püppi is rein, und zum Schrank. Die hat die Glastür geöffnet, und nach der Grubenlampe gegriffen. Und da is datt verdammte Ding runtergefallen. Oppa Theo wurde wach. Bevor er aufstehen konnte, is sie hin zu ihm." Dieter stockte wieder, und nahm die Wasserflasche. Aber er trank nicht. Er spielte nur damit rum. „Da hatter gefracht: Babette watt machs du denn hier? Da hatt se gesacht: „Oppa ich brauch datt Geld. Sei doch nich so. Wo is die Kohle? Abba er blieb dabei, keine Kohle solange er noch lebt. Und da hat Püppi zu gestochen."

„Dann war es Babette Kampinski, die ihren Großvater getötet hat?", fragte Fred nochmal nach.

„Ja, et wa die Babette", antwortete Dieter Fröhlich mit gesenktem Blick. Da zog Fred Rudnick ein Schriftstück aus der blauen Mappe. „Herr Fröhlich, dies ist ein Haftbefehl. Ich verhafte sie wegen der Beihilfe zum Mord an Theo Kampinski!"

*

Die beiden Beamten saßen wieder in Dreizwölf, während Kralle im Kellergeschoss in einer Zelle saß. Er würde am nächsten Tag in die JVA nach Essen überführt und dort erst einmal in Untersuchungshaft einsitzen. Im Radio lief „Girls just wanna have fun" von Cyndi Lauper mit quitschiger Stimme vorgetragen. „Hasse schon ne Idee, wie wir ein Geständnis von der kleinen Kampinski kriegen?"
Freddy schüttelte den Kopf. „Nee, keine Ahnung!"
Er blätterte in der Akte. „Vielleicht reicht es ja, wenn wir sie mit der Aussage von ihrem Freund Kralle konfrontieren."
Johnny zuckte mit den Achseln. „Vielmehr bleibt uns auch nich über. Na, dann holen wer uns ma datt Täubchen in unsern Stall." Er erhob sich, und nahm seine Jacke, obwohl es schon ordentlich warm war.
Wieder fuhren die beiden Beamten in die Karlstraße, und hielten auf dem Parkplatz des Hauses Nummer zweiunsdzwanzig. „Hier sind die Kripobeamten Thom und Rudnick", sagte Freddy in die Sprechanlage, nachdem sich Herr Kampinski gemeldet hatte. Die Tür ging auf, und die Beamten gingen in den zweiten Stock. „Warum laufen se denn? Der Fahrstuhl geht doch wieder." Mit diesen Worten begrüßte Wolfgang Kampinski die beiden Polizisten. „Watt gibtet denn?"
„Is Babette zuhause?", fragte Johnny, und Herr Kampinski nickte. „Mann, watt habt ihr immer mit de Püppi?"

„Ja, Herr Kampinski", begann Freddy. „Es tut uns leid, aber wir müssen ihre Tochter verhaften."

„Watt wollt ihr?", rief der Mann nun wütend. „Ihr seid wohl bescheuert!"

„Sein sie doch vernünftig. Ihre Tochter steht unter…!" Da traf ihn der Blick seines Kollegen, und ein leichtes Schütteln des Kopfes, ließ ihn Schweigen. „Jedenfalls müssen wir Babette mitnehmen.", fuhr er fort, während Johnny sich an dem Mann vorbeidrängte, und die Tür zu Babettes Zimmer öffnete. Diese zeigte sich recht locker. „Ach, die Herren vonne Bullerei", sagte sie grinsend. „Watt habter mit Kralle gemacht? Isser schon wieder frei?"

„Nee, Babette, isser nich. Und ich muss dich bitten, mich ins Präsidium zu begleiten." Johnny fühlte sich wirklich unwohl, schließlich kannte er diese junge Frau seit vielen Jahren.

„Wie? Wieso datt denn?", gab sich Babette unwissend.

„Datt werden wir dir noch erklären. Also mach kein Ärger, ich will dich nich in Handschellen abführen müssen." Da stürmte Püppis Vater in das Zimmer. „Ihr müsst erst an mir vorbei", rief er herausfordernd. „Wirklich jetz?" Johnny wandte sich dem Mann zu. „Jetz lass ma die Fissematenten bleiben, sonst handelse dir nur Ärger ein."

„Mensch Papa, mach ma hier nich den wilden Stier!" Babette und Johnny gingen an ihm vorbei in den Korridor. „Herr Kampinski, sie können sich gerne später bei uns im Präsidium erkundigen. Aber bis dahin bitten wir doch darum, dass sie sich beruhigen. Auf Wiedersehen." Fred folgte seinem Kollegen zum Auto.

Nun saß auch Babette Kampinski im Verhörraum im vierten Stock des Präsidiums in Buer. Freddy erledigte die Formalitäten, und begann dann das Verhör. Auch Babette verzichtete zunächst darauf, einen Anwalt zu konsultieren.

„Wo waren sie am elften Juni, zwischen neun und vierundzwanzig Uhr?", fragte der Kommissar.

„Da wa ich zuhause!"

„Datt stimmt nich", fuhr Johnny dazwischen. „Da warste mit Kralle in der Wohnung von deinem Oppa."

Babette wurde blaß. „Datt is doch Blödsinn!"

Nun übernahm Fred wieder. „Wir haben eine Aussage, die sie schwer belastet. Das sollten sie bedenken, bei dem was sie sagen."

„Wo sind die schwarzen Gummihandschuhe?", fragte Johnny, und sah sofort an Püppis Reaktion, dass Kralle die Wahrheit gesagt hatte. Doch sie fing sich wieder. „Ich weiß nix von schwarze Gummihandschuhe."

„Oh, das wird sich zeigen, Fräulein Kampinski, denn genau jetzt nimmt unsere Spusi ihr Zimmer auseinander. Und wenn da schwarze Gummihandschuhe sind, dann finden die die auch." Freddy lächelte freundlich.

„War et der Schreck, datte zugestochen hass?", fragte Johnny. „Weil Theo aufgewacht is?"

„Und auch ein bisschen Wut, weil er das Geld nicht rausrücken wollte", fügte Freddy hinzu.

Da füllten sich die Augen der Punkerin mit Tränen, und sie knickte ein. „Ich hab meinen Oppa erstochen!"

Freddy zog den Haftbefehl aus der Akte. „Babette Brigitte Kampinski, ich verhafte sie wegen des Mordes an ihrem Großvater Theo Kampinski."

*

Johnny saß in Dreizwölf, im Radio sangen die Cars ihren Hit „Drive", und eigentlich hätte er zufrieden sein müssen. Der Fall Kampinski war gelöst! Zwar mit einem Ausgang den sich Johnny nicht gewünscht hatte, und der ihn ein wenig traurig machte. Aber er war gelöst!

Und doch fehlte ihm das Gefühl des Abschlußes. An ihm nagte immer noch die Tatsache, das Geld aus dem Raub nicht gefunden zu haben. Und plötzlich öffnete er seine Schublade, nahm den Klarsichtbeutel, in dem der Schlüssel von Theo Kampinskis Wohnung lag, den hatte er noch, da der Bericht noch nicht fertig geschrieben war, und verließ das Büro. Auf dem Flur kam ihm Fred entgegen, der beim Kopierer im ersten Stock gewesen war. „Wohin?", fragte er knapp. „Ich will nochma zur Wohnung Auguststraße."
„Ach, warum?"
„Mir is da was eingefallen", antwortete Johnny, und ging weiter.
Es war die Grubenlampe, die Johnny nicht aus dem Kopf gehen wollte. Theo hätte seine Enkeltochter nicht belogen, da war sich Johnny sicher. Und wenn der Alte ihr ein sattes Erbe versprochen hatte, dann gab es das auch.

Der weinrote Nullzwo bog in die Hofeinfahrt ein, und kam neben der Hauswand zum stehen. Der Motor erstarb, und auch die Musik ging aus. Johnny nahm den Schlüssel aus der Tüte, und stieg aus. An der Eingangstür wurde er von Frau Zepaniak empfangen, die gerade damit beschäftigt war, die Fußmatten auszuklopfen. „Ach, der Johannes", sagte sie freundlich. „Moin, Frau Zepaniak. Hamm se Flurwoche?"
Johnny trat in den Hausflur. Aber weiter kam er nicht. „Datt is ja ein Ding, mit der Püppi", sagte sie. „Abba wenn schon eine grüne Haare hat."
„Is ne traurige Sache. Abba ich muß nomma inne Wohnung. Ich will sie ja auch nich beim putzen störn." Johnny lächelte, und ging nach oben. „Ja ja, datt macht ja keiner für mich", hörte er die alte Frau noch sagen. Dann verschwand er in Theo Kampinskis Wohnung. Er ging ins Wohnzimmer, und öffnete die mittlere Tür des Schrankaufsatzes. Zielsicher griff er nach der Grubenlampe, und stieß dabei

den Kohleklumpen aus dem Schrank. Mit einem Poltern landete dieser auf dem Teppich. „Mist", entfuhr es Johnny. Das Holzbrettchen war abgebrochen. Johnny hob den Klumpen und das Holzbrett auf, und staunte nicht schlecht. „Watt hamm wa denn da?"

In der Unterseite des Kohleklumpens klaffte ein Loch, und in dieses Loch war ein Schlüssel eingeklebt. Johnny setzte sich auf einen der Sessel. In der einen Hand hielt er den Schlüssel, in der anderen den Kohleklumpen. Und auf diesen fiel sein Blick.

Da plötzlich schoß ihm ein Gedanke durch den Kopf. Er sprang auf, lief in den Hausflur, rannte die Treppe hinunter, und sah Frau Zepaniak mit dem Wischmopp in den Händen. „Frau Zepaniak, sagen se ma. Gibtet hier noch Kohlekeller?"

Die Frau sah auf. „Ja, die gibtet, abba die nutzt keiner mehr als Kohlekeller", antwortete sie. „Mir hatt der Junge von Krügers da Regale reingebaut. Da hab ich jetz mein Eingemachtes drin."

„Und wo is den Theo sein Kohlenkeller?", wollte Johnny wissen. Frau Zepaniak überlegte einen Moment. „Wenne runter komms, auffe rechte Seite is zuerst mein Keller. Und dann mein Kohlekeller. Und den Theo seiner is auf der linken Seite, gegenüber von meinem." Johnny lief die Treppe hinunter, bis zur Kellertür. „Junge, pass auf, datt is glatt", warnte Frau Zepaniak, doch Johnny war bereits auf der Kellertreppe. Die Tür des Kohlekellers war mit einem alten Vorhängeschloß verschlossen. Johnny nahm den Schlüssel aus dem Kohleklumpen, und steckte diesen in das Schlüsselloch. Ziemlich schwergängig ließ sich der Schlüssel drehen, und das Schloß sprang auf. Es war stockduster in dem kleinen Raum. Johnny tastete die Wand ab, und suchte nach einem Lichtschalter. Aber den Gab es nicht. Er lief zurück, die Treppe hinauf, in den Flur. „Frau Zepaniak, haben sie vielleicht ne Taschenlampe für mich?" „Äh, ja, müsste ich haben." Es dauerte einen Moment, bis die Frau aus ihrer Wohnung zurückkehrte. „Ich hoffe, die Batterien sind nich leer!" Sie reichte Johnny die Taschenlampe, und dieser stürmte zurück in den Keller. „Watt machse eigentlich da unten?", rief Frau Zepaniak hinterher.

Johnny hielt die Lampe in den kleinen Kellerraum, und fand genau das, was er erwartet hatte. Einen Kohlehaufen! Seitlich an der Wand hing eine Kohlenpanne. Er nahm die große herzförmige Schaufel, und begann damit den Kohleberg umzugraben. Und plötzlich spürte er einen Widerstand. Da huschte Johnny ein Grinsen über sein Gesicht. Und bald zog der Kripomann eine alte Tasche aus den Kohlen. Er öffnete die Tasche, und begann laut zu jubeln. Er hatte die Beute aus den Überfällen gefunden.

*

HEISSE STUDENTIN

1. DER BRAND

Es war Polizeirat Kaltenberg persönlich, der die Tür zu Dreizwölf öffnete, und in das Büro eintrat. Der Blick des grauhaarigen Endfünfzigers ließ nichts Gutes erahnen. „Guten Morgen, die Herren", wünschte er, und zeigte sofort auf das Radio, welches neben der Kaffeemaschine auf der Fensterbank stand. „Johannes, mach das mal aus."

Johnny nickte, drehte sich um, und drehte das Radio ab Laura Branigans „Self Control" verstummte sofort. „So förmlich? Watt is los?"

„Es gibt eine unschöne Nachricht, die uns heute Morgen aus der Hauptstelle erreicht hat", begann Friedrich Kaltenberg. „Auf einen unserer Beamten ist geschossen worden."

Johnny schwieg, aber Fred fragte: „Einen aus unserem Revier?"

„Na ja, nicht ganz", antwortete der Polizeirat. „Es ist Hauptkommissar Bulle."

„Klaus Bulle?" Freddy war sichtlich überrascht.

„Watt hamm wir damit zu tun?" Johnny zeigte wenig Mitgefühl mit dem Kollegen. „Datt is doch die Angelegenheit der Hauptstelle in Gelsenkirchen."

„Wie geht es dem Kollegen denn?", wollte Freddy wissen, und man sah dem Polizeirat an, dass er auf diese Frage gewartet hatte. Daher traf Johnny auch ein ziemlich böser Blick. „Es war nur ein Streifschuss, so wie man hört. Ihm geht es wohl gut."

„Na, dann kann er ja weiter nerven, der Herr Kollege." Nun wurde Kaltenberg richtig sauer. „Sag mal, Johannes, spinnst du? Da wurde auf einen Polizisten geschossen, und du führst dich so auf?"

„Weil ich den Polizisten kenne", antwortete Johnny. „Der Kerl is ein arroganter Arsch, datt weiß du genau, Friedrich!"

„Nun ist aber genug", wurde Friedrich Kaltenberg böse. Da räusperte sich Fred Rudnick um Aufmerksamkeit zu erlangen. „Ähm… weiß man denn warum auf ihn geschossen wurde? Hat man Hinweise auf den Täter?"

Der Polizeirat zuckte mit den Achseln. „Es gibt mehrere widersprüchliche Zeugenaussagen, aber scheinbar nichts Konkretes. Vielleicht kommt ja noch ein Phantombild. Man weiß wohl nicht, was Hauptkommissar Bulle gesehen hat."

Da klopfte jemand an die Tür, und trat ein ohne eine Aufforderung abzuwarten. „Guten Morgen, Kollegen", grüßte der Uniformierte. Dann erblickte er den Chef, und grüßte auch diesen. „Andi, watt gibtet?", wollte Johnny Thom wissen. „Ihr hattet doch den Routineeinsatz bei dem Brand mit Leiche am Mittwoch in Resse." Der junge Beamte trat an den Schreibtisch und legte einen der blauen Pappordner dem Freddy vor. „Das ist der Obduktionsbericht aus der Pathologie. Ist wohl doch eine Angelegenheit der Kripo. Das Opfer wurde erschossen." Fragend sah der Chef die Beamten an. „Worum geht es?", fragte er.

„Am Mittwoch hat es in Resse gebrannt, und da sie eine Leiche gefunden haben, sind wir hin. Muss ja jemand von der Kripo den Brandort begutachten. Sah nach einem normalen Brand aus. Das Opfer war bis zur Unkenntlichkeit verbrannt." Fred las derweil in der Akte. „Man hat ein zweiundzwanziger Projektil im Kopf der Leiche gefunden", berichtete er, was er zuvor gelesen hatte. „Das könnte also tatsächlich ein Mord sein!"

„Na dann! Meine Herren, ihr habt einen neuen Fall. Was die andere Sache angeht, halte ich euch auf dem Laufenden." Er wandte sich ab, und verließ das Büro, und Andi folgte ihm.
„Watt hamm wa denn?", fragte Johnny sein Gegenüber. Der blätterte in dem Ordner. „Also, die Tote heißt Christina Helga Schwarz, und war sechsundzwanzig Jahre alt. Sie war wohl ledig, und die Mieterin der Wohnung."
„Mehr gibtet nich?"
„Nein, noch nicht", schüttelte Fred seinen Kopf.
„Tja, dann machen wa uns ma schlau." Johnny erhob sich, und ging zur Tür. „Komm se?"
„Äh… ja, ich komm." Der Kollege hatte nochmal in der Akte gelesen, erhob sich und griff nach seiner Jacke. „Echt? Jacke? Datt sind dreißich Grad da draußen." Johnny ging in den kühlen Flur hinaus, und Freddy folgte ihm. Mit seiner Jacke!

„So ein Mist", fluchte Johnny, als er sah, dass die Sonne schön auf sein Auto knallte. „Als ich heute Morgen gekommen bin, stand der Wagen im Schatten von dem Baum."
„Das sieht jetzt aber schlecht aus", meinte Fred. Johnny schloß die Fahrertür auf, und kurbelte sofort das Fenster runter. Dann stieg er vorsichtig ein, beugte sich über den Beifahrersitz und öffnete die Tür. „Lass ersma die heiße Luft raus." Der weinrote BMW glich einem Ofen, und Johnny konnte das geliebte Holzlenkrad kaum anfassen. Sofort traten ihm die Schweißperlen aus den Poren. „Komm rein, Freddy, wir brauchen Fahrtwind. Mach datt Fenster runter!"
Nun stieg auch Fred ein, und befolgte Johnnys Anweisung. Der Motor startete mit einem sanften Röhren, und auch das Blaupunktradio sprang an. „Robert de Niro's waiting" von Bananarama dröhnte aus den Boxen. Johnny zog aus der

Seitentasche an der Tür, ein paar fingerlose Handschuhe
hervor, und zog diese an. Jetzt konnte er das Lenkrad
anfassen, ohne sich dabei zu verbrennen. Und jetzt fuhr er
vom Hof des Präsidiums.

*

Eigentlich nahm er immer den Weg Richtung Süden, über
die Crangerstraße. Doch jetzt fuhr er nach Norden und bog
dann am Rathaus Buer direkt nach Osten ab.
Hier wurde es bald ländlich! Über die Landstraße, die durch
den Stadtwald führte, fuhr er Richtung Resse. Vorbei an
Feldern und Weiden, auf denen abwechselnd mal Kühe, mal
Pferde grasten, erreichten sie bald zu ihrer Rechten den
dichter bebauten Teil des Stadtviertels Resse. Doch sie
folgten weiter der Landstraße geradeaus, bis zur letzten
Möglichkeit nach rechts in den Stadtteil abzubiegen. Bald
fuhren sie nach links in die Siedlung Cäcilienstraße ein. Nun
mussten sie noch einmal in eine Seitenstraße abbiegen und
hielten dann vor dem Brandobjekt. Der Wagen war nun
angenehm abgekühlt, und Johnny suchte einen schattigen
Platz, an dem er anhielt.
Das zweistöckige Haus, mit der weißen Fassade, zeigte
starke Brandspuren im rechten, oberen Teil. Ein Fenster war
geborsten, dass andere schwarz gefärbt vom Russ. Überall
an der Fassade sah man Spuren des Löschwassers. „Dann
gehn wir ma rein. Hasse den Schlüssel geholt?"
Fred fasste in seine Jackentasche, und zog einen
Klarsichtbeutel hervor. Darauf standen Tatort, ein Name
und die Adresse. Darin war der Schlüssel. Freddy warf den
Beutel dem Hauptkommissar zu, und dieser fing ihn. Johnny
schloss die Eingangstür auf, und ihnen schlug ein immer
noch heftiger Brandgeruch in die Nasen. Sie gingen durch
den Hausflur nach oben. Auf dem Zwischenpodest des

Treppenhauses, stand eine verwelkte Palme. Dann betraten sie den Tatort. Der eigentliche Brandraum war das Schlafzimmer, und dieses hatte schon bei Johnnys erster Begehung einen Verdacht in ihm geweckt. Jetzt stand er wieder vor dem verkohlten Bett, und ihm wurde einiges klar. Das Bett hatte eine Herzform. Die Wände waren in violetter Farbe gestrichen, soweit man dieses noch erkennen konnte, und unter der Decke hing ein, vom Feuer zerstörter Spiegel. Freddy sah seinen Kollegen an, und fragte: „Denkst du das gleiche wie ich?" Johnny nickte. „Unser Opfer war ne Nutte!" Er ging zu dem einen Nachttischchen, welches noch einigermaßen in Takt war. Er zog die Schublade auf, wozu er etwas Kraft aufwenden musste, und nahm eine handvoll Kondome heraus. Diese zeigte er seinem Partner. „Wann is der Brand ausgebrochen?", wollte Johnny wissen, und Fred klappte den Pappordner auf, den er unter dem Arm getragen hatte. „Nach dem Feuerwehrbericht so zwischen halb Neun und Neun. Und es wurden Brandbeschleuniger gefunden."

„Jemand wollte den Mord vertuschen", mutmaßte der Ermittler mit den langen Haaren. Johnny wandte sich um, und ging ins Wohnzimmer. Neben einer modernen, roten Couchgarnitur und einer Glasplatte, die von einer knieenden, nackten Schönen gehalten wurde, fielen einige gerahmte Nacktbilder des Opfers auf. „War ne richtich Hübsche", stellte Johnny fest. Freddy begann nun in den Schubladen des Schrankes zu wühlen, und staunte nicht schlecht, was er dort fand. „Schau dir das an!" Er zog einige Hefter heraus. Und auch einige Ordner, die mit Unterichtsmaterial gefüllt waren. In einem Schrank mit einer Doppeltür, fand Freddy Schulbücher. Johnny zog eines der Bücher heraus. Pschyrembel stand auf dem grünen Buchcover. „Datt is ein medizinischet Nachschlagewerk", stellte Johnny fest, während Freddy bereits des Rätsels

Lösung gefunden hatte. „Du, die war Studentin an der Uni in Bochum. Die hat Medizin studiert."

„Dann hat die sich mit der Hurerei datt Studium finanziert!" Freddy nickte zustimmend. „So sieht es wohl aus." Johnny griff nach dem blauen Pappordner, und nahm diesen seinem Kollegen aus der Hand. „Tatzeit zwischen sieben und neun Uhr, schreibt Dr. Lorenz. Und Brandzeit halb Neun bis Neun. Das kreist die Tatzeit doch schon ziemlich ein."

„Vielleicht sollten wir die Spusi nochmal durch die Wohnung schicken", schlug Freddy vor. „Ich könnte mir vorstellen, dass die sich ein bisschen mehr anstrengen sollten. Sind ja nun andere Voraussetzungen."

„Ja, datt denke ich auch. Dann veranlasse datt ma! Ich will hier jedet Haar und jeden Fingerabdruck gesichert wissen." Die beiden Beamten traten in den Hausflur, und zogen die Tür zu. Freddy ging zum Wagen, und rief über Funk das Revier. Johnny dagegen betätigte die Klingel der Wohnung gegenüber. Jutta Bornheim stand darauf, und diese öffnete auch die Tür. Ein bisschen erschrak die rothaarige Frau ja, als sie den Mann vor sich sah. Denn der Kerl trug Cowboystiefel und Jeans, dazu ein schwarzes T-Shirt. Und vor allem die Haare irritierten sie, denn die braunen Locken, fielen Johnny auf die Schultern. Einzig sein Pistolenholster und die kleine Tasche mit den Handschellen, hätten auf einen Polizeibeamten schließen lassen. „Guten Tach. Mein Name is Thom! Hauptkommissar Thom!" Johnny nästelte in der Hosentasche herum, und zog umständlich seinen Dienstausweis heraus. „Tschuldigung! Äh... sind sie Frau Bornheim?"

„Ja, Jutta Bornheim! Sie kommen sicher wegen der da drüben." Sie zeigte auf die gegenüberliegende Wohnungstür. Johnny nickte!

„Ja, wir ermitteln im Fall Christina Schwarz. Können se uns da vielleicht watt zu erzählen." Frau Bornheim trat einen

Schritt zur Seite. „Ja, aber nich im Flur. Kommense ma rein." Der Ermittler trat ein, und die Tür wurde geschlossen. Frau Bornheim führte Johnny in die Küche. Diese war nicht sonderlich groß. Es war eine Einbauküche verbaut, und ein Tisch mit zwei Stühlen stand unter dem Fenster. „Nehmen se doch Platz, Herr Thom." Johnny setzte sich, zog einen kleinen Block aus seiner Gesäßtasche, und stellte fest, dass sein Stift in der Jacke geblieben war. „Äh, hätten se ma einen Kuli für mich?" Die Frau nickte, öffnete eine Schublade und zog einen Stift heraus. „Bitte!"
„Jetz erschrecken se nich, abba ich muss datt fragen. Is reine Routine. Wo warn sie denn am Mittwochmorgen den siebenundzwanzigsten Sechsten?"
„Datt war der Tach wo et gebrannt hat?", stellte die Anfang Dreißigerin fragend fest. „Da bin ich um acht Uhr zum Einkaufen gegangen. Da hinten im Lebensmittelgeschäft."
„Und datt wissen sie so genau?", fragte Johnny nach. „Ja, weil da gerade die Nachrichten liefen, als ich raus bin. Ich lass immer datt Radio an, damit die Katze watt hört, wenn ich wech bin." Johnny nickte. „Und hamm se sonst watt gesehen?"
Frau Bornheim überlegte kurz, schüttelte dann den Kopf. „Nee, erst als ich vom Einkaufen zurückkam. So um halb zehn! Da hat et schon gebrannt, und die Feuerwehr kam gerade an." Der Ermittler machte sich fleißig Notizen. „Sagen se ma, wie wa denn so datt Verhältnis im Haus?", fragte Johnny. „Besonders zur Frau Schwarz?" Frau Bornheim griff nach einem Glas, und einer Sprudelflasche. Sie schraubte den Verschluß auf, und schüttete sich ein. „Oh, Entschuldigung, wolln se auch watt?" Der Beamte schüttelte den Kopf. Sie trank einen Schluck. „Am Anfang wa datt eine gute Hausgemeinschaft. Unten die Röhms, ich und die Tina. Die Wohnung unter mir ist nicht belegt,

müssen se wissen. Schon über ein Jahr." Johnny nickte.
„Und datt is et jetz nich mehr? Datt Verhältnis, mein ich."
„Nee, seit wir wissen, watt die Tina da in ihrer Wohnung
getrieben hat, hat sich allet verändert." Sie trank noch einen
Schluck, und konnte ein Zittern nicht verbergen. „Die hat in
unserem Haus angeschafft! Können se sich datt vorstellen,
Die war ne Nutte."
„Na ja, eigentlich war sie doch Medizinstudentin, die Frau
Schwarz", widersprach Johnny der rothaarigen Nachbarin,
die nun ihren Zorn nicht unterbinden konnte. „Son Quatsch!
Datt war ne Nutte! Mehr nich! Hier sind die Kerle im Haus
ein- und ausgegangen. Sogar welche ausse Siedlung waren
bei der Kunde."
„Gab et denn Streit?"
„Nee, datt eigentlich nich! Wir hamm se dann halt einfach
links liegen lassen", sagte Frau Bornheim. Johnny erhob
sich. „Ja, dann bedanke ich mich ersma. Wenn ich noch
Fragen hab, dann melde ich mich nochma bei ihnen."
„Ja, tun se datt." Frau Bornheim begleitete den Ermittler zur
Wohnungstür, und Johnny trat in den Flur hinaus.

*

Fred stand unten an der Haustür und wartete. „Spusi
kommt", sagte er. „Wo warst du?" Johnny zeigte nach oben.
„Frau Bornheim! Hab schon ma vorgefühlt. Jetz befragen
wa die hier unten." Wieder betraten die beiden Männer den
Hausflur, und klingelten. Diesmal Rechts im Parterre. Der
Name Röhm war aus Salzteig geformt, bemalt und als
Namensschild an der Tür befestigt. Es dauerte eine ganze
Weile, bis sich die Tür öffnete. Vor den beiden
Kripobeamten erschien ein Mann mit Halbglatze, circa
Mitte sechzig, eine dicke Brille auf der Nase. „Ja?", fragte
er unfreundlich. „Guten Tag! Kommissar Rudnick", stellte

sich Fred vor, und zeigte auf seinen Partner.
„Hauptkommissar Thom, mein Kollege. Wir hätten mal ein paar Fragen an sie."
„Die Polizei? Äh… ja, worum geht es denn?", fragte Herr Röhm nun freundlicher. „Herr Röhm, hier im Haus hat et einen Todesfall gegeben. Eine Nachbarin is in ihrem Schlafzimmer verbrannt worden, und sie fragen mich allen Ernstes watt et gibt? Wolln se mich verkohlen?" Johnny zeigte sich nun ein wenig erbost, denn der Gedanke an die tote, hübsche Studentin, die im gleichen Alter wie seine Anja war, machte ihn rasend. Auch Anja, seine Verlobte, studierte an der Ruhr Uni in Bochum. Vielleicht hatte sie die Tote sogar gekannt.
„Hören sie ma", ereiferte sich der Wohnunginhaber über Johnny rüde Worte, doch Johnny bremste ihn sofort aus.
„Wenn et ihnen lieber is, dann bekommen sie jetzt eine Vorladung ins Präsidium nach Buer."
„Äh… nein, is ja schon gut. Kommen sie ma rein." Die beiden Beamten traten ein, und begegneten auch gleich der Frau des Hauses. „Elvira, die Herren sind von der Polizei", erklärte er. „Die kommen wegen der da oben."
„Ach, ja! Dann kucken se sich ma die Sauerei an." Sie lief sofort ins Wohnzimmer, dass die Röhms genau unter dem Schlafzimmer von Frau Schwarz hatten. Es stank, und das Löschwasser hatte auch heftige Schäden angerichtet. „Nich nur datt wir den ganzen Tach den versauten Krach miterleben mussten, jetzt auch noch datt." Johnny sah seinen Kollegen an, und musste sich das Grinsen verkneifen. Die Vorstellung, dass die Röhms vor dem Fernseher saßen und „Die Schwarzwaldklinik" sahen, während Tina Schwarz von einem Freier durch ihr herzförmiges Bett gevögelt wurde, erheiterte den Kripomann doch sehr.
„Am besten kommen se in die Küche", schlug Herr Röhm vor, und versuchte dabei sein Ruhrpott-Platt zu

unterdrücken. „Na dann", sagte Freddy und folgte dem Hausherrn. Als alle um den Küchentisch Platz genommen hatten, zog Fred seinen ledereingefassten Notizblock aus der Jacke. „Bitte erstmal ihre Daten." „Elvira und Hermann Röhm", begann Herr Röhm, und schob auch gleich die Geburtsdaten und was sonst so dazugehörte hinterher. Fred Rudnick notierte alles.

Dann übernahm Johnny die Befragung. „Herr Röhm, wo warn sie am Tattach, sagen wir zwischen acht und neun Uhr?"

„Ja, so gegen Acht bin ich zum Brötchen holen gegangen", er sah seine Frau an. „Stimmt doch, Elli?" Frau Röhm nickte. „Ja, so gegen acht Uhr!"

„Und haben se da jemanden getroffen oder gesehen?" Herr Röhm überlegte kurz, und verneinte die Frage dann. „Und wann warn se zurück, vom Brötchen holen?", hakte Johnny nach. „Das muss so um halb Neun oder etwas später gewesen sein." Wieder sah er seine Frau an, und fragte: „Ne, Elli, war doch so?"

„Ja, Herrmann, datt kommt hin", bestätigte Frau Röhm die Aussage ihres Mannes. „So, so", sagte Johnny und schnallzte süffisant mit der Zunge.

„Und sie, Frau Röhm, wo warn sie?" Der Beamte wandte sich der Frau zu. „Ich wa zuhause. Hab mich gewaschen, und dann den Tisch gedeckt, fürs Frühstück." Freddy der eigentlich die ganze Zeit schrieb, sah auf und zeigte auf die Rollos. „Wann haben sie denn die Rollos hochgezogen?"

„Äh… ja, kurz nachdem ich aussem Bad kam."

„Und haben sie da nach draussen gesehen? Haben sie da vielleicht jemanden gesehen, Frau Röhm?"

„Hm, ja… jetzt wo se datt sagen. Da warn zwei Kerle vor dem Haus." Johnny wurde hellhörig. „Watt denn für Kerle? Wa an denen watt besonderet? Wie sahn die aus?"

„Ja, die warn gut gekleidet. So wie die beiden Detektive im Fernsehen, hier bei Miami Vice, die."

„Also, Leinenjacket mit Polstern in den Schulter? Sowas?", wollte Freddy wissen, und Frau Röhm nickte. „Ja, ja, genau sowatt! Und Stoffhosen, keine Jeans. Die Haare warn so modern geschnitten, wissense? Vorne kurz und hinten lang. Der eine wa nicht so groß, und eher schmächtich, aber der andere wa so ein Schwarzenegger! Und einen gelben Mercedes hamm die gefahrn."

„Und datt wa kurz nach Acht, als se die gesehen hamm?" Frau Röhm nickte. „Und watt hamm die gemacht?", bohrte Johnny weiter. „Also, ich denke, die hamm bei der Schlampe oben geschellt. Ich hab noch gedacht, die fängt abba früh an heute. Abba dann sind die beiden wieder eingestiegen und wechgefahrn."

„Wie war denn ihr Verhältnis zu der Frau Schwarz?", fragte Freddy, und legte den Stift auf den Tisch.

„Das fragen se doch jetzt nich im ernst, oder?", empörte sich Herr Röhm. „Oh, doch, dass ist mein vollster Ernst!"

„Als die hier eingezogen is, nachdem Oppa Schmitz gestorben wa, der hat da vorher gewohnt, müssen se wissen, war noch allet in Ordnung", ergriff Frau Röhm wieder das Wort. „Die war ja eigentlich nett, die Tina. Abba dann hatt datt mit den Kerlen angefangen." Herr Röhm nickte zustimmend. „Genau, und datt wurde immer schlimmer. Na ja, und dann sind wa ihr natürlich drauf gekommen. Die hat da oben einen Puff betrieben."

„Und dann wa vorbei mit nett?", fragte Johnny ein bisschen spöttisch, und Herr Röhm sah ihn beleidigt an. „Na gut! Ich denke datt wart ersma." Johnny erhob sich, und steuerte die Tür an. Freddy folgte. „Auf wiedersehen", verabschiedete er sich, während Johnny bereits im Hausflur war.

Als sie aus dem Haus traten, fuhr gerade ein Fahrzeug der Spurensicherung vor. Die beiden Beamten grüßten knapp, und setzten sich in den BMW. „Die ganze Sache stinkt doch gewaltich!"

„Wie meinst du das?", fragte Freddy ein wenig irritiert. „Die Aussagen von den Röhms, stimmen nicht mit der Aussage von der Bornheim überein. Hier wird gelogen. Datt hab ich inne Nase."

*

11. ZUFÄLLE GIBT"S

Als Johnny an diesem Abend nach Hause kam, staunte er nicht schlecht, denn er wurde an der Wohnungstür bereits empfangen. Aber nicht von Anja, sondern von einem weißen Kätzchen, das ihn mit einem freundlichen Miauen begrüßte, und ihm um die Beine strich. Er beugte sich hinab, und nahm das Fellknäuel auf seinen Arm. „Wer bist du denn?", fragte Johnny, und war sich nicht sicher, ob er sich nun freuen oder ärgern sollte. Wie es aussah, hatte er nun einen neuen Mitbewohner, und dass ohne gefragt worden zu sein. Da trat Anja in den Korridor. „Das ist Mr. Flocke!"

„Sach mir, datt du nur auf den aufpasst", erhoffte sich Johnny eine plausible Erklärung, für die Anwesenheit des kleinen, weißen Katers. Doch Anja schüttelte ihren hübschen Kopf. „Nein, dass ist mein Geschenk an dich!" Sie lächelte, und Johnny überkam ein ungutes Gefühl. Nun verdunkelte sich Anjas Gesichtsausdruck zusehends. „Sag bloß, du hast es vergessen?" Und nun war sich Johnny sicher, dass ihn gleich ein Donnerwetter erwartete.

„Wir sind heute ein Jahr verlobt, Herr Thom!" Sie wandte sich beleidigt ab, und lief in die Küche. Eigentlich hatte sich Anja heute einen Ring gewünscht. Einen Ehering! Doch stattdessen hatte er den Tag komplett vergessen.

Johnny sah den kleinen Kerl auf seinem Arm ziemlich bedröppelt an, während dieser sich an ihn kuschelte, und kräftig schnurrte. „Da hab ich ja ma wieder gehörich Mist gebaut." Er setzte den Kater auf den Boden, und dieser lief in die Küche.

Anja saß am Küchentisch und weinte. Langsam trat Johnny an sie heran, und legte seine Hände auf ihre Schultern, doch sie schüttelte ihn ab. Nun setzte er sich ihr gegenüber auf den Stuhl, und während Mr. Flocke wieder schnurrend um seine Beine strich, versuchte er sich in Schadensbegrenzung. „Weißt du, wir haben einen neuen Fall. Und da habe ich es total vergessen", sagte er leise. „Ich mach es wieder gut. Ich verspreche es. Und ja, ich freue mich über unseren neuen Bewohner." Aber all die Worte schienen nicht zu helfen. Zu tief war Anja gekränkt. „Meine Mutter hatte Recht, du taugst nichts!" Sie sprang auf, und lief ins Wohnzimmer. Johnny holte tief Luft. Genau das wollte er bestimmt nicht hören. Musste sie jetzt echt ihre Mutter ins Spiel bringen? Er stand auf, und folgte ihr. Und dann sah er, dass der Wohnzimmertisch festlich gedeckt war. So richtig mit Kerze und so. Erst jetzt fiel ihm auf, dass Töpfe auf dem Herd standen. Anja hatte sich richtig Mühe gegeben. Jetzt fühlte sich Johnny so richtig schlecht. „Ich weiß, datt et schwer is, meine Entschuldigung anzunehmen. Und ich könnte dich auch verstehen, wenne zurück zu deinen Eltern wills." Da ging Anja richtig hoch. „Was? Willst du mich etwa loswerden?"

„Abba natürlich nich", versuchte Johnny sie zu beruhigen, und merkte wie in ihm langsam die Wut hochkochte. Jetzt musste was passieren, sonst würde die Situation vollends eskalieren. „Hörzu, ich mach dir einen Vorschlach! Morgen fahrn wir zu einem Juwelier, und kaufen dir einen schönen Ring. Watt hältse davon!"

Zuerst wollte sich Anja tatsächlich darüber freuen, doch dann schien sie die Worte erst richtig zubegreifen. „Einen Ring? Datt is gar kein Antrag?" Wütend rannte sie raus in den Korridor, und dann aufs Klo. Die Tür knallte, und Johnny hörte sie rufen: „Steck dir deinen Ring an den Hut!" So langsam schnallte er, was Anja von ihm erwartet hatte. Die Frau wollte geheiratet werden!

Er ließ sich in den Sessel fallen, zog sein Holster mit dem Revolver vom Gürtel, und legte dieses auf den Tisch. „Oh Mann, Anni", seufzte er laut, und schon saß das weiße Fellknäuel auf seinem Schoß.

Es dauerte eine ganze Weile, bis Anja mit verheulten Augen aus dem Klo zurückkam. Und dann hörte Johnny sich etwas sagen, von dem er mit Sicherheit wusste, dass er das nicht hatte sagen wollen. „Sach ma, Anni, wollen wir nich heiraten?"

Sie wischte sich die Tränen aus dem Gesicht. „Was hast du gesagt?", fragte sie, denn auch Anja hatte nicht mit mehr mit dem Antrag gerechnet.

„Na ja, wir sind jetzt schon ein Jahr verlobt. Und du wohns bei mir. Da wäret doch der nächste logische Schritt!" Da klarte der Gesichtsausdruck der jungen Frau endlich auf, und sie begann zu lächeln. „Ist das tatsächlich dein ernst?" Johnny begann zu grinsen. „Morgen gehen wir Ringe kaufen."

Der Abend wurde nun doch noch schön. Sie aßen Hühnerfrikasse mit Reis, welches Johnny gerne mochte. So hatte sich Anja von Johnnys Mutter Ingeborg das Rezept geholt. Eine schöne Flasche Weißwein tranken sie dazu, und dann machten sie es sich auf der Couch gemütlich.

Nach ausgiebigen Spiel- und Schmuseeinheiten entdeckte der kleine Kater Mr. Flocke die Höhle seines neuen Kratzbaumes für sich, und schlief ein. Johnny und Anja zogen sich früh ins Schlafzimmer zurück, und probten schon mal für die Hochzeitsnacht.

*

Es war Samstag der dreißigste Juni, und eigentlich hatte Johnny Wochenenddienst. Darum sollte er normalerweise um acht Uhr in seinem Büro sitzen. Doch er hatte sein Versprechen eingelöst, und war mit Anja erst einmal in die Stadt gefahren, um Ringe zu kaufen.

So war es bereits elf Uhr, als er die Tür von Dreizwölf öffnete. Fragend sah ihn Freddy an. „Sag mal, wo kommst du denn jetzt her?"

„Tut mir leid, abba ich musste mit Anni Ringe kaufen."

„Was?", rief Freddy überrascht. „Wie hat sie das denn geschafft?"

„Oh… datt is ne lange Geschichte", sagte Johnny und setzte sich auf seinen Schreibtischstuhl. „Na, dann mal los. Ich habe Zeit!" Fred lehnte sich erwartungsvoll zurück, und ließ sich den Ablauf des letzten Abends erzählen.

Grinsend sagte Freddy, nachdem Johnny geendet hatte: „Na, da hast du dir ja was geleistet. Und jetzt willst du heiraten?" Johnny nickte. „Mir blieb echt nix andres übrich. Ich hab mir da so ein paar schräge Sachen geleistet, und wenn ich Anni nich verlieren will, dann muss et sein. Sonst krempelt ihre Mudda sie doch noch um."

Plötzlich klopfte es, und die Tür wurde geöffnet. Polizeirat Kaltenberg trat ein, und die beiden Beamten schauten ziemlich überrascht. „Guten Morgen, meine Herren", grüßte er, und die beiden Ermittler erwiderten den Gruß.

„Äh, Friedrich, du weiß abba, watt heute fürn Tach is?", fragte Johnny. „Watt wille denn am Wochenende hier?"

„Ich brauchte ma frische Luft", antwortete Friedrich Kaltenberg, was soviel hieß wie, die Familie geht mir auf die Nerven. „Unsere Tochte ist mit der Familie eingetrudelt", erzählte er. „Und schon war Sense mit dem ruhigen Wochenende. Habe gesagt, ich hätte was im Büro zu erledigen."

„Kaffee?", fragte Fred, und der Vorgesetzte nickte. „Mit Milch und Zucker, bitte."

Der Kommissar erhob sich, und ging zur Fensterbank.

„Und was treibt ihr?", wollte der Chef wissen. „Berichte schreiben, Friedrich. Wir bringen die Aussagen von gestern zu Protokoll. Muss ja allet seine Ordnung haben." Johnny zeigte auf die blauen Pappordner, die vor ihm auf dem Schreibtisch lagen.

„Ich war vorgestern beim Jupp! Der fragt, ob du ihn vergessen hast. Warst ja schon lange nicht mehr da." Friedrich Kaltenberg sah Johnny ein bisschen vorwurfsvoll an. Freddy reichte seinem Chef den Kaffeepott, und setzte sich wieder an den Schreibtisch. „Du weiß doch selbst, watt hier los is. Und dann is die Anni auch noch bei mir eingezogen", versuchte er sich in einer Entschuldigung.

„Ja, und da bimmeln bald die Hochzeitsglocken", konnte Freddy nicht mit der Neuigkeit an sich halten, was ihm einen bösen Blick einbrachte.

„Ach, wirklich? Das ist aber schön, hat dich Anja endlich rumgekriegt oder musste?" Friedrich Kaltenberg zeigte sich erfreut, denn er kannte Anja natürlich, und fand, dass sie genau die richtige Frau für Johannes Thom war. „Und wisst ihr schon wann?"

Johnny schüttelte den Kopf. „Nee, muss nich. Wollen abba! Ihr werdet et rechtzeitig erfahrn."

Friedrich trank einen Schluck von dem Kaffee. „Mmh, der ist gut! Besser als der aus dem Automaten." Im ersten Stock stand ein Kaffeeautomat, den Johnny natürlich nicht benutzte. Er hatte ja eine Kaffeemaschine in seinem Büro.

„Gibt et denn watt neuet, beim Jupp?"

Friedrich nickte. „Wenn du mal hingegangen wärst, dann wüsstest du es. Die Hanne ist weg!"

„Wie, wech?"

„Stell dich doch nicht so doof", meinte Friedrich vorwurfsvoll. „Abgehauen! Mit einem anderen Kerl. Schon vor einem halben Jahr!" Jetzt wusste Johnny, dass er schon viel zu lange nicht mehr bei seinem Freund und Mentor

Jupp Tillmann zu Besuch war. „Dann fahr ich nachher ma hin!"

Friedrich Kaltenberg nickte zufrieden. „Mach das! So jetzt will ich euch nicht länger aufhalten." Er erhob sich und ging.

Johnny tippelte mit den Fingern auf dem Pappdeckel des Ordners, bis er endlich fragte: „Sach ma, hasse watt dagegen, wenn ich…"

„Nö", unterbrach ihn Freddy. „Fahr mal hin. Ich sehe doch, dass du keine Ruhe hast!" Johnny erhob sich. „Danke!"

*

Dass aus dem privaten Grund, bald ein dienstlicher werden sollte, konnte Johnny Thom nicht ahnen. Er fuhr den gleichen Weg wie zum Tatort, nur dass er an der letzten Straße nicht abbog, sondern geradeaus weiter fuhr. Zu seiner linken sah er das Lebensmittelgeschäft, und diesem gegenüber die Bäckerei in denen Bornheim und Röhm die Tatzeit verbracht haben wollten. Er fuhr die Straße noch ein Stück weiter, und hielt vor einem Haus. Hier standen nur Eigentumshäuser, keine Miethäuser. Jupps Haus war in den Sechzigern erbaut worden, und er hatte es kurz nach seiner Hochzeit mit Hanne gekauft. Leider war die Ehe kinderlos geblieben, was wohl erklärte, dass Johnny für Jupp so eine Art Sohn darstellte. So war Jupp Tillmann, Johnnys Mentor und Lehrer bei der Polizei, was diesem auch Vorteile beim Chef verschafft hatte, denn der war mit Jupp seit der Polizeischule eng befreundet. Als die Kugel dann Jupps Laufbahn beendete, und er in Frühpension ging sah man sich nicht mehr so oft. Johnny öffnete das Gartentörchen, und ging über den Betonplattenweg zum Eingang. Der Garten war in ziemlich schlechtem Zustand. So etwas war er von Jupp gar nicht gewöhnt. Es dauerte eine Weile, bis die Tür geöffnet wurde. „Ach, du bisset", empfing Jupp seinen einstigen Partner wenig freundlich. „Komm rein."

Sie gingen durch den Korridor in das Wohnzimmer. Besonders aufgeräumt war es hier nicht, und Johnny erkannte sofort Hannes fehlende Hand. „Watt führt dich denn hierher? Hasst dich doch ewich nich mehr blicken lassen", sagte Jupp vorwurfsvoll. Da griff Johnny zu einer Notlüge. „Anni und ich wollen heiraten. Muss ich dir doch mitteilen!"

„So? Wird ja auch ma Zeit? Musste?", fragte Jupp. Johnny schüttelte den Kopf. „Watt ihr alle habt? Nee, Anni is nich schwanger, wenne datt meins."

„Willse ein Bier?" Jupp drehte sich zur Seite, und griff hinter die Couch, wo ein Kasten Bier stand. Er fischte eine Flasche heraus, und stellte diese auf den Tisch. „Nö, du weiß doch, datt ich kein großer Biertrinker bin." Das sein Besucher ablehnte, hinderte Jupp allerdings nicht am trinken. Er griff nach einem Feuerzeug, das auf dem Tisch lag, und köpfte die Flasche. Der Verschluß flog dabei quer über den Tisch. Johnny erkannte mit grausen, dass sich hier einiges geändert hatte. Jupp Tillmann befand sich im freien Fall. „Die Hanne is wech", sagte er. „Abgehauen! Mit son Kerl aussm Sauerland. Keine Ahnung wo se den her hatte."

„Datt tut mir leid, Jupp", sagte Johnny, und fühlte sich richtig unwohl. Eigentlich hätte er jetzt was zu Jupps Zustand sagen können, aber da er sich so lange nicht hatte sehen lassen, unterließ er das lieber. Und dann staunte er nicht schlecht!

„Wer bearbeitet denn den Fall von der kleinen Tina?", wollte Jupp wissen. „Du weiß davon?", staunte Johnny. „Na klar, Mann! Wenn in unserer Siedlung sowatt passiert, kricht man datt doch mit. Ausserdem kannte ich die Tina." „Wie? Du kanntest die Tina?"

„Watt, wie? Ich wa Kunde bei der Kleinen. Is ne echte Schande, watt se der angetan haben." Nun war Johnny platt. „Du wars Kunde bei der Tina Schwarz?"

„Ja, und? Glaubs ich schwitz mir datt durche Rippen? So alt bin ich auch noch nich!" Jupp sah Johnny ein wenig beleidigt an. „Ne ne", wehrte Johnny ab. „Und woher kennse die Tina?"

„Ausse Wirtschaft! Wenne da hinten zu den Feldern rauf gehs, is da ne Kneipe. „Zur Grubenlampe" heißt die. Da gehen die Mädchen vom Bermudadreieck immer hin."

Den Straßenstrich zwischen den Feldern kannte Johnny natürlich, auch wenn er nicht bei der Sitte war. Von der Landstraße die nach Westerholt führte, ging eine kleine Seitenstraße ab, die dann eine neunzig Grad Biegung machte, und zur Landstraße zurückführte. So ergab sich ein Dreieck, das Bermudadreieck. Hier standen die Mädchen vom Straßenstrich, und auf etlichen Feldwegen konnten sie dann ungestört ihrer Arbeit nachgehen.

„Inner Grubenlampe gehen die aufs Klo, oder wärmen sich auf, wenn et kalt is. Und manchma geh ich da ein Bierchen trinken, mit meinen Kumpels."

„Und da hast du die kennengelernt?"

„Sach ma Johnny, du wars doch früher nich schwer von Begriff. Ja, da hab ich Tina kennengelernt. Die anderen Huren warn mir zu ordinär. Ich wollte auch keine mit nach Hause nehmen, und dann hatt Tina erzählt, datt se ne eigene Wohnung hat."

„Wie oft warse bei der?", wollte Johnny wissen. „Zwei oder dreimal inne Woche. So teuer wa datt Mädchen nich." Jupp begann zu grinsen.

„Und hasse ma watt mitgekricht? Ich mein, hatt die Tina ma watt von Ärger erzählt?"

Da runzelte Jupp Tillmann, der alte Kripoermittler seine Stirn. „Jetz wo du datt sachs. Ja, die hatt ma watt erzählt, datt ihr der Goldzahn-Manni Scherereien macht."

Da begann Johnny zu lachen. „Watt? Der Goldzahn-Manni? Bin ich hier im falschen Film oder watt?"

„Ne ne, datt is gar nich so witzich. Der Kerl heißt eigentlich Manfred Seibold, und is der Oberlude da oben am Dreieck." Jupp verzog sein Gesicht. „Der Manni soll ein ziemliches Schwein sein, und vor seinem Bodyguard hamm die Mädchen richtich Schiss."

„Und mit dem hatte Tina Streß?"

„Genauet weiß ich nich. Da frachse am besten die Trixi. Datt wa ne Freundin vonne Tina."

„Und wo finde ich diese Trixi?"

„Entweder am Bernudadreieck oder inner „Grubenlampe." Johnny fuhr sich mit der Hand über sein unrasiertes Kinn. „Sach ma, der fährt nich zufällig einen gelben Mercedes, dieser Goldzahn-Manni?"

„Woher weisse datt denn?", fragte Jupp nickend. „Ein pissgelben Mercedes 500 SEC fährt der."

„Jupp, du biss echt der Größte", sagte Johnny grinsend. „Du weiss ga nich, wie du mir geholfen hass. Wenn dir nochwatt einfällt, kannse mir Bescheid geben. Und wegen der Hochzeit, sach ich dir noch Bescheid!"

*

„Das ist ja ein Ding", staunte Fred nicht schlecht, als Johnny zwei Stunden später wieder im Revier war. „Und der Kerl nennt sich tatsächlich Goldzahn-Manni?"

„So sieht et aus", sagte Johnny nickend. „Ich denke, den sollten wir uns ma genauer ansehen. Ich wette ne Flasche Whiskey drauf, datt der und sein Leibwächter die beiden

Gestalten sind, die die Röhm vorm Haus gesehen hat." Nun nickte auch Freddy. „Dann sollten wir uns die Mal greifen." „Ne ne, nich so eilich, Freddy. Ich will ersma mit dieser Trixi reden. Vielleicht weiß die ja watt genaueret." „Heute noch?" Es schien als würde Fred langsam das Wochenende einleuten. Johnny zog seine Taschenuhr an der Kette aus der kleinen Tasche über der rechten Hosentasche der Wrangler Jeans. Er klappte den Deckel auf, und sah auf das schöne Zifferblatt. Während fast jeder mit den modernen Digitaluhren herumlief, bevorzugte Johnny diese alte Taschenuhr. Es war Viertel nach Vier.

„Um diese Uhrzeit dürfte bei den Nutten noch nicht viel los sein", mutmaßte Johnny, und schob die Uhr zurück in die Tasche. Die Kette ließ er in der Hosentasche verschwinden. „Dann wollen wir den Damen mal einen Besuch abstatten." Fred erhob sich von seinem Drehstuhl. Johnny machte das Radio aus, und die beiden Männer verließen das Büro. Fred Rudnick schloß die Tür ab, denn heute würden sie nicht mehr nach Dreizwölf zurückkehren.

Die Sonne schien, als sie über die Landstraße an den Weiden und Feldern vorbeifuhren, und dann in das Bermudadreieck einbogen. Viel war bei den Damen noch nicht los, wie Johnny bereits vermutet hatte. Er zeigte auf eine junge Dame im Mini. „Wir fragen ma die da. Kurbel datt Fenster runner." Freddy betätigte die Fensterkurbel, die ein wenig quietschte.

„Na, ihr Süßen", begann die Blondine mit dem toupierten Haar, und der pinkfarbenen Schleife ihr Verkaufsgespräch. „Fürn Dreier nimm ich abba datt Doppelte."

Während Freddy tatsächlich ein wenig rot wurde, beugte sich Johnny etwas rüber. „Hömma Schätzken, wir suchen die Trixi!"

Die junge Frau grinste. „Die hasse gefunden, Süßer. Hamm sich meine Vorzüge rumgesprochen?" Da öffnete Johnny die Tür und stieg aus. „Nee, datt nich." Er hielt der jungen Prostituierten seinen Dienstausweis hin. „Bullen? Echt jetz?", sagte sie erschrocken. „Keine Panik, Süße! Wir hätten nur ma pa Fragen."

„Ihr seid nich vonne Sitte? Dann geht et um Tina, stimmt's?", fragte die hübsche Hure.

„So is et! Wir hamm gehört, datt ihr befreundet wart. Und wir hamm auch gehört, datt Tina Ärger mit Goldzahn-Manni hatte." Jetzt stieg auch Freddy aus dem Wagen. Trixi schüttelte ihren Kopf. „Ärger würd ich datt nich nennen", sagte sie, und Fred zückte seinen Notizblock. „Ihren Namen bitte", fragte er dazwischen. „Hä…?"

„Ihren Namen, bitte", wiederholte Fred seine Frage. „Beatrix Schöbel!", antwortete sie, und nannte auch noch andere Daten. Und plötzlich erschrak sie, denn ein gelber Mercedes bog in die Straße ein, und hielt auf sie zu. Der Fünfhunderter bremste und kam zum stehen. Die Türen gingen auf, und zwei Gestalten stiegen aus. „Watt is los, Trixi? Allet in Ordnung?"

„Ja ja, Manni, allet gut!" Ihre Stimme klang plötzlich merkwürdig unterwürfig. „Und watt is mit euch beiden Vögeln? Wollt ihr Bumsen oder ein Kaffeekränzchen abhalten?"

„Ich glaube, da hätte unser Chef etwas dagegen", sagte Freddy, zog seinen Dienstausweis aus der Jacke, und trat auf den Luden zu. „Dann hätte ich jetzt gerne mal ihre Ausweise gesehen, meine Herren!" Er sah den Mann mit dem Goldzahn auffordernd an, und konnte nicht glauben, dass die Frauen von ihm eingeschüchtert waren. Dieser Goldzahn-Manni reichte Freddy gerade einmal bis zu den Schultern, und besonders kräftig schien er ihm auch nicht zu sein. Ohne den Fleischberg neben ihm, war der Lude eher bemitleidenswert, fand Fred Rudnick.

„Du weiß schon, watt du hier tus?", fragte Goldzahn-Manni herausfordernd, und baute sich vor Freddy auf. Und auch sein Kumpel wollte zickig werden. Doch da reichte es Johnny. „Jetz is Schluß mit Spielchen. Wenn ihr beiden Clowns nicht auf der Stelle einfahrn wollt, werdet ihr den Anweisungen meines Kollegen folgen." Und nun trat er vor den Luden, der Johnny gerade bis zur Brust reichte. „Hast du mich verstanden, Manni?", brüllte er dem Mann in sein Gesicht, und dieser wich tatsächlich zurück. Da aber stürmte sein Bodyguard vor. Doch Johnny hatte hervorragende Reflexe. Er packte den auf ihn zustürmenden Kerl am Arm, zog ihn an sich heran, drehte sich unter dessen ausgestrecktem Arm durch, und bog den muskulösen Auswuchs des Hünen auf dessen Rücken. Der Mann jaulte auf, und krachte mit Brust und Gesicht auf die Motorhaube des gelben Benz. Im selben Moment fischte Johnny nach seinen Handschellen, und ließ diese um die Handgelenke des Mannes klicken. „Du bleibst jetz schön hier liegen, Kollege! Und rühr dich besser nich vom Fleck!" Johnny drehte sich dem Luden zu, der seinen Ausweis an Fred übergeben hatte. Nun hatte er sich Trixi zugewandt, und sagte drohend: „Du hältst besser die Klappe, Schätzken!" Da beugte sich Johnny ihm entgegen. „Du abba auch!"

„Bulle, du has einen großen Fehler gemacht", sagte Goldzahn-Manni drohend. „Datt vergisst dir Pit nich so schnell!" Da begann Johnny zu grinsen, und trat wieder zu dem großen Kerl, der immer noch brav auf der Motorhaube lag. „Echt jetz, Pit? Bisse wirklich so nachtragend?"

„Bulle, ich mach dich platt", grunzte der Fleischberg herausfordernd. Da klopfte ihm Johnny auf die Schulter, „Versprech nix, watte nich halten kanns, Pit!"

Wärenddessen reichte Kommissar Rudnick dem Manni seinen Ausweis zurück. „Danke ihnen, Herr Seibold." Dann wandte er sich dem Mann auf der Motorhaube zu. „Sind sie jetzt bereit sich auszuweisen, ohne Widerstand zu leisten? Oder möchten sie lieber in Gewahrsam das Wochende verbringen."

„Nee, is ja gut, ich mach nix", versprach der große Kerl, der in den Miami Vice Klamotten doch recht witzig aussah.

„Na, gut, dann werde ich sie jetzt losmachen", kündigte Fred an, und zog den Schlüssel für die Handschellen. Doch kaum waren die Fesseln gelöst, wollte sich der Fleischberg auf den Beamten stürzen. Plötzlich hielt er inne. Es hatte metallisch an seinem Ohr geklickt. Er drehte sich, und sah in den Lauf von Johnnys Bessie. „Echt jetz? Sach ma, has du als Kind öfter ma zu nah an der Wand geschauckelt? Hände auf den Rücken!"

Johnny ließ die Handschellen wieder klicken. „Du biss verhaftet, wegen chronischer Blödheit!" Da mischte sich Freddy ein. „Natürlich nicht. Mein Kollege macht nur Spaß. Wegen Widerstand gegen die Staatsgewalt." Dann setzte er sich in den BMW, und rief einen Streifenwagen.

Johnny sah den Luden streng an. „So kann et gehen, ne. Sie kommen am Montach, um exakt zehn Uhr ins Präsidium nach Buer. Zimmer Dreihundertundzwölf! Besser nich vergessen." Jetzt widmete sich Johnny wieder der jungen Hure, die bei dem Theater völlig in den Hintergrund gerückt war. „Du setzt dich ma in den schönen BMW da rein. Auffe Rückbank, bitte." Trixi sah Johnny überrascht an, gehorchte aber.

*

III. DAS BERMUDADREIECK

s hatte nicht lange gedauert, und der Streifenwagen bog in das Bermudadreieck ein. Er hielt neben dem weinroten BMW von Johnny, und zwei uniformierte Beamte stiegen aus. „Ah, der Andi", begrüßte Johnny einen der beiden Beamten. „Na, Johnny, watt hab er den schönet für uns?"

„Dieser junge Mann hier", er zeigte auf den Fleischberg in Handschellen, „möchte das Wochenende in Haft verbringen. Er bekommt bei uns eine schöne Zelle."

Die beiden Uniformierten nickten, und wandten sich Pit zu. „Ja, dann kommense ma, bei uns is gemütlich!" Er wollte sich wehren, doch diesmal schritt Goldzahn-Manni ein. „Mensch Pit, jetz lass den Quatsch." Da erst fügte sich der große Kerl, und stieg in den Streifenwagen ein.

Nachdem Johnny und Freddy eingestiegen waren, fragte Trixi ein wenig angriffslustig: „Bin ich etwa verhaftet?"
„Quatsch, ich wollte dich bei dem da aus der Schußlinie nehmen", erklärte Johnny beruhigend, und zeigte auf den Zuhälter der jungen Frau. „Der Zwerg soll sich erstma abregen. Und wir fahrn jetz ma nen schönen Kaffee trinken, ne."
Johnny fuhr zurück auf die Cäcilienstraße, und hielt vor der großen Bäckerei. Es war ja Sommer und daher standen einige Tische auf dem Gehweg. An einen dieser Tische setzten sie sich. Eine Bedienung kam heraus, und wollte die Bestellung aufnehmen. Als sie die Prostituierte sah, verdunkelte sich ihr Gesichtsausdruck. „Solche bedienen wir hier nich!"
„Ach, was heißt denn solche? Wenn ich mal fragen darf", wollte Fred wissen. Dann zog er seinen Dienstausweis aus

der Jacke. „Sie stören eine dienstliche Befragung, Fräulein!"
Dann mischte sich Johnny ein. „Wir hätten gerne dreimal
Kaffee, und dazu drei Puddingteilchen", bestellte er, als
hätte er die Worte der jungen Frau gar nicht gehört. „Und
auf dem Rückweg, bringen sie mir gleich ma ihre
Genehmigung, für die Nutzung des öffentlichen Grundes."
„Die watt?", fragte die junge Bedienung.
„Die Genehmigung, datt sie hier auf dem Gehweg Tische
und Stühle aufstellen dürfen." Fred grinste freundlich, und
die Bedienung zog beleidigt ab.
„Und datt gibt et wirklich?", fragte Trixi erstaunt. Da grinste
Johnny. „Woher soll ich datt denn wissen. Ich bin doch nich
beim Ordnungsamt." Da lachte die hübsche Prostituierte
vergnügt auf.
„Also", begann der Hauptkommissar. „Watt hatte die Tina
mit dem Goldzahn zu schaffen?"
„Na ja, die Tina war echt gut", erzählte Trixi nun wieder
ziemlich entspannt. „Und datt hat sich rumgesprochen."
„Und das hat den Zuhälter geärgert?", mutmaßte Fred
Rudnick. Da kam die Bedienung zurück, und stellte die
Bestellung auf den Tisch. „Danke schön", sagte Fred und
bezahlte. Die junge Frau verschwand wieder in der Bäckerei
ohne noch ein Wort zu verlieren. Johnny verteilte den
Kaffee und das Gebäck.
„Klar hat der sich geärgert", fuhr Trixi fort. „Und da die
Tina manchmal in die „Grubenlampe" kam, hatt er se da
angesprochen."
„Angesprochen heißt bedroht?", wollte Kommissar Rudnick
wissen. Doch Trixi schüttelte den Kopf. „Ne ne, er hat ihr
angeboten, dass er sie managen würde. Also, für ihre
Sicherheit sorgen, neue Freier schicken, und so." Da lachte
Johnny auf. „Managen! Ich lach mich schlapp. Der is jetz
also ein Manager, kein Zuhälter mehr." Jetzt musste auch
Trixi lachen. „Aber die Tina Schwarz war doch Konkurrenz

112

für euch", stellte Freddy fest. „So weit ist das Bermudadreieck ja nicht von ihrer Wohnung entfernt." Trixi nickte. „Ja, datt stimmt schon, abba die hatte schon andere Klientel als wir. Sie hatte einen festen Kundenstamm, wir dagegen müssen doch für jedes Arschloch unsere Muschi hinhalten. Datt brauchte die Tina nich. Die hat sich ihre Freier ausgesucht."

„Und der Manni hat die tatsächlich in Ruhe gelassen? Datt kann ich ga nich glauben", sagte Johnny, und trank dann seinen Kaffee. „Er hat et halt immer wieder versucht, wenn Tina inne Kneipe kam. Abba Tina hat immer gesacht, sie is Studentin, keine Nutte!"

„Na ja", sagte Freddy in einem zweifelnden Ton. „Die hat für Geld mit fremden Männern geschlafen. Wenn das keine Prostitution ist, dann weiß ich nicht."

„Stimmt schon, abba für Tina war datt nur ein Job um ihr Studium zu finanzieren. Sie wollte datt nich hauptberuflich machen."

„Hatt die Tina ma watt gesacht, datt sie sich bedroht gefühlt hat?", wollte Johnny wissen, und Trixi schüttelte mit dem Kopf. „Nee, eigentlich nich. Weder von Manni, noch von jemand anderem. Die hat mir ma erzählt, datt se sich zur Sicherheit ne Knarre besorcht hat. Und darum hatt se auch keine Angst."

„Auch nicht vor diesem Pit?", fragte Fred, doch auch da schüttelte Trixi ihren Kopf. „Ach, der macht doch nur was Manni ihm sacht. Der würde nie von alleine ein Mädchen anfassen." Johnny nahm sein Puddingteilchen und biss herzhaft hinein. „Tja, ich glaub dann sind wa hier feddich." Sie tranken ihren Kaffee, aßen ihr Gebäck, und dann fuhren sie die Prostituierte wieder zu ihrem Arbeitsplatz zurück. Freddy stieg aus, und klappte den Sitz vor, so dass sie aussteigen konnte. Als sie vor dem Wagen stand, und Fred wieder eingestiegen war, fragte sie keck: „Und wer bezahlt mir jetzt meinen Verdienstausfall?" Kommissar Rudnick sah seinen Kollegen an, und begann zu lachen. Johnny öffnete die Tür, ging um den Wagen, zog einen Fünfzigmarkschein aus der Hosentasche, und reichte diesen wortlos der Hure. Da beugte diese sich vor, und küsste ihn auf die Wange. „Du dürftest bei mir auch mal umsonst", sagte sie grinsend.

*

Anja saß an ihrem Schreibtisch und büffelte die Bücher durch, als es an der Tür klingelte. Sie erhob sich, und folgte dem Kater, der neugierig voran lief. Sie drückte den Knopf, und fragte: „Wer ist da?"
„Hier ist Werner Gerhalt", sagte eine tiefe Stimme. „Ich möchte zu meiner Tochter." Anja erschrak ein wenig. Mit dem Besuch ihres Vaters hatte sie nun gar nicht gerechnet. Sie drückte den Türöffner, und wartete. Es dauerte lange, bis der großgewachsene Mann den Gang entlang kam, der ihn zur Wohnung führte. „Man sollte eine Wegbeschreibung im Flur aufhängen", beschwerte er sich.
„Was machst du denn hier?" Anja sah ihren Vater fragend an. „Darf ich meine Tochter nicht mal besuchen, wenn sie uns schon bei Nacht und Nebel verlassen hat?"
„Da musst du dich bei deiner Frau bedanken", sagte sie spitz, und trat einen Schritt zur Seite. „Komm rein!"
Ein bisschen neugierig war der Unternehmer schon, denn er hatte selten die Gelegenheit zu sehen, wie die „einfachen" Leute so lebten. Da kam Mr. Flocke um die Ecke, und begann dem Besucher um die Beine zu streichen. Werner Gerhalt bückte sich, und begann ihn zu streicheln. Er mochte Tiere. Sogar sehr! Doch ein eigenes hatte er nie halten können. Elke war strikt dagegen. „Die machen doch nur Dreck", war ihre Begründung. Und des Friedens wegen, hatte Werner auf die Tierhaltung verzichtet.

„Er mag dich", stellte Anja fest. „Möchtest du einen Kaffee?"

Erstaunt sah der Vater seine Tochter an. Unschlüssig nickte er vorsichtig. Ein wenig fürchtete er sich vor der Qualität des Getränkes, denn für sowas war im Hause Gerhalt ja immer Lena zuständig gewesen.

„Setz dich doch schon mal ins Wohnzimmer", sie zeigte auf die Tür, und Werner betrat den Raum. Ein Dreisitzer und ein einzelner Sessel. Dazu ein Wohnzimmertisch. Ein breites Sideboard auf der einen Wand, und Anjas Schreibtisch unter dem Fenster. Ihr Regal auf der anderen Wand. Neben dem Regal, auf einem Tisch, ein Fernseher. Er setzte sich auf die Couch, und bekam auch sofort Gesellschaft. Der kleine, weiße Kater ließ sich neben dem Besucher nieder. Und dann kam Anja mit dem Kaffee, und einem Teller mit Kuchen. Sie stellte das Tablet ab, und deckte den Tisch mit Tassen und Kuchentellern. Dann schüttete sie den Kaffee ein. „Milch und Zucker kannst du dir ja selbst nehmen. Möchtest du ein Stück Apfelkuchen?" Werner Gerhalt sah den Kater an. „Soll ich es wagen? Was meinst du?" Und als hätte er die Worte verstanden, miaute er. „Du hast den Kater gehört. Ja, bitte! Hast du den etwa gebacken?"

„Natürlich", antwortete Anja fast beleidigt. „Die Ingeborg, Johnnys Mutter, kocht und backt ausgezeichnet. Von ihr habe ich schon viel gelernt."

Werner nahm die Kuchengabel, und steckte sie in den Kuchen, dann beförderte er das erste Stück in seinen Mund. Überrascht zog er die Brauen hoch. Im Teig ein bisschen Vanille schmeckte er heraus, und einen Hauch von Zimt. Und natürlich die Äpfel, weich und saftig. Dazu der Crunch von den Streuseln. Der Kuchen war hervorragend. Und auch der erste Schluck Kaffee erstaunte ihn. Woher nahm seine Tochter plötzlich diese Fähigkeiten?

„Das ist sehr lecker", sagte er lobend.

„Ja, das weiß ich. Kochen kann ich inzwischen auch. Hühnerfrikassee oder Königsberger Klopse. Sowas halt!" Der Stolz in Anjas Stimme war nicht zu überhören. Werner schaufelte unaufhaltsam den Apfelkuchen in seinen Mund, und hielt der Tochter seinen Teller hin. Diese legte ein weiteres Stück Kuchen darauf. „Was treibt dich eigentlich hierher?", fragte sie. „Du bist doch sicher nicht wegen meinem Apfelkuchen hier?" Da holte er tief Luft. „Dein Freund ist auf der Arbeit?"

Anja nickte. „Im Dienst, ja! Er ist Polizist, da heißt das Dienst", belehrte sie ihren Vater, aber er ging gar nicht mehr darauf ein. „Wann hat dieses Theater ein Ende?", fragte er nun streng. „Das fragst du mich? Es war deine Frau die mich rausgeschmissen hat!"

„Ach, papperlapapp! Ich will, dass du endlich nach Hause zurückkommst. Sieh dich doch mal hier um. Du willst mir doch nicht sagen, dass du dich hier wohlfühlst?"

Nun zögerte Anja mit einer Antwort. „Du hast eine Verpflichtung unserer Firma gegenüber", mahnte Werner Gerhalt. „Du wirst dieses Unternehmen einmal führen, hast du das vergessen?"

Jetzt überkam die junge Frau so etwas wie Scham. Dies war ja tatsächlich der Grund, warum sie Maschinenbau studierte. Und das sollte jetzt alles für die Katz sein? „Kind, überlege es dir gut, ob dieser Mann es Wert ist", sprach Werner Gerhalt eindringlich zu seiner Tochter. „Im Übrigen soll ich dich grüßen."

„Von wem?"

„Von Tobias! Er ist seit drei Wochen hier in Deutschland, und wird noch zwei weitere Wochen hier bleiben. Dann fliegt er zurück nach Kanada." Werner Gerhalt konnte sich ein Grinsen nicht verkneifen, denn er wusste, dass er sein Ass ausgespielt hatte, und dieses stach. Tobias von Drängen

116

war Anjas Jugendliebe gewesen, und eine Trennung war nur der Tatsache geschuldet, dass die von Drängens nach Kanada ausgewandert waren. Das hatte Anja damals das Herz gebrochen. Und am leuchten in ihren Augen, erkannte er, dass die Flamme noch nicht ganz erloschen war. „Morgen, gegen drei Uhr, kommt Tobias zu uns. Wenn du willst, kannst du gerne vorbeikommen." Jetzt hatte er seine Tochter da, wo er sie haben wollte. In aller Ruhe aß er nun seinen Kuchen auf. Dann stand er auf, und verabschiedete sich. Zurück blieb eine nachdenkliche, junge Frau.

*

Ein wenig Herzklopfen hatte Anja schon, und das nicht nur weil sie glaubte Johnny zu hintergehen. Besonders weil sie ihm vorgelogen hatte, eine Freundin zu besuchen. Nein, es war das Wiedersehen mit Tobias von Drängen! Wie würde er jetzt aussehen? War er verheiratet? Oder war er noch ledig? Acht Jahre waren vergangen, und damals waren sie noch Teenager gewesen. Und doch waren sie bis über beide Ohren verliebt, und darum hatte Anja nun Angst.
Sie saß ihn ihrem orangefarbenen Mini an der Straße vor der Villa. Es war bereits Viertel nach Drei. Sollte sie wirklich hineingehen? Was, wenn sie schlafende Geister wecken würde? Plötzlich schlug sie auf das Lenkrad, öffnete die Tür und stieg aus. Langsam ging sie durch das Tor, über den Gehweg zum Haus. Sie klingelte, und musste einen Moment warten. Lena, die kleine, quirlige Hausangestellte öffnete die Tür, und mit einem breiten Grinsen sagte sie: „Fräulein Anja, wie schön das sie da sind." Sie trat beiseite, und Anja ging hinein.
Als sie ins Wohnzimmer ging, saßen dort ihre Eltern, und die von Drängens. Vater, Mutter, und Sohn! Und dieser sprang sofort auf, und lief auf Anja zu. Mit großer Freude

umarmte er sie, und wollte gar nicht mehr loslassen. Was ihr Anfangs eher als Unangenehm vorkam, fühlte sich plötzlich gut an, und sie erwiderte die Umarmung. „Oh, Anja! Du weißt gar nicht, wie sehr isch misch freue dich wiederzusehen", hauchte er mit englischem Akzent. Und ohne etwas dagegen tun zu können, füllten sich ihre Augen mit Tränen.

Es dauerte eine ganze Weile, bis Anja auch die von Drängens begrüßen konnte, und dann stand sie vor ihrer Mutter. Diese sagte kein Wort, und umarmte ihre Tochter als sei nicht gewesen.

Als Anja am Abend wieder zurück fuhr, überkam sie ein schlechtes Gewissen. Und was würde sie nun tun? Sollte sie Johnny von dem Besuch bei ihren Eltern erzählen? Aber er war ja nicht doof, und er würde nach dem Grund fragen. Sollte sie dann sagen, meine große Liebe ist aus Kanada zurückgekommen, und ich wollte ihn unbedingt sehen? Nein, das konnte sie natürlich nicht! So beschloss sie zu schweigen.

Schon am Sonntagabend merkte Anja, dass sich etwas geändert hatte. Sie ging Johnny aus dem Weg, so gut es ging. Er hatte den Tag damit verbracht, dass Formel eins Rennen zu sehen. So hatte er sie nicht vermisst. Als sie dann nach Hause kam, kam ihm Anja recht kleinlaut vor. Die Frage, ob sie etwas habe, verneinte Anja ziemlich harsch. Nach dem Abendessen, sahen sie gemeinsam einen Film, und gingen danach ins Bett. Sein Versuch, sich ihr sexuell zu nähern wehrte sie ärgerlich ab. Und so beschloß Johnny sie in Ruhe zu lassen. Manchmal kam es halt vor, dass sie schlechte Laune hatte. So zog er es vor zu schlafen.

Am Montagmorgen blieb Anja im Bett, als Johnny aufstand. „Bist du krank?", fragte er, und begann sich Sorgen zu machen, denn so verschlossen und kratzbürstig kannte er Anja nicht. „Nein, lass mich", grunzte sie ihn an. Da nahm Johnny seine Sachen und verließ das Schlafzimmer. Als er aus dem Bad kam, zog er sich an, und trank noch eine Tasse Kaffee. Dann nahm er seine Bessie aus dem Safe, griff Wohnungs- und Autoschlüssel und ging grußlos.

*

Selten war Johnny so früh im Büro, aber irgendwie hatte er das Gefühl, so einem Streit zu entgehen. Er ließ eine Kanne Kaffee durchlaufen, und machte das Radio an. Men at work sangen „Down Under". Er setzte sich an seinen Schreibtisch, nahm die Akte Tina Schwarz, und schlug diese auf. Der Bericht von Trixis Aussage lag bereits darin. Freddy war gestern also noch fleißig gewesen. Heute war das Verhör von Pit Müller dran. Denn dieser hatte das Wochenende in der Zelle verbracht. Johnny hoffte, dass der Bodyguard nun zugänglicher sein würde.
Das dampfen und zischen der Kaffeemaschine zeigte Johnny an, dass der Kaffee durchgelaufen war. Er drehte sich auf seinem Stuhl, griff nach seiner Tasse, und füllte diese aus der Glaskanne. Dann trank er erstmal in Ruhe seinen Kaffee. Es war kurz vor halb neun, als Freddy ins Büro kam. Er wunderte sich ein wenig über Johnnys Anwesenheit, hängte seine Jacke auf, und nahm sich ebenfalls einen Kaffee. „Willst du den Müller noch vor zehn verhören?", fragte Freddy. Für zehn Uhr hatten sie ja Goldzahn-Manni bestellt. Johnny nickte. „Den lass ich jetzt in den Verhörraum bringen. Und wenn ich mein Kaffee getrunken hab, gehen wir rauf." Er griff zum Hörer des Telefons und wählte eine hausinterne Nummer. „Ja Hauptkommissar Thom hier. Könnter den Müller in den Verhörraum bringen, wir kommen dann gleich. Danke!"

In aller Ruhe tranken sie ihre Tassen aus, dann nahm Fred die Akte, und sie verließen Dreizwölf.

Mit dem Aufzug fuhren sie ins Vierte. Gingen durch die Glastür, die sie erst aufschließen mussten, und meldeten sich in dem Büro des Wachhabenden an. „Pit Müller ist bereits im Verhörraum", sagte der uniformierte Beamte zu den Ermittlern, und diese öffneten die gegenüberliegende Tür. Pit Müller saß an dem Tisch. Die Handschellen an dem dafür vorgesehenen Schnappverschluß befestigt. Dies war notwendig, da er einen Beamten angegriffen hatte. „Guten Morgen, Herr Müller", grüßte Fred freundlich, so wie es seine Art war. Aus verschlafenen Augen, sah der Zuhälter den Kripomann an, antwortete aber nicht. Die beiden Beamten setzten sich dem Bodyguard gegenüber. Fred erledigte wie üblich die Formalitäten. „Montag, der Zweite, Siebte, Neunzehnhundertvierundachtzig. Verhör Peter „Pit" Müller". Es folgten noch einige Daten, und dann begann Johnny mit der Befragung. „Wo warn se am Mittwoch den Siebenundzwanzigsten zwischen acht und neun Uhr?" „Datt geht dich einen Scheiß an, Bulle!", kam die prompte Antwort. „So? Datt seh ich abba anders", sagte Johnny grinsend. „Vielleicht kannse die Lage nich so ganz überblicken. Dann mach ich dich jetzt ma schlau. Du stehs unter Mordverdacht, und wenn du nich kooperieren wills, dann bleibse in Gewahrsam. So einfach is datt!" Johnny grinste den Muskelberg an. „Datt könnt ihr nich machen!" Pit gefiel die Vorstellung überhaupt nicht, weiter in der Zelle zu sitzen.

„Ich würde ihnen raten, unsere Fragen zu beantworten, Herr Müller", schlug Fred vor. „Es wird sicher zu ihrem Besten sein." Da sah Pit den Johnny an. „Watt hat der denn für ne Krankheit? Warum spricht der so geschwollen?" Da musste auch Johnny grinsen. „Der is nich von hier! Abba er hat Recht!"

„Ich will ein Kaffee", forderte Pit, und Fred nickte. „Den sollen sie haben. Milch und Zucker?"

„Nur Milch!"

Freddy erhob sich, und verließ den Verhörraum.

„So, Pit, und jetz leg ma los. Wir essen zeitich", verlangte Johnny streng. „Wo wars du zur Tatzeit?"

„Der Manni und ich waren so um kurz nach Acht bei der Tina am Haus", begann Pit Müller zu erzählen. „Sie wollte mit Manni was bereden, und da sie um neun Uhr in der Uni sein musste, sollten wir um Acht kommen." Da wurde die Tür geöffnet, und Fred trat ein. Er stellte dem Pit die Tasse vor die Nase, allerdings konnte dieser die Tasse nicht hochnehmen, da er an den Tisch gefesselt war. Johnny sah Fred an und nickte. „Ok, Pit! Abba mach kein Ärger, datt geht nich gut für dich aus." Er drückte auf einen Knopf am Tisch, und der uniformierte Beamte kam in den Raum. „Bleib ma hier", sagte Johnny, und der Beamte nickte. Dann öffnete Johnny den Schnappverschluß auf dem Tisch. Nun konnte Pit die Tasse greifen und zum Mund führen.

„Weiter", forderte Johnny. „Wir ham geschellt, dreimal, und sind dann wieder abgehauen." Johnny klappte den Ordner auf, und las darin. „Sach ma, hasste da jemanden gesehen? Kam da jemand aussm Haus oder so?" Pit schüttelte den Kopf. „Nee, da wa keiner."

„Wann seid ihr da wech?"

„Keine Ahnung! Hat ja nich lange gedauert. Wir hamm geschellt, die hat nich aufgemacht. Da sind wer eingestiegen und ab."

„Ok", sagte Fred, und stellte das Aufnahmegerät ab. „Ich werde jetzt ihre Aussage zu Papier bringen, und sie werden diese dann unterschreiben. Danach entlassen wir sie aus dem Gewahrsam!"

Johnny sah den Uniformierten an. „Herr Müller geht so lange noch auf die Zelle." Der Beamte nickte. „Kommen sie bitte, Herr Müller." Die beiden verließen den Verhörraum. „Is dir watt aufgefallen?", fragte Johnny. Fred sah seinen Kollegen fragend an. „Er hätte Herrmann Röhm noch sehen müssen, wenn dieser um Acht das Haus verlassen hat."

*

Anja war heil froh, dass Johnny ohne größere Diskussionen abgezogen war. Und als sie später am Schreibtisch saß, konnte sie sich kaum konzentrieren. Immer wieder schwierte ihr ihre Jugendliebe Tobias durch den Kopf. Erfahren hatte sie gestern so gut wie nichts von ihm. Geredet wurde nur belangloses Zeug. Obwohl Anja doch so einige Fragen gehabt hätte. Und dann schellte das Telefon. Sie stand auf, und ging ins Schlafzimmer. Dort setzte sie sich auf die Bettkante und nahm den Hörer von dem orangfarbenen Telefon ab. „Anja Gerhalt, hier bei Thom", meldete sie sich, und plötzlich fing ihr Herz wieder heftig an zu pochen. „Isch bin es, Tobi!"
„Äh… hallo Tobi", sagte sie. „Isch würde disch gerne sehen", fuhr er fort. „Wir haben uns doch viel zu erzählen. Kann isch zu dir kommen, oder störe isch disch?"
„Nein, überhaupt nicht", antwortete sie, und nannte ihm die Adresse. „Dann bis gleich!" Es klickte im Hörer. Er hatte aufgelegt. „Verdammt was mach ich hier eigentlich?", fragte sie sich, und sah dabei den kleinen Kater an. Und dann kam ihr Zweifel. Tobias von Drängen kam hierher. In Johnnys Wohnung! Sie sah sich um, und begann sich ein wenig zu schämen. Anja hatte geglaubt, dass sie sich geändert hatte. Doch dem war scheinbar nicht so. Jetzt, mit ihrer Vergangenheit konfrontiert, erkannte sie, dass sie immer noch das Mädchen aus reichem Hause war.

Und dann klingelte es an der Tür. Das konnte er noch nicht sein, so schnell. Nein, das war sicher die Post, dachte Anja, und drückte den Türöffner.

Doch nach einer Weile klopfte es an der Wohnungstür, und sie machte auf. „Hallo, Anja", sagte der blonde, junge Mann mit seinem englischen Akzent. „Ja… äh, Hallo! Komm doch rein!" Schon im Korridor sah man Tobias von Drängen an, dass er nicht verstand, warum die junge Frau aus reichem Hause, in dieser Wohnung wohnte. Das was er sah, war für ihn nicht aktzeptabel. Aber er sagte nichts! Sie gingen ins Wohnzimmer und setzten sich auf das Sofa. „Isch dachte, du würdest noch bei deinen Eltern wohnen", sagte er. „Warum wohnst du hier?" Anja antwortete nicht. „Bist du… hast du eine Frau?", fragte sie stattdessen, und er lächelte. „Nein, habe isch nischt! Ein paar Freundinnen, aber nichts Festes. Wir haben uns doch mal geschworen, dass wir zusammen gehören. Weißt du noch?" Da lachte Anja verlegen. „Das war doch Kinderträumerei."
„Oh no, für misch nischt!", sagte er lächelnd. „Weißt du, dass wir in Toronto gute Universitäten haben? Du könntest dort dein Studium beenden."
„Wie? Warum sollte ich das tun? Ich bin doch hier in Bochum eingeschrieben." Anja schien den Sinn hinter seinen Worten nicht zu verstehen. „Na, wenn wir beide verheiratet sind, und in Kanada leben!" Er stand auf, zog Anja zu sich hoch, umarmte und küsste sie. Anja wollte sich zuerst wehren, doch irgendwie konnte sie das nicht.

*

IV. EIN NEUER ZEUGE

Als die beiden Kripoermittler aus dem vierten Stockwerk des Präsidiums wieder vor ihrem Büro ankamen, saß da auf dem Flur, bereits Goldzahn-Manni auf der Bank und wartete. „Wieder nach oben?", fragte Fred, doch Johnny schüttelte den Kopf. „Nee, den machen wir hier! Dann kannste gleich den Bericht schreiben!"

„Guten Morgen, Herr Seibold! Schön das sie unserer Aufforderung nachgekommen sind", begrüßte der Kommissar den Mann in dem Miami Vice Outfit. Johnny schloß die Tür von Dreizwölf auf, und trat ein. Fred und der Zuhälter folgten ihm. Johnny zeigte auf den Stuhl neben seinem Schreibtisch. „Kaffee?", fragte er, und Manfred Seibold nickte. „Zwei Zucker und Milch!"

Johnny machte die Kaffeemaschine fertig, und brühte frischen Kaffee auf. Dann setzte er sich an seinen Schreibtisch. Fred setzte sich an den kleinen Tisch in der Ecke, auf dem die Schreibmaschine stand. Er zog einen Bogen von den Aussageformularen ein, legte die Kassette in das Abspielgerät, setzte die Kopfhörer auf, und begann Pit Müllers Aussage zu tippen.

Johnny rieb sich die Hände, und sah den Zuhälter mit dem Goldzahn an. „Na, gut geschlafen?"

„Watt is mit Pit?", wollte Manfred Seibold wissen.

„Watt soll mit dem sein?", fragte Johnny. „Den kannse nachher unbeschadet wieder mitnehmen." Erstaunt sah der Lude den Beamten mit den langen Haaren an. „Echt?"

„Ja, echt! Der muss noch die Aussage unterschreiben, dann kanner gehen." Da nickte Manni zufrieden.

„Also, erzähl! Watt wa mit Tina Schwarz?" Johnny sah den Mann streng an.

„Na ja, ich wollte se unter meine Fittiche nehmen, die Tina. Die war gut in dem Job. Abba sie wollte nich.“

„Und dann hasse ihr gezeicht wo der Hammer hängt“, baute Johnny nun Druck auf. „Quatsch! Nix hab ich ihr getan! Im Gegenteil, ich wollte se beschützen. Abba die hat gesacht, die brauch keinen Beschützer.“ Johnny drehte sich auf seinem Stuhl, nahm zwei Tassen, und stellte diese auf den Schreibtisch. Dann reichte er Manni die Milch und den Zucker. Er nahm die Glaskanne und schüttete den Kaffee ein. Ein angenehmer Kaffeeduft zog durch das Büro.

„Und dann?“, bohrte Johnny weiter, und Manni war nicht von gestern. Er merkte natürlich, dass der Kripomann etwas wusste. „Am Dienstach hat die Tina mich dann angerufen. Sie wollte noch ma mit mir sprechen, hatt se gesacht. Sie hätte et sich überlecht“, berichtete der Zuhälter. „Ich sollte am Mittwoch um Acht bei ihr vorbeikommen, weil se um Neun inne Uni sein müsse, hatt se gesacht.“ Johnny nickte. Soweit deckte sich die Aussage mit der von Pit Müller. Und auch alles, was Manni noch erzählte, passte zu der Aussage seines Bodyguards. „Ich glaub, die hatte vor irgendwatt Angst“, sagte Manni noch, dann nahm er die Tasse und trank seinen Kaffee.

„Ihr seid um kurz nach Acht da angekommen. Habt ihr jemanden gesehen?“, stellte Johnny noch die abschliessende Frage, doch wie schon zuvor Pit, verneinte auch Manni Seibold die Frage. Johnny nahm die Kassette aus dem Recorder, stand auf und legte sie Freddy auf den Tisch. Dieser nickte, und hatte verstanden.

„Kanns draußen warten, bis mein Kollege die Aussage getippt hat. Ich lass dir deinen Kumpel raufschicken.“ Manfred Seibold erhob sich, nahm seine Tasse, und ging hinaus auf den Flur. Dort setzte er sich auf die Bank, und wartete. Derweil hatte Johnny sich den Telefonhörer

gegriffen, und im Keller angerufen. „Ja, Thom hier. Ihr
könnt den Müller jetz nach oben schicken."

Es dauerte noch ein knappe halbe Stunde, da konnten die
beiden Zeugen ihre Aussage unterschreiben, und waren
entlassen.

Nun saßen sich die beiden Beamten wieder gegenüber an
ihren Schreibtischen. „Ich habe so das Gefühl, dass uns
jemand belügt", stellte Fred fest. Johnny nickte. „Und zwar
der Hermann Röhm", sagte er, und tippte mit dem Finger
auf die Berichte. Und der war immer noch nicht hier, um
seine Aussage zu unterschreiben. Ebenso seine Frau, und
auch die Bornheim!"

Da klopfte es, und der uniformierte Kollege Andi trat ein.
„Ich hätte da noch watt ausser KTU", sagte er, und legte
eine Klarsichttüte auf den Tisch. Darin befand sich ein in
rotes Leder eingeschlagener Kalender. „Ja, watt hamm wa
denn da?" Johnny griff nach dem Beutel, und entnahm den
Kalender. Interressiert begann er darin zu blättern. Es gab
rote und blaue Einträge. Die meisten Blauen begannen mit
einem großen U. Dahinter standen meist Uhrzeiten und, wie
Johnny vermutete, die Fächer, die sie belegte. Das waren
eindeutig Einträge für die Universität, war Johnny sicher.
Dies teilte er auch sofort seinem Kollegen mit. Dieser stand
auf, und trat hinter Johnny. So konnte er diesem über die
Schulter schauen, und lesen, was in dem Notizbuch stand.
„Dann sind die roten Einträge wohl Termine ihres
Nebenerwerbs", mutmaßte Kommissar Rudnick, und
Johnny grinste. „Alles Vornamen! Da Jupp, und dahinter
eine Achtzig, da Gerhard und eine Hundert, Klobi und auch
eine Hundert, was immer das heißt?"

„Klobi is wohl ein Spitzname, und die Zahl könnte der Preis
für das Nümmerchen sein", stellte Johnny fest, und Fred las
weiter. „Bert und Hundert, und da ein Manni für
Hundertfünfzig. Und alle in regelmäßigen Abständen. Der

Jupp sogar zweimal die Woche." Johnny begann zu grinsen, und zeigte dann auf den ersten Eintrag dieser Seite. „Hier am Mittwoch den Siebenundzwanzigsten um sieben Uhr, Manni und Hundertfünfzig. Und in blau dann um Neun, Uni"

„Ja, der Manni kommt oft vor", sagte Fred. Johnny stimmte zu. „Aber schau ma hier", er drehte das Buch auf die Seite, und zeigte auf den Rand. Da stand: acht Uhr. Manni!

„Äh… wie jetzt?" Freddy zeigte sich erstaunt. „Warum zweimal hintereinander?"

„Frach mich nich!" Johnny legte das rote Buch auf den Tisch und lehnte sich zurück. Fred Rudnick ging um den Schreibtisch, und nahm ebenfalls wieder Platz. Er griff nach dem roten Buch, und las nochmal. Diesmal suchte er ausschließlich nach dem Namen Manni. „Hier haben wir den Manni am Freitag den Zweiundzwanzigsten, um dreiundzwanzig Uhr." Er blätterte weiter zurück. „Hier wieder Freitag den Fünfzehnten, aber um Sieben. Und so geht das weiter, meistens am Freitag. Mal ganz früh morgens, mal spät abends."

„Abba glaubse der Goldzahn-Manni geht zur Tina?", zweifelte Johnny. „Der hat doch selbst genug Nutten, bei denen kann er umsonst."

„Vielleicht hatte er auf die aber keine Lust mehr", vermutete Fred, und zuckte die Schultern. „Oder der hat sich in die kleine Tina verliebt." Da zog Johnny die Augenbrauen hoch. Er kratzte sich am Kopf. „Das wäre eine Möglichkeit. Deshalb hat er ihr auch nichts getan, der Manager." Fred nickte, und begann zu lachen.

„Dann müssen wir uns den nochmal herholen."

„Ja, den müssen wa nochma befragen, abba jetz ersma zurück zu den Röhms", sagte Johnny, und Fred nahm den Ordner. Er suchte die drei Aussageformulare heraus, die er nach den Befragungen der Zeugen angefertigt hatte. Viel

stand da sowieso nicht! „Also, ich wäre dafür, dass wir die nochmal hier verhören. Und zwar so richtig!"
Da erhob sich Johnny. „Ganz genau datt machen wir jetz."

*

Johnnys BMW fuhr am Tatort vor, und hielt auf der gegenüberliegenden Straßenseite. Er stieg aus, und wollte über die Straße gehen, da rief ihn eine Stimme von oben. „He, Junge, wart ma!" Johnny drehte sich um, und sah nach oben, wo ein kahlköpfiger, alter Mann am Fenster hockte und Zigarre rauchte. Nun entstieg auch Fred dem Wagen, und sah nach oben. „Ok, du hols die Röhms, und ich hör mir ma an, watt der will." Er ging auf dem Plattenweg um das Haus, denn die Eingänge waren auf der Hinterseite des Hauses. Kommissar Rudnick dagegen, ging über die Straße, und schellte bei den Röhms.
Als Johnny an die Eingangstür trat, summte bereits der Türöffner. Johnny sah auf die Klingelschilder und las im zweiten Stock die Namen Rombarski und Kleinschmitt. Er trat in den Flur und ging nach oben. Dort wartete bereits der kahlköpfige Alte. Johnnys Blick fiel kurz auf das Namensschild. Aha, Rombarski!
„Na, dann komm ma rein", sagte der Mann, und ging vor in das Wohnzimmer. „Sie sind vonne Polizei, stimmt's?"
Johnny bejahte die Frage, trat in den Wohnraum ein, und schloß hinter sich die Tür. Hier war es wie in einem Museum! Es schien als hätte der Mann seit den Fünfzigern keine Möbel mehr neu gekauft. Und es gab hier keine Frau, das war Johnny sofort aufgefallen.
Nirgends stand weiblicher Krimskrams herum. Auch keine gerahmten Familienbilder. Nur ein Bild hing an der Wand. Es zeigte einen Bergmann, in traditioneller Kluft. Herr Rombarski war, wie viele hier im Ruhrpott, ein ehemaliger

Bergmann. Natürlich schon in Rente. Johnny schätzte ihn auf circa siebzig Jahre. „Watt gibt et denn, Herr Rombarski?"

Der alte sah Johnny an, und grinste. Wohl weil Johnny ihn beim Nachnamen nannte, denn den hatte der Alte noch nicht erwähnt. „Ihr ermittelt bestimmt wegen der kleinen Nutte von drüben, stimmt's?" Johnny nickte, und erkannte, dass Herr Rombarski im Bilde war. Nun ja, das Kissen auf der Fensterbank sprach für sich. Er war derjenige in der Straße, dem nichts entging. So einen gab es überall! Hier war es Herr Rombarski, und in der Auguststraße war es Frau Zepaniak. „Haben sie watt gesehen, von dem sie mir erzählen wollen?"

„Na ja, wie jeden Morgen hab ich auch am Mittwoch meine Morgenzigarre geraucht", berichtete der Mann. „Datt mach ich so um kurz vor Acht. Da hör ich dann die Nachrichten." Johnny zog seinen Block aus der Gesäßtasche seiner Jeans. Die Jacke hing im Büro. „Ihren Vornamen, bitte."

„Karl, heiß ich", antwortete der Mann. „Dritter, Zwölfter, Neunzehnhundertdreizehn", schob er sein Geburtsdatum gleich hinterher. Johnny schrieb. Dann lachte Herr Rombarski. „Da war richtich watt los, an dem Morgen. Zuerst kamen zwei Typen mit einem gelben Mercedes. Datt war als die Nachrichten liefen. Also um Acht oder kurz danach." Johnny musste grinsen. Der Mann war für sein Alter geistig noch richtig gut dabei. Ihm schien nichts zu entgehen.

„Die hamm geschellt. Pa mal soga. Sind zurück auffen Bürgersteich. Hamm nach oben gekuckt, dann hamm se wieder geschellt. Hamm gewartet, und datt ging so ungefähr bis zwanzich nach. Dann hamm se aufgegeben, und sind wechgefahrn." Die Aussage bestätigte, dass Manni und Pit wohl die Wahrheit gesagt hatten.

„Um halb Neun kam die Bornheim aussem Haus. Die ging Richtung Stern." Johnny sah den Mann fragend an. „Stern?" „Ja, dahinten, wo die fünf Straßen auf einandertreffen, datt nennen wir Stern. Da wo die Bäckerei is." Johnny nickte. „Und nach der Bornheim, vielleicht zehn Minuten später, da kam der Hermann aus dem Haus."

„Hermann Röhm?", fragte Johnny noch mal nach. „Ja, sicher, der Röhm. Ein anderer Hermann wohnt da ja nich", sagte Karl Rombarski ein bisschen barsch. „Watt hat der gemacht, der Röhm?"

„Der is auch Richtung Stern. Wollte wohl zum Bäcker, weil er nach Neun mit Brötchen zurückkam." Johnny hatte einiges zu Schreiben. Und alles was sie bisher gehört hatten, bewies ihnen, dass Hermann Röhm gelogen hatte. Und seine Frau deckte die Lügen.

„Und dann begann et zu qualmen", erzählte der Alte. „Datt war so um Neun. Da gab et einen lauten Knall, und die Scheibe von Tinas Schlafzimmer flog raus."

„Woher wissen se datt et datt Schlafzimmer wa?", fragte Johnny verblüfft, denn er wusste ja, dass dieser Raum eigentlich das Wohnzimmer war. Da grinste der alte Bergmann verschmitzt. „Na, weil Tina manchmal die Vorhänge offen gelassen hat. Und da gab et reichlich zu bestaunen." Jetzt lachte der Ermittler, denn dass diese Art von Peepschow dem Zigarrenraucher gefiel, konnte er gut verstehen. „Da schlugen dann die Flammen aus dem Fenster, und ich hab die Feuerwehr gerufen. Und dann wa hier richtich watt los, inne Straße." Dann sah er den Beamten traurig an. „Um die kleine Tina is et wirklich schade!"

„Woher wissen sie von Tinas Tod?", fragte Johnny erstaunt. „Ich hab doch gesehen, wie die wechgebracht wurde", erklärte Karl Rombarski. „Wenn Pathologie Essen auf dem Wagen steht, und die nen Zinksarg heraustragen, is et nicht

schwer sich eins und eins zusammenzurechnen." Das
verstand der Kripobeamte. Plötzlich fiel ihm das rote
Notizbuch wieder ein. „Watt wa um Sieben?", wollte er
wissen. „Wie um Sieben?" Herr Rombarski verstand die
Frage nicht. „Na ja, hamm se um Sieben jemand kommen
sehen?" Der alte Bergmann schüttelte den Kopf. „Nee,
Junge, da sitz ich meistens auf dem Thron! Du verstehs?"
Ja, Johnny verstand, und ärgerte sich darüber. Musste der
Alte aussgerechnet um sieben Uhr kacken gehen?
„Ja, dann würde ich sagen, ich schreibe ihre Aussage, und
komme noch ma vorbei, damit sie datt unterschreiben
können. Dann brauchen se nich extra nach Buer kommen",
schlug Johnny vor, und Herr Rombarski willigte ein.

Als Johnny wieder zu seinem Wagen kam, stand Fred
bereits da. In Begleitung der Röhms!
Diese waren wenig erfreut, und redeten beide lautstark auf
den Beamten ein. „Watt soll denn datt Gekeife hier?",
wurde Johnny laut. „Sind wa hier auffem Markt oder watt?"
„Aber das ist eine Frechheit!", rief Hermann Röhm, doch
Johnny bremste ihn. Und zwar eben so lautstark. Eigentlich
hätten dem Mann die Ohren abfallen müssen, so brüllte
Johnny ihn an. „Jetzt geht datt Ganze einige Phon leiser,
oder ich werde ungemütlich." Herr Röhm wurde blaß um
die Nase, und schwieg. Auch seine Elvira hielt nun ihren
Mund. Böse sah Johnny seinen jüngeren Kollegen an. „Sach
ma, musste der Affenaufstand sein, mitten auffe Straße?" Er
schloß die Beifahrertür auf, klappte die Sitzlehne vor, so
dass die beiden Röhms hinten einsteigen konnten. Dann
ging er um den Wagen, während Fred den Sitz nach hinten
klappte und einstieg. Johnny schloß die Fahrertür auf, und
nahm Platz. Er steckte den Zündschlüssel ein, und startete.
Aus dem Radio sang Shakin Stevens „Cry just a little bit",
und das nicht gerade leise.

Die ganze Fahrt über, schwiegen die Röhms, und ließen sich aus dem Radio gezwungenermaßen mit Musik beschallen. Johnny kannte da keine Gnade!

Als sie vor Dreizwölf ankamen sagte Johnny: „Ich geh mit Herrn Röhm nach oben, und du bleibs mit ihr auf Dreizwölf!" Das bedeutete, dass Fred die Frau hier im Büro vernehmen sollte, und Johnny seine Befragung im Verhörraum durchführen würde. „So, Herr Röhm, dann kommense ma mit mir."
Wenig erfreut folgte der Mann dem Beamten, aber er wagte nicht mehr zu widersprechen.
Als sie im vierten Stockwerk ankamen, mussten sie noch ein wenig warten, denn Kommissare einer anderen Abteilung, führten noch ein Verhör durch. Auf dem Lichthof standen mehrere Bänke, dort ließ sich Johnny mit Herrn Röhm nieder. Schweigend saßen sie da, und nach zwanzig Minuten kamen zwei Beamte, mit einem Mann in Handschellen durch die Glastür. „Hey, Johnny!" grüßte der eine. „Unser Freund hier bekommt ein neues Zuhause, für circa zwanzig Jahre, schätze ich!" Er grinste erfolgreich und betrat den Fahrstuhl. Herr Röhm war irgendwie total blaß um die Nase, als sie den Flur zum Verhörraum entlang gingen. Der wachhabende Kollege trat mit in den Raum, an dem sich Johnny und Herr Röhm an den Tisch setzten.
Das Verhör dauerte nicht lange, denn Herr Röhm erzählte das Gleiche wie vorher. Und natürlich hatte er sich mit seiner Frau abgesprochen, für den Fall der Fälle. Da war Johnny sich sicher. Mit den Unstimmigkeiten konfrontiert, pochte er auf seine Aussagen. So brach Johnny das Verhör erstmal ab.

Vor Dreizwölf saß bereits Elvira Röhm auf der Bank und wartete. „Sie können sich neben ihre Frau setzen", sagte

Johnny. „Es dauert einen Moment, bis die Aussagen geschrieben sind. Wenn sie die Unterzeichnet haben, können sie nach Hause."

„Ja, und wie?", fragte Herr Röhm verärgert. Johnny zuckte mit den Schultern. „Taxi? Bus?"

Johnny verschwand in Dreizwölf, während Herr Röhm sich beschwerte.

„Na?", fragte er, als er an seinen Schreibtisch trat. „Die Lügen, dass sich die Balken biegen", antwortete Freddy. „Aber warte es ab, die kriegen wir noch."

Der Hauptkommissar reichte ihm die Kassette vom Verhör, und Fred setzte sich an die Schreibmaschine.

*

Der weinrote BMW hielt vor dem Tatort, und Hermann Röhm öffnete die Beifahrertür. Er stieg aus, und klappte die Lehne nach vorne, so dass auch seine Frau aussteigen konnte. Dann knallte er die Tür zu. Hatte Johnny ein Dankechön erwartet, dafür dass er die Röhms Heim gefahren hatte, so irrte er. Er legte den Gang ein, und fuhr los. Sein Ziel war der Stern. Vor der Bäckerei hielt er an, und stieg aus. Als er den Laden betrat erlebte er eine Überraschung. Da stand Jupp Tillman an der Theke und trank Kaffee. „Jupp! Watt machs du denn hier?"

„Na, ich trinke Kaffee. Irgendwie muss ich ja die Zeit rumkriegen." Die beiden Männer umarmten sich. „Ja, dann bringse mir auch einen, mit Milch, bitte", bestellte Johnny bei der Bedienung.

„Seiter schon weiter mit dem Mord an Tina?", fragte der ehemalige Hauptkommissar. „Wir arbeiten mit Hochdruck dran. Datt kannse mir glauben", antwortete Johnny seinem einstigen Mentor. Da kam die Bedienung, und reichte dem Beamten seine Tasse. „Moment", bremste Johnny die junge

Frau. „Ich hätte da ma ne Frage. Oder zwei!" Sie kam hinter der Theke hervor. „Ja? Watt wollnse denn wissen?" Johnny zog seinen Dienstausweis aus der Hosentasche. „Nur damit keine Missverständnisse aufkommen."

Er stellte die Tasse auf die Theke. „Soll ich euch allein lassen?", fragte Jupp, doch Johnny schüttelte den Kopf. Am Mittwoch den Siebenundzwanzigsten, wer hatte da morgens Dienst?" Sie überlegte kurz. „Am Mittwoch war ich auf Frühschicht."

„Ah, datt trifft sich gut. Kennen sie den Herrn Röhm?", wollte Johnny wissen. Die junge Frau nickte. „Ja sicher, der kommt doch jeden morgen Brötchen holen."

„Können se sich erinnern, wann der am Mittwoch hier war, und Brötchen geholt hat?"

„Ja klar, datt wa neun Uhr", sagte sie mit großer Überzeugung. „Und warum wissen se datt so genau?", fragte Johnny. „Na, um Neun kommen die vom Altenheim ihre Brötchen holen, darum musste der Röhm ein bisschen warten. Da hatt er sich drüber aufgeregt. So isser halt, der Herr Röhm." Jupp sah Johnny an. „Und hilft dir datt weiter?" Da grinste der Kripomann überlegen.

Johnny trank noch bei Jupp ein Bier, was für ihn eine Ausnahme war, und machte sich dann auf den Weg nach Hause. Zu spät wollte er nicht kommen, das ärgerte Anja immer so.

Nachdem Johnny die Wohnung betreten hatte, rief er nach seiner Verlobten. Doch es war lediglich Mr. Flocke der ihm um die Beine strich. „Na, du Räuberhauptmann", begrüßte er den weißen Kater, und streichelte ihm über das Fell. Unachtsam warf er den Schlüssel in die Schüssel. „Wo is denn dein Frauchen?" Er hängte seine braune Lederjacke an den Hacken, beugte sich herunter und öffnete die Tür des Sideboards. Dahinter befand sich der kleine Safe, in den er

seinen Revolver legte. Er richtete sich auf, und rief: „Anni!"
Doch er erhielt keine Antwort. Dann betrat er das
Wohnzimmer, und erlebte eine böse Überraschung. Anjas
Schreibtisch und auch das Regal waren nicht mehr da. Und
auch der andere Kram seiner Verlobten fehlte. Johnny ging
in das Schlafzimmer, öffnete die Schrankseite, die Anja für
sich nutzte, und sah ins Leere. Alles war weg!
„Verdammt, watt is denn hier los?" Er ging in die Küche,
und fand auf dem Tisch einen Brief und den
Verlobungsring, den er Anja im letzten Jahr zu ihrem
Geburtstag an den Finger gesteckt hatte. Johnny sah den
kleinen Kater an. „Weißt du watt hier ab geht?" Und als
würde er jedes Wort verstehen, nickte er mit dem Kopf.
Natürlich begriff Johnny was hier passierte. Er war ja nicht
doof. Aber das Warum blieb ihm ein Rätsel. Er setzte sich
an den Tisch, und nahm den Zettel. Dann laß er! „Hallo
Johnny, es fällt mir nicht leicht, aber ich habe mich in einen
anderen Mann verliebt. Ich kann dir das nicht persönlich
sagen, denn eigentlich zerreißt es mir das Herz dich zu
verlassen. Aber sein wir mal ehrlich, dass mit der Hochzeit
ist doch sowieso nicht dein Ding. Ich hoffe, du kannst mir
verzeihen. Anni!"
Johnny starrte auf das Blatt Papier. Was war ihm
entgangen? War er tatsächlich so blind, dass er nicht
gemerkt hatte, dass Anja bereits einen anderen hatte,
während er an den Hochzeitsvorbereitungen arbeitete? Er
erhob sich, nahm ein Flasche Ginger Ale aus dem
Kühlschrank, und ging durch den Korridor. Erst jetzt
bemerkte er, dass in der Schüssel auf dem Sideboard auch
Anjas Schlüsselbund lag.
Was war das für ein Gefühl? Ob sich Anja genau so gefühlt
hatte, als er mit dieser Bine im Bett gelandet war? Er fühlte
sich jedenfalls, als hätte man ihm von hinten in die Beine
gegrätscht.

An diesem Abend leerte er mehr als eine halbe Flasche Tullamore Dew mit Ginger Ale. Und seine einzige Gesellschaft, war Kater Mr. Flocke. Er sah irgendwas im Fernsehen, bis er völlig betrunken, und weinend auf der Couch eingeschlafen war.

*

V. DER FALSCHE MANNI

J ohnny erwachte um halb elf, und zwar in dem
Zustand, in dem er sich immer wieder schwor
nicht mehr zu trinken. Eigentlich trank er diesen
Ginger Tully ja weil es ihm dann am nächsten Tag recht gut
ging. Aber diesmal funktionierte der Zauber des
Ingwerbieres überhaupt nicht. Ihm war grottenelend, sein
Schädel brummte, und über Nacht war ihm auf der Zunge
ein alter Flokatiteppich gewachsen. Und das schlimmste
war, er lag allein im Bett. Jetzt kam die Erinnerung zurück,
und er presste seinen Kopf in das Kissen.
Es war ein sanftes Schnurren, dass ihn dazu bewegte, sich
aus dem Bett zu schälen. „Hass Hunger, wa?" Er strich dem
Kater über sein weißes Fell. Jetzt wurde im klar, dass Mr.
Flocke das einzige war, was ihm von Anja blieb. Er setzte
sich auf die Bettkante, und sah auf den Wecker. Da sangen
Kajagoogoo gerade „Too shy". Dem Wecker konnte er also
nicht die Schuld für sein verschlafen geben.
Die Weckfunktion hatte funktioniert. Er griff zum
Telefonhörer, und wählte die Nummer von Dreizwölf.
„Polizeipräsidium Gelsenkirchen-Buer, Kommissar Rudnick
am Apparat. Wie kann ich ihnen helfen?", sagte Fred seinen
Spruch auf. „Ich bin et! Freddy, ich komm später!"
„Ja, das habe ich gemerkt."
„Ich erklär et dir nachher. Bis dann!" Johnny legte den
Hörer auf, und erhob sich. Zuerst bewegte er sich Richtung
Küche, um den Kater zu füttern. Dann ging er ins Bad, und
stellte sich unter die Dusche. Als er nach zwanzig Minuten,
wieder für die Öffentlichkeit hergerichtet war, fühlte er sich
schon etwas besser. Der Flokati war mit Zahnpasta und
Bürste aus seinem Mund gekehrt, und ihm fiel das Denken
wieder leichter. Er ging in die Küche, und machte sich eine

heiße Brühe, denn die trank er immer wenn er einen Kater
vom Saufen hatte. Er setzte sich an den Tisch, und starrte
aus dem Fenster.
Den ersten Kaffee würde er wahrscheinlich erst am späten
Nachmittag trinken können ohne sich davon zu erbrechen.
Wie würde es jetzt wohl werden, ohne Anja? Sollte er sich
wirklich kampflos ergeben? Nein, das war nicht Johnny
Thom! So kam sie ihm nicht davon. Sie sollte es ihm ins
Gesicht sagen.
Ob der Restalkohol für den Entzug des Führerscheins
gereicht hätte wusste Johnny natürlich nicht. Aber es war
ihm in diesem Moment auch egal.

Der BMW fuhr nun die Adenauer - Allee Richtung Buer
hinauf. Es war richtig schön hier. Zu beiden Seiten befand
sich der Schloßpark mit altem Baumbestand. Dann kam zur
rechten Seite das Schloß Berge, und gegenüber zur Linken,
lag der See. Hier war das buersche Erholungsgebiet. Er fuhr
die Allee hoch, und bog dann nach links ab. Hier oben war
das Krankenhaus auf der linken Seite, und zur Rechten
gingen kleine Straßen ab, in denen vorwiegend Eigenheime
und villenähnliche Häuser, meist aus den Sechzigerjahren
standen. In einer dieser Straßen stand das Haus der Familie
Gerhalt. Und vor diesem hielt der weinrote BMW. Johnny
stieg aus, und betrat das Grundstück. Zielstrebig ging er auf
den Eingang zu, und drückte seinen Daumen fest auf den
Klingelknopf. Nach einer Weile wurde die Tür geöffnet.
„Ja, bitte?", fragte die kleine Haushälterin. „Guten Morgen,
Lena. Ich möchte mit Anni sprechen." Sie sah den Polizisten
regungslos an, nickte, und schloß die Tür. Johnny holte tief
Luft! Kurz darauf wurde die Tür wieder geöffnet, und Herr
Gerhalt stand vor Johnny. „Was wollen sie?", fragte er kühl
und unfreundlich. „"Das ist eine ziemlich blöde Frage,
finden sie nich?" In Johnny wuchs die Wut, und er musste

sich wirklich zusammenreissen. „Ich möchte mit Anni sprechen", verlangte er.

„Tja, das ist nicht möglich", antwortete Herr Gerhalt arrogant. „Außer sie setzen sich in ein Flugzeug, und fliegen nach Kanada." Dies war nicht die Antwort, die Johnny erwartet hatte. „Sie ist in Kanada?"

Herr Gerhalt sah auf seine Uhr. „Na ja, noch nicht ganz, aber ich denke so gegen fünfzehn Uhr wird sie in Toronto landen." Johnny sah den Mann mit dem grauen Haar betroffen an. Was passierte hier? Sowas gab es doch nur in schlechten Romanen. Johnny wandte sich wortlos ab, und ließ Anjas Vater stehen.

Als er im Auto saß, schüttelte er ungläubig seinen Kopf. Es war doch noch gar nicht lange her, als sie gemeinsam die Ringe gekauft hatten. Was war da geschehen?

Er ließ den Motor an, und aus dem Blaupunkt erklang Pat Benatars „Love is a Battlefield".

„Ganz schön spät dran, Johnny", sagte der Pförtner, als Johnny sich am Eingangtor des Präsidiums anmeldete. Der Hauptkommissar nickte nur, denn ihm war gar nicht nach Smalltalk zumute. Die Schranke hob sich und er fuhr auf den Hof. Auch auf dem Weg durch das Gebäude war er ziemlich kleinlaut. So kannten die Kollegen ihn gar nicht. Er öffnete die Tür von Dreizwölf und trat ein. „Moin", sagte er zurückhaltend. Fred bemerkte sofort, dass etwas nicht stimmte. So kannte er Johnny nicht. „Was ist geschehen?", wollte er wissen. Nachdem sich Johnny auf seinen Drehstuhl gesetzt hatte, sah er Fred mit leerem Blick an. „Anni is wech!"

„Wie, Anni ist weg?" Freddy verstand erst nicht, was Johnny damit meinte. Johnny zuckte mit den Schultern. „Ich weiß et auch nich. Sie is jedenfalls wech!"

„Das verstehe ich nicht.", gab Fred zu.

„Als ich gestern nach Hause kam, war sie wech. Alle ihre Sachen warn wech, der Ring lag auf dem Tisch und in einem Brief hatt se mir mitgeteilt, datt se einen anderen liebt", erzählte der Verlassene. „Ich bin heute morgen zu ihren Eltern, weil ich dachte, da isse hin."

„Ja, und?" Nun war Fred aber so richtig neugierig geworden. „Sie is nich mehr da, also in Gelsenkirchen! Im Flieger, ab nach Kanada!" Mit der Hand ahmte er ein startendes Flugzeug nach. Jetzt war Fred richtig platt. „Das gibt es doch gar nicht."

„Scheinba doch", widersprach Johnny. „Die hat alle ihre Klamotten wohl bei den Eltern abgeliefert, und is dann sofort zum Flughafen. Ab nach Toronto!"

*

Irgendwie verlief der Tag für Johnny ruhiger als sonst. Das lag wohl daran, dass Fred die meiste Arbeit übernahm. Er hatte sich gedacht, dass dies wohl das Beste war. Allerdings sah das Johnny anders. Er brauchte Ablenkung!
Die erste Stunde im Büro, hatte er damit verbracht, über das geschehene nachzudenken. Und er war zu der Erkenntnis gekommen, dass er an der Situation überhaupt nichts mehr ändern konnte. Er musste es so aktzeptieren, wie es war.
Und langsam wurde aus seinem Kummer, richtiger Zorn. Johnny nahm sich vor, das Thema abzuhaken. Anja war für ihn Geschichte!
Er nahm die Akte, des Falles Tina Schwarz, und blätterte durch sämtliche Aussageprotokolle. Er fuhr sich mit der Hand über sein rasiertes Kinn. „Wer is dieser Manni?"
Fred sah ihn fragend an. „Der letzte der Tina lebend gesehn hat, is dieser Manni hier." Johnny zeigte auf den Kalendereintrag für sieben Uhr. „Der muss et gewesen sein!"

„Aber wer ist das?" Freddy hatte sich bereits mehrfach darüber den Kopf zerbrochen. „Vielleicht doch Manfred Seibold. Der könnte ja um Sieben zur Frau Schwarz gefahren sein, hat sie getötet, und ist dann um Acht nochmal mit Pit Müller hin gefahren."

Johnny wippte nachdenklich mit dem Kopf. „Ich glaube, datt Herr Rombarski der erste Besuch, des gelben Mercedes nich verborgen geblieben wäre. Datt hätte der mir erzählt. Der Mann is nich auffen Kopp gefallen." Er tippte auf den Namenseintrag. „Nee, Freddy, datt sind zwei verschiedene Mannis!"

„Aber den Siebenuhr Manni hat doch keiner gesehen", stellte Kommissar Rudnick fest. Und plötzlich leuchteten Johnnys Augen. „Ich glaube, wir müssen nochmal zum Tatort. Außerdem habe ich Hunger."

Das erste Ziel war Johnnys Pommesbude. Hier war alles wie immer. Im hinteren Bereich, da wo die Musikbox stand, belagerten einige Jugendliche den runden Ecktisch. Rosie, die rothaarige Bedienung, hatte alle Hände voll zu tun, denn vor der Theke standen mehrere Kunden. Es war Mittagszeit! So hatte das Mittagsmahl, bestehend aus der üblichen Mantaplatte, Currywurst, Pommes rotweiß, etwas länger gedauert.

Und nun fuhren sie zum Tatort. „Du kanns ersma hier warten", sagte Johnny, und verließ das Auto allein. Er sah über die Straße, und grüßte nach oben. Karl Rombarski hockte zigarrepaffend am Fenster. Dann drückte er seinen Daumen auf den Klingelknopf mit dem Namen Röhm. Das Türschloß summte, und die Tür sprang auf. „Sie schon wieder?" Hermann Röhm stand an der Wohnungstür, und sah Johnny streng an. „Ja, Herr Röhm, ich schon widda! Ich müsste nochma eben ihre Frau sprechen. Würden se die bitte ma raus schicken." Röhm sah den Hauptkommissar

ungläubig an, folgte aber der Aufforderung. „Elli, komm
ma. Der vonner Kripo will noch was von dir." Johnny hatte
den Hausflur bereits verlassen, und wartete vor der Tür.
Nach einer Weile kam Frau Röhm, und wahrscheinlich mit
den Anweisungen ihres Mannes ausgestattet. „Frau Röhm,
guten Tach", grüßte Johnny freundlich. Sie nickte nur. „Ich
hätte da noch ne Frage. Sagen se ma, wie lange schlafen se
Morgens?" Ungläubig sah die Frau den Beamten an. „Is
doch nich schwer die Antwort", spornte Johnny die Frau an.
„Ja,… äh, so bis Acht oder halb Neun meistens."
„Und wann gehn se Abends ins Bett?"
„Um zehn!", kam es wie aus der Pistole geschossen. „Ja,
dann bedanke ich mich. Datt wa et schon." Er wandte sich
um, und ging zurück zum Auto. Frau Röhm verschwand
kopfschüttelnd im Haus.
„Und, hast du erfahren, was du wissen wolltest?", fragte
Fred grinsend. „Jau, hab ich!" Johnny tippelte mit den
Fingern auf dem Lenkrad. „Und jetzt?", wollte Freddy
wissen. „Zurück zum Präsidium?"
„Nee, noch nich. Ich muss noch watt fragen." Johnny stieg
nochma aus. Er sah nach oben, zu dem Rentner im Fenster.
„Kann ich sie ma watt fragen, Herr Rombarski?"
„Kla Junge, komm rauf!"

Als Johnny sich wieder hinter dem Lenkrad niederließ, sagte
er grinsend: „Jetzt können wa zurück. Ich weiß allet watt ich
wissen wollte."
Kaum saßen sie wieder in Dreizwölf, da griff Johnny zum
Telefonhörer. Er wählte eine hausinterne Nummer. „Ja,
Johnny hier. Ich möchte, dass eine Streife den Herrn
Hermann Röhm ins Präsidium holt." Johnny gab die
Adresse durch, und legte auf.
„Würdest du mich jetzt mal schlau machen, Herr Kollege?"
Fred gefiel diese Geheimniskrämerei überhaupt nicht. „Watt

hasse denn gegen ne schöne Überraschung, Kollege
Rudnick?" Johnny grinste.

*

Es war gerade drei Uhr durch, als ein uniformierter Beamter
die Tür zu Dreizwölf öffnete. „Tach", grüßte er. „Den Herrn
Röhm haben wir ins Verhörzimmer gesetzt. Wie
gewünscht!"
„Ja, danke, Andi!" Johnny nahm die Akte Tina Schwarz,
und erhob sich. Dann wandte er sich Freddy zu. „Watt is,
kommste?"
„Ich… äh ja klar." Fred stand auf und folgte seinem
Kollegen. „Hermann Röhm?"
„Ja, Hermann Röhm! An den hab ich noch pa Fragen", sagte
Johnny grinsend. Sie gingen den Flur entlang zum Lichthof.
Fred drückte den Knopf des Aufzugs, aber nichts geschah.
„Schon wieder kaputt, dass blöde Ding!"
„Irgendwie steh ich mit den Dingern auf Kriegsfuß", stellte
Johnny fest, und ging zur Treppe.

Als sie den Verhörraum betraten, saß Hermann Röhm auf
dem Stuhl am Tisch, während ein uniformierter Kollege
neben der Tür stand. Johnny nickte zum Gruß, und nahm
Platz. „Tach, Bernd", grüßte Fredd den Kollegen, und setzte
sich ebenfalls an den Tisch. Er legte eine Kassette ein, und
stellte das Gerät auf Aufnahme. Er sprach die Formalitäten
auf das Band, und nickte dann Johnny zu. „Tja, Herr Röhm,
so schnell sieht man sich wieder", begann er. „Können se
mir ma sagen, was datt soll", fragte Hermann Röhm mit
seinem kläglichen Versuch hochdeutsch zu sprechen. „So
langsam gehen sie mir auffe Nerven."

„Oh, datt tut uns natürlich leid. Abba wir machen ja auch nur unsere Arbeit, ne. Nach unseren Ermittlungen, hatt et sich nämlich ergeben, datt sie kein Alibi haben, Herr Röhm", sprach Johnny ruhig.

„Watt soll datt heißen?", wurde Röhm laut, und vergaß total auf seine Aussprache zu achten.

„Herr Röhm, datt heißt, datt sie uns belogen haben. Und ihre Frau übrigens auch." Johnny tippte mit dem Finger auf den Aktenordner. „Hamm se uns vielleicht watt zu sagen? Datt könnte sich zu ihren Gunsten auswirken."

„Wolln sie mir watt unterstellen?", keifte Röhm.

„Na gut, dann beginnen wir ma", sagte Johnny, und behielt weiterhin die Ruhe. „Sie haben behauptet, um acht Uhr datt Haus verlassen zu haben." Herr Röhm nickte. „Ja, so war datt ja auch!" Johnny schüttelte den Kopf. „Nein, so war datt nich. Sie haben datt Haus nämlich erst um zwanzig vor Neun verlassen. Ganze vierzig Minuten später, als sie behauptet haben. Dafür haben wir Zeugen! Inner Bäckerei warn sie auch erst um Neun. Auch datt haben wir überprüft. Somit hat sich ihr Alibi in Rauch aufgelöst, Herr Röhm." Nun wurde Herr Röhm etwas blaß um die Nase.

Fred saß am Tisch, und beobachtete schweigend, was sein Kollege da tat. „Sie müssen wissen, es gibt einen Zuhälter namens Goldzahn-Manni, der Tina Schwarz gerne gemanagt hätte. Doch datt wollte se nich. So war dieser Manni unser Verdächtiger Nummero uno. Und in diesem Notiz-Kalender fanden wir auch mehrere Einträge mit dem Namen Manni." Johnny nahm das rote Buch aus dem Ordner und legte es auf den Tisch. Und wissen se watt an den Einträgen auffälig wa?" Herr Röhm schüttelte den Kopf.

„Ich sach et ihnen. Die Zeiten für die Termine! Die haben mich stutzig gemacht. Morgens um sieben, und abends nach elf."

„Na und, watt hab ich damit zu tun?" Röhm sah Johnny herausvordernd an. Johnny stand auf, nahm das rote Buch, und ging um den Tisch. „Ja, datt is ne gute Frage, Herr Röhm." Er legte den Kalender vor den Mann mit dem schütteren Haar. „Schaun se ma. Hier die roten Eintragungen, sind die Freier unsers Opfers, und die blauen sind andere Termine." Johnny zeigte mit den Finger darauf. „Fällt ihnen da am Mittwoch den Siebenundzwanzigsten watt auf." Herr Röhm schüttelte seinen Kopf. „Na, dann helf ich ihnen ma auffe Sprünge. Da um sieben Uhr hamm wa einen roten Manni. Und um Acht hamm wa einen blauen Manni!" Johnny nahm den Kalender ging um den Tisch und setzte sich wieder. „Ihre Empörung über die Prostituierte in ihrem ach so sauberen Haus, wa lediglich ein Ablenkungsmanöver für ihre Frau und für uns. Sie, Herr Röhm, sind nämlich der rote Manni. Sie waren ein Kunde von Tina Schwarz, und zwar sehr oft."
„Also ehrlich, datt glauben se doch selbst nich", begann Röhm zu lachen. Doch das sollte ihm schnell vergehen. „Warum sollte ich die dann umbringen?"
„Sehen se, genau datt hab ich mich auch gefracht", sagte Johnny. „Und dann ist mir aufgefallen, datt sie derjenige warn, der am meisten bezahlen musste."
„Ha, wo sollte ich datt denn her wissen? Können se mir datt ma sagen?"
Johnny nickte. „Ja, auch datt kann ich! Sie kennen dieset Buch nämlich schon länger, und Anhand der Einträge hamm se datt spitz gekricht. Unsere Spurensicherung hat ihre Fingerabdrücke auf- und in dem Buch gefunden." Nun war es Fred der höchst erstaunt aus dem Anzug schaute. „Äh, wann hast du…?
„…das entdeckt? Gestern, und ich hab mich zur Spusi begeben, um meinen Verdacht bestätigen zu lassen. Sorry, datt ich dich nich gleich eingeweiht habe."

„Herr Röhm, dieser Manni ist kein Manfred, sondern ein Hermann! Und der sind sie! Sie hatten auch am Mittwoch ein Schäferstündchen bei Tina. Früh um Sieben, während ihre Frau noch schlief. Datt waren nämlich ihre Termine. Morgens oder spät abends, wenn ihre Frau längst oder noch im Bett wa." Starr sah Hermann Röhm den Kripobeamten an. „Ich hab se geliebt, die Tina! Ja, geliebt! Und dann musste ich erkennen, datt die kleine Schlampe mich nur ausgenutzt hat."

„Herr Röhm, Tina Schwarz war eine Prostituierte! Sie waren nur ein Kunde. Mehr nicht!" Fred sah den Mann verwundert an. „Nein! Ich war mehr für Tina", sagte Röhm trotzig.

„Und wegen dem Geld haben sie am Mittwoch in der früh gestritten, stimmt's?", fragte Fred, der jetzt Johnnys Faden aufgenommen hatte. Röhm nickte. „Ich hab mich nich mehr unter Kontrolle gehabt. Da hab ich die Pistole aus der Schublade genommen, und geschossen. Aussem Keller hab ich Spiritus und Pinselreiniger geholt, und dann hab ich datt Bett angezündet."

„Aber den Schuß muss man doch gehört haben", zweifelte Fred. „Abba nich, wenn er ihr ein Kissen auf datt Gesicht gedrückt, und dieset als Schalldämpfer benutzt hat", mutmaßte Johnny, und wieder nickte Hermann Röhm. „Wo is die Waffe?

„Inner Emscher", antwortete der Mörder der schönen Tina. Es war sofort klar, dass die Tatwaffe nicht mehr auftauchen würde, denn was die Kloake Emscher einmal hatte, gab sie nicht mehr her. Johnny erhob sich, und sagte mit größter Genugtuung: „Na ja, man wird sie auch ohne Tatwaffe verurteilen. Hermann Röhm, ich verhafte sie wegen des Mordes an der Prostituierten Christina Helga Schwarz."

Eigentlich hätte Johnny zufrieden sein können. Der Fall war gelöst, und Hermann Röhm saß in Gewahrsam. Aber jetzt, wo er wieder allein zu Hause saß, wurde ihm klar, wie sehr er sich schon an das Zusammenleben mit Anja gewöhnt hatte. Er fühlte sich einsam!

Anja war fort, das war eine Tatsache, und damit musste er sich abfinden. Und Johnny war nicht der Typ, der einer Frau lange nachweinte. Er fütterte den Kater, und dann verließ er die Wohnung.

Als er im Auto saß, korrigierte er seine Entscheidung zur Kneipe zu fahren noch einmal, und entschied sich für seine Eltern. So fuhr er zur Auguststraße!

Und als der BMW die Mainestreet herunter fuhr, atmete Johnny plötzlich auf. Die Sache mit der Ehe war nochmal ganz knapp an ihm vorbeigeschreddert.

*

147

BELLA NAPOLI

1. KALTENBERGS GEHEIMNIS

Niemand achtete auf den weißen Lieferwagen, der am Bordstein stand. Und die Gruppe junger Mädchen war auch kein ungewöhnlicher Anblick. Es waren Schülerinnen, die vom Gymnasium ihren Nachhauseweg angetreten hatten. Sie gingen schnatternd die Straße entlang, aber kurz vor dem weißen Lieferwagen bogen die Mädchen, bis auf eine, in einen Weg ab. Die eine ging allein weiter die Straße entlang. Und dann geschah es! Die Schiebetür an der Seite des Wagens wurde geöffnet, zwei Männer sprangen heraus, ergriffen das Mädchen, und zerrten sie in das Fahrzeug. Dann fuhr dieses mit hoher Geschwindigkeit davon.

Nicht weit des Geschehens, stand ein älterer Herr, der seinen Dackel Gassi führte. Und er konnte nicht glauben, was er da gerade gesehen hatte. Aus der Innentasche seiner Jacke zog er einen kleinen Notizblock mit einem Stift, und notierte die Autonummer des Lieferwagens. Und auch die Uhrzeit schrieb er auf. Eine Straße weiter gab es eine Telefonzelle, das wusste der Mann, und machte sich auf den Weg.

*

Johnny Thom und Fred Rudnick bearbeiteten einen Mordfall, der sich im Schloß ereignet hatte. Eine junge Küchenhilfe hatte im Weinkeller einen Kellner des Restaurants erschossen aufgefunden. Nun saßen die beiden

Kommissare in Dreizwölf und verhörten die junge Frau. Fred hatte das Aufnahmegerät angeschlossen, eine Kassette eingelegt, und das Mikrofon auf den Schreibtisch gestellt.

„Kaffee?", fragte Johnny die junge Frau, doch sie lehnte ab. Fred bemerkte die Nervosität der jungen Zeugin. „Sie haben zum ersten Mal mit der Polizei zu tun?"

Sie nickte. „Vielleicht trinken sie doch einen Kaffee, zur Beruhigung." Doch sie schüttelte den Kopf. „Ich trinke keinen Kaffee. Ich trinke nur Tee."

„Den hamm wa hier leider nich. Hier gibtet ausschließlich Kaffeetrinker." Johnny zuckte mit den Achseln.

„Na gut, dann fangen wir mal an." Fred drückte den Aufnahmeknopf. „Montag der Dreißigste, Achte, Neunzehnhundertvierundachtzig. Zehn Uhr Fünfzehn. Verhör von Frau Nina Bruck. Geburtsdatum Vierzehnter, Zehnter, Neunzehnhundertsechsundsechzig. Dann erzählen sie mal."

„Ich hatte Spüldienst! Ich hab die große Spülmaschine bedient. Da kam meine Chefin Frau Schneider, und hat mir gesacht, ich soll ma in den Weinkeller gehen, und nachsehen wo Pippo bleibt. Er ist einer der Kellner! Ich bin also in den Keller gegangen, und da lag Pippo auf dem Boden, vor dem großen Weinregal."

„Wie spät wa datt?", fragte Johnny. „Nich ganz vierzehn Uhr. Ich hab mich fast zu Tode erschrocken, denn um seinen Kopf wa allet voller Blut. Ich bin nach oben gerannt, und hab Frau Schneider Bescheid gesacht. Die ist dann mit Kalle nach unten gelaufen."

„Wer is Kalle?", wollte Johnny wissen.

„Der is sowatt wie der Hausmeister im Restaurant. Der repariert allet watt kaputt geht", antwortete die Zeugin.

„Und wie ist sein richtiger Name?", fragte Freddy, aber Nina Bruck zuckte mit den Achseln. „Datt weiß ich nich. Ich kenn den nur als Kalle."

„Okay, und was war dann?"

Nina sah Freddy an. „Ich weiß nich. Ich bin dann zurück in die Küche. Et wa ja noch Mittachszeit. Da wa ordentlich watt los im Restaurant. Ich musste für sauberes Geschirr sorgen." Ein bisschen verwundert sah Fred die junge Frau an. Sie hatte einen Toten gefunden, und sorgte sich um das Geschirr. „Hatt dieser Pippo eigentlich mit irgendwem Ärger gehabt?"

„Na ja, der wa halt ein heißblütiger Italiener, der Pippo", antwortete Nina Bruck.

„Und watt soll datt heißen?", fragte Johnny dazwischen.

„Er hat öfter mit Frau Schneider gestritten. Dafür datt der noch recht neu wa, fand ich datt ganz schön mutich."

„Der Pippo war also noch nicht sehr lange in dem Schloßrestaurant beschäftigt?" Sie schüttelte den Kopf.

„Erst seit vier Wochen", antwortetete sie auf Freds Frage.

„Datt is wirklich ziemlich mutich", stimmte Johnny der Aussage zu. „Fällt ihnen sons noch watt ein? Is ihnen vielleicht irgendwatt merkwürdiget aufgefallen?"

Da schüttelte Nina Bruck zuerst ihren Kopf, dann aber sagte sie: „Als der Pippo in den Keller runter is, da is vom großen Tisch ein Mann aufgestanden und ihm gefolgt."

„Gefolgt? Sind sie da sicher?", fragte Fred. Sie zuckte mit den Achseln. „Der kann auch auf Klo gegangen sein, is nämlich die gleiche Treppe!"

„Na, gut! Mein Kollege wird datt Aussageprotokoll schreiben, und sie können datt dann unterschreiben. Danach können se gehen. Solange warten se bitte im Flur." Johnny zeigte auf die Tür. Nina Bruck erhob sich, und verließ das Büro.

„Besonders ergiebig war das Gespräch ja nicht", stellte Fred fest, nahm die Kassette und setzte sich an den Tisch mit der Schreibmaschine.

„Ich werd mich noch ma im Schloß umsehen", sagte
Johnny, stand auf und nahm seine Jacke. „Diese Frau
Schneider könnte vielleicht noch watt wissen. Ich hab
irgendwie datt Gefühl, die hält mit ihrem Wissen hinterm
Berch." Fred nickte nur, denn er war mit Tippen beschäftigt.
Außerdem hatte er die Kopfhörer auf, und hörte nicht fiel,
von dem was Johnny sagte.

Johnny ging über den Flur zum Fahrstuhl, fuhr ins Parterre,
und ging hinaus auf den Hof des Präsidiums. Es war noch
recht warm an diesem Morgen. Aber die letzten Tage waren
richtig heiß gewesen. Hochsommertemperaturen! Nun aber
war es wieder angenehm, und wesentlich erträglicher.
Johnny musste ein ganzes Stück laufen, denn sein BMW
Nullzwo stand im hinteren Bereich des Parkplatzes unter
einer großen Eiche. Er öffnete die Tür, und warf die Jacke
auf den Beifahrersitz. Johnny ließ den Motor an, und aus
dem Blaupunkt dröhnte „High Energy" von Evelyn Thomas.
Der Beamte mit den schulterlangen, dunkelblonden Haaren
fuhr vor bis zur Schranke, und drückte auf den Knopf der
Gegensprecheranlage. Es knackte. „Ja?", fagte eine Stimme.
„Johnny Thom! Mach auf!"
„Allet kla!" Die Schranke hob sich, und Johnny bog nach
Rechts ab. Er fuhr über die große Kreuzung am Rathaus, auf
die Crangerstraße Richtung Süden. Fuhr aber nach kurzer
Zeit schon von der Hauptstraße nach Rechts ab, vorbei an
einigen Villen und Eigentumshäusern. Er folgte der Straße,
die nach links auf die Adenauer Allee abbog. Diese führte
ihn direkt zum Schloß. Zu beiden Seiten der Allee waren
Wald und eine weitläufige Parkanlage, und nach einigen
hundert Metern fuhr Johnny links auf den Parkplatz. Er
sperrte den Wagen ab, und ging durch den Park, vorbei an
einem Ententeich, zum Schloß.

Eigentlich war das Restaurant, in dem Schloß mit der gelben Fassade und dem roten Dach, noch geschlossen. Geöffnet wurde erst um halb Zwölf. Allerdings war die Tür bereits weit geöffnet. Wohl zum lüften, vermutete der Beamte. Dies sah er als Einladung. Johnny trat ein, und ging suchend durch den großen Raum. Es dauerte bis endlich jemand aus der Küche heraustrat, und ihn bemerkte. „Entschuldigung, wir haben noch geschlossen", sagte die Kellnerin. „Ja, abba nich für mich!" Er hielt seinen Dienstausweis hoch, und fragte nach der Leiterin des Restaurants Frau Schneider. „Einen Moment, bitte!" Die junge Frau wandte sich um, und verschwand. Nach kurzer Zeit, kam aus einem der Nebenräume die gesuchte Chefin, mit federndem Gang, und grüßte Johnny freundlich. „Ah, der Hauptkommissar Johnny Thom. Gibt es noch Fragen?" Frau Schneider war circa vierzig Jahre alt, schätzte Johnny. Sie hatte langes, blondes Haar, welches zu einem Knoten zusammengebunden war, der ihr ein strenges Aussehen verlieh. Doch sie hatte eine wirklich ansehnliche Figur. Zwar war das Kostüm, welches sie trug, für Johnnys Geschmack etwas zu bieder. Doch das rissen die Highheels wieder raus.

„Meist is et so, datt Zeugen direkt nach der Tat aufgerecht sind, und daher einiges vergessen. Darum bin ich noch ma hier", erklärte Johnny seine Erscheinen. „Gibtet irgendwatt, datt ihnen noch aufgefallen is?"

Sie sah Johnny an, und zog einen Mundwickel hoch. „Watt hatt der Kellner denn für Gäste bedient?" Sie sah sich um, und zeigte auf eine große Tafel. „Er war mit Rolf und Susi an Tisch vier. Da war eine große Gesellschaft." Johnny nickte. „Na sehen se, datt hört sich doch schon gut an. Wa datt ein plötzlicher Besuch, oder wa der Tisch reserviert?" „Der war reserviert", antwortete sie. „Das waren fast zwanzig Personen." Wieder nickte Johnny. „Gibtet da einen Namen zu?"

„Oh, da muss ich nachsehen. Aber ich bin mir sicher." Sie begab sich hinter den Tresen, und schlug eine ledereingefasste Kladde auf. „Ah, hier! Mittwoch dreizehn Uhr. Einundzwanzig Personen. Familie Sorvino!"
„Italiener?", fragte Johnny, und Frau Schneider nickte. „Ja, eine Großfamilie. Hat hier den Geburtstag vom Papa gefeiert."
„Geburtstach im Schloß! Nobel, nobel", konnte sich Johnny die Bemerkung nicht verkneifen. „Na ja, das haben wir hier aber öfter, Herr Thom", sie lächelte Johnny an. „Wie wäre es mit einem Kaffee?"
„Ähm... ja. Warum nich? Sagen se, kennen sie die Leute? Kommen die öfter her?" Frau Schneider schüttelte den Kopf und führte Johnny in ihr Büro. Dort stand neben einem großen, sicherlich sehr teuren Schreibtisch, auch eine Ledersitzecke mit Tisch. Frau Schneider bat Johnny sich zu setzen, und ging nocheinmal hinter den Tresen. Dann kam sie mit einem Tablett zurück, und bediente den Polizisten mit Kaffee. Johnny dankte, und fragte weiter. „Dieser Pippo, was war das für ein Typ?"
„Herr Tarelli kam vor knapp vier Wochen auf anraten von Rolf Hamann zu uns", erzählte sie. „Was uns eigentlich gewundert hat, denn es ist Hauptsaison, und da entläßt niemand sein Personal. Aber die Gründe, warum er die Stelle wechselte, behielt er für sich." Johnny trank einen Schluck von dem Kaffee, und er musste zugeben, dass dieser Kaffee hervorragend war. „Und sie verlangen hier keinen Lebenslauf oder sowatt?", wunderte sich Johnny, über die Art und Weise der Einstellung des Kellners. „Na ja, normalerweise schon. Aber wir brauchten wirklich dringend Verstärkung, und darum haben wir uns auf später vertrösten lassen. Er wollte die Papiere nachreichen, leider hat er das bis heute nicht getan."

„Tja, jetz isset zu spät", stellte Johnny etwas flappsig fest, und sah Frau Schneider an. Plötzlich sah sie Johnny tief in seine blauen Augen. „Darf ich sie etwas Persönliches fragen, Herr Thom?" Sie lächelte. „Ja, kla", antwortete Johnny. „Sind sie eigentlich verheiratet?"
Erstaunt sah Johnny die Blondine an. „Äh… nein, ich bin Single! Datt bringt mein Job wohl so mit sich." Da zog sie eine Visitenkarte aus ihrem Kostüm, und reichte diese dem Kripomann. „Vielleicht hätten sie ja Lust mal etwas mit mir zu trinken", sagte sie ohne scheu, und lächelte Johnny an. Da fiel dem Beamten der Kinnladen herunter. Das hatte er noch nie erlebt, dass er von einer Zeugin während einer Vernehmung angegraben wurde. Aber sie sah wirklich gut aus, und wäre eine Sünde wert gewesen. Er sah auf die Karte, und blickte sie dann an. „Vielleicht wenn der Fall abgeschlossen ist, Ulrike!" Sie grinste. „Das wäre schön, Johnny."

*

Es war zur späten Mittagszeit, und die beiden Beamten wollten sich gerade auf den Weg zu Johnnys Lieblingspommesbude machen, da klopfte es an der Tür. Polizeirat Kaltenberg trat in das Büro ein, setzte sich auf den Stuhl neben dem Schreibtisch, und legte eine Akte auf den Tisch. „Guten Tag, meine Herren! Oder soll ich besser Mahlzeit sagen?"
„Friedrich, watt gibtet?", fragte Johnny, und hätte eigentlich einen Rüffel bekommen, denn er sollte den Polizeirat im Dienst nicht bei seinem Vornamen anreden. Aber Johnny war unbelehrbar, und dem Polizeirat war dies im Moment nicht wichtig genug!

„Ihr seid noch an dem Mordfall im Schloß dran?", fragte
Polizeirat Kaltenberg, und Johnny nickte. „So isset!. Leider
geht et ziemlich schleppend voran."
„Den Fall übernehmen absofort Schröder und Klump. Ihr
werdet von dem Fall abgezogen." Da lief Johnny rot an, und
wäre fast geplatzt, doch Friedrich bremste ihn. „Reg dich
nicht auf, und hör erstmal ganz genau zu. Du hast mich doch
immer wieder gefragt, was mit Hauptkommissar Bulle ist.
Er ist euer neuer Fall!" Erstaunt sahen sich die beiden
Kommissare an. Der Polizeirat begann zu berichten. „Klaus
Bulle gehört zur Abteilung Organisiertes Verbrechen in
Düsseldorf. Im Zuge einer Ermittlung hat Klaus Bulle einen
Mann erschossen. Und zwar den Sohn eines Clanchefs."
„Watt denn für ein Clan? Meins du sowatt wie die Mafia?",
wollte Johnny wissen. Da nickte Friedrich. „Genau sowatt!
Es geht um einen Camorra Clan. Na ja, ein Ableger der im
Rheinland aktiv ist. Wie gesagt, ein Sohn wurde erschossen,
und der Chef sitzt ein. Das war der Verdienst von Klaus
Bulle."
„Wenn du denks, datt ich jetzt vor Ehrfurcht erstarre, hasse
dich getäuscht. Datt is trotzdem ein arroganter Arsch."
Johnny hatte für Bulle nun wirklich nichts übrig, und er war
heilfroh, dass er diesen Schnösel los war.
Friedrich verdrehte die Augen. „Klaus Bulle wurde hierher
versetzt, weil der Clan ihm Rache geschworen hat. In
Düsseldorf war man der Meinung, das würde ausreichen,
um ihn aus der Schusslinie zu nehmen. Der Anschlag auf
den Kommissar, vor einigen Wochen, dürfte aber ein
Zeichen dafür gewesen sein, dass dem nicht so ist. In der
Hauptstelle hat man jedenfalls nicht reagiert. Und nun ist
folgendes passiert. Klaus Bulles vierzehnjährige Tochter
Melanie ist entführt worden. Auf dem Heimweg von der
Schule hat man sie in einen Lieferwagen gezerrt. Das war
vor fünf Tagen."

„Das ist natürlich nicht schön, aber was haben wir damit zu tun?", wollte Fred wissen. „Offiziel ermittelt natürlich die Hauptstelle in Gelsenkirchen. Allerdings denken wir, dass der Clan, darüber längst im Bilde ist. Und da kommt ihr ins Spiel!"

„Watt heißt datt?" Johnny sah Friedrich fragend an. „Ihr werdet parallel zu den Kollegen in Gelsenkirchen ermitteln. Wir hoffen, dass dies für die Kerle unbemerkt bleibt. Also, äußerste Vorsicht." Friedrich legte seine Hand auf die Akte. „Hier drin steht alles, was wir bisher in Erfahrung gebracht haben. Arbeitet euch ein, und findet das Kind!" Friedrich Kaltenberg verließ das Büro, und Johnny sah seinen Kollegen verwundert an. „Mann, datt is ein Pfund."
Er klappte den Deckel des blauen Pappordners auf, und begann zu lesen. „Hier hat tatsächlich ma einer geistesgegenwärtig reagiert, und die Autonummer des Lieferwagens notiert. Et war ein weißer Ford Transit. Abba hier steht noch kein Fahrzeughalter."

„Vielleicht weil es eine gefälschte Nummer ist", mutmaßte Fred. „So blöd wären die doch nicht, und ziehen eine Entführung mit den echten Nummernschildern durch."
Johnny nickte zustimmend. „Nee, datt kann ich mir auch nich vorstellen. Abba egal, ich will ne Fahndung, und zwar nach allen weißen Ford Transit mit Gelsenkirchener Kennzeichen im Stadtgebiet." Fred nickte zustimmend, und griff nach dem Teleskoparm, auf dem das Telefon stand. Er zog ihn zu sich, und nahm den Hörer ab. Kurz darauf hatten alle Streifenwagen den Auftrag nach weißen Ford Transit Lieferwagen Ausschau zu halten.

„Passiert is et am Mittwoch den Fünfundzwanzigsten."

„Das ist ja bereits fünf Tage her", empörte sich Fred Rudnick. „Schlafen die in der Hauptstelle?"

„Du weiß doch wie Klaus Bulle ermittelt. Der sucht wahrscheinlich gleich in Düsseldorf, weil et ihm hier nich vornehm genuch is", vermutete Johnny, und fand das gar nicht so abwegig. Der Superermittler ging garantiert davon aus, dass seine Tochter längst in Düsseldorf war. Johnny las weiter in der Akte, und plötzlich erstarrte er. „Datt gibet doch ga nich", entfuhr es ihm. „Was?", fragte Fred, sofort neugierig. „Der Clan gegen den Bulle ermittelt hat, und von denen er einen Sohn erschossen hat, ist die Sorvino Familie."

„Ist ja interessant, und wer ist diese Sorvino Familie?", wollte Fred wissen. „Ich habe doch heut Mittach noch mal mit dieser Ulrike Schneider gesprochen." Da grinste Fred, denn dass die Chefin des Restaurants im Schloß Johnny angegraben hatte, hatte Johnny seinem Kollegen nicht verschwiegen. „An dem Tag, als dieser Kellner erschossen wurde, hat der mit zwei anderen Kellnern an einem großen Tisch bedient. Und an dem saß eine Großfamilie namens Sorvino, die Geburtstag gefeiert haben." Jetzt war Freddy platt. „Abba die Schneider hat gesacht, die feiern den Geburtstach vom Pappa. Datt müssten die dann ohne datt Geburtstachskind gemacht haben. Denn datt saß zu diesem Zeitpunkt schon ein." Langsam verstand Fred. „Das ist ein Clan aus Düsseldorf. Die kommen doch nicht nach Gelsenkirchen um Geburtstag zu feiern. Das glaubt doch keiner."

Johnny strich sich nachdenklich über das Kinn. „Also, irgendwie stinkt datt doch zum Himmel", sagte er plötzlich. Er zeigte in die Akte. „Am Dienstach ist datt Mädchen entführt worden. Und ausgerechnet zwei Tage vorher hat der Clan mit dem sich der Vater des Mädchens angelegt hat, hier im Schloßrestaurant gegessen und gefeiert. Abba die kommen aus Düsseldorf und werden kaum zu einer Feier nach Gelsenkirchen kommen. Da is doch watt richtich faul."

„Und außerdem wird genau zu dem Zeitpunkt, wo die im Restaurant sitzen, ein Kellner im Weinkeller erschossen", fügte Fred noch dazu.

„Mensch Freddy, datt hängt doch irgendwie zusammen!"

*

II. EIN TRANSIT NACH DEM ANDEREN

Der Druck auf die beiden Beamten war groß, denn nun ging es darum ein Leben zu retten. Meist waren die Opfer mit denen sie es zu tun hatten schon tot, und es bedurfte keiner Eile mehr. Doch nun zählte jede Sekunde!

Zumal Polizeirat Kaltenberg an jedem Morgen in das Büro der beiden kam, um sich nach dem vorankommen in dem Fall zu erkundigen, oder Neuigkeiten zu vermelden.

Es war Dienstagmorgen, und Melanie war nun seit einer Woche verschwunden. Und dummerweise mussten sie sich alle Neuigkeiten und Vorkommnisse aus zweiter Hand aus Gelsenkirchen holen, was aber der Polizeirat für sie übernahm.

Kurz vor Mittag kam ein uniformierter Kollege nach Dreizwölf, und brachte eine Liste. Es war eine Auflistung sämtlicher weißer Ford Transit Fahrzeuge, die in Gelsenkirchen zugelassen waren. Er legte das Blatt Papier auf den Schreibtisch, grüßte, und ging wieder. Fred sah auf den Zettel. „Du weißt, was das bedeutet?" Johnny nickte. „Die Besitzer müssen wir alle durchchecken", sagte der Niedersachse. „Na dann! Worauf warten wa noch?"

Die beiden Beamten verließen das Büro, fuhren mit dem Fahrstuhl ins Parterre, und verließen das Gebäude durch die Hintertür auf den großen Parkplatz.

„Jonathan Ahrend! In Gelsenkirchen Bulmke!", las Fred den Namen, den Stadtteil und dann die Straße vor. Also fuhr Johnny nach Bulmke-Hüllen. Und sie fanden die Adresse recht schnell, denn es war ein Getränkehändler. Und vor diesem Laden stand er. Der weiße Ford Transit!

Johnny stellte seinen BMW auf den freien Schotterplatz vor dem Geschäft ab. Der Laden war ziemlich klein, und daher komplett zugestellt. Bierkästen verschiedenster Marken und Sorten. Gleiches natürlich bei Sprudelwasser, mit und ohne, sowie Cola und andere Erfrischungsgetränke. Hinter einer Theke befanden sich Regale, gefühlt mit Spirituosen, und Zigaretten. Die beiden Männer traten an die Theke. „Guten Tag", grüßte Fred, zog seinen Dienstausweis, und hielt diesen dem Mann entgegen. „Jonathan Ahrend?"
Der Mann in dem weißen Kittel nickte. „Watt kann ich für sie tun?"
„Der Transit da draussen, ist doch ihrer", stellte Fred fest, und der Getränkehändler nickte. „Am Dienstach den Vierundzwanzigsten, so gegen Vierzehn Uhr, wo warn se da?", wollte Johnny nun wissen. „Zuhause", antwortete Herr Ahrend. „Mittachspause! Zwischen eins und drei Uhr is geschlossen!"
„Und der weiße Transit, wo war der?", fragte Fred. „Na, der stand da!" Herr Ahrend zeigte auf das Fahrzeug. „Ich denk, sie warn zuhause?", hakte Johnny nach. Da zeigte Herr Ahrend in das Obergeschoss des alten Hauses. „Ich wohn da oben."
Die beiden Beamten verabschiedeten sich, und gingen zurück zu Johnnys BMW. „Und? Was glaubst du?", fragte Fred. Der Hauptkommissar schüttelte seinen Kopf. „Ach watt! Der lag da oben auf seiner Couch! Nächster", forderte Johnny. „Bruckmann, Günther! In Erle, Heistraße."
„Allet kla!" Johnny startete den Wagen, aus dem Blaupunkt sang Billy Idol „Eyes without a face", als der Wagen von dem Schotterplatz auf die Straße schoß.

Von Norden fuhren sie auf die Heistraße, die sich, parallel zur Crangerstraße, bis in die Mitte des Stadtteils Erle zog und auf die Darler Heide mündete. Doch soweit fuhren sie

nicht. Die gesuchte Hausnummer fanden sie, nach dem sie die Straße verlassen und über einen schmalen Weg, vorbei an einer Weide mit einem Pferd darauf, zu einem alten Hof gefahren waren. Dieser Hof fungierte wohl als Schrottplatz, und der Gesuchte Herr Bruckmann war ein Klüngelskerl. Und auch den weißen Transit fanden sie schnell. Er stand seitlich des Hauseinganges. „Ich glaub, hier können wa auf eine Befragung verzichten", sagte Johnny, und zeigte auf das Fahrzeug. Der weiße Ford Transit, war eigentlich nur noch rostfarben, und dass dieser sich noch eigenständig bewegen konnte, bezweifelte Johnny. „Die Karre ist ja nur noch Schrott", stellte nun auch Freddy fest. Offensichtlich hatte der Besitzer nur vergessen, das Fahrzeug beim Straßenverkehrsamt abzumelden. Und nun stand er da, und gammelte vor sich hin. Seine Fahrten, bei denen er Schrott sammelte, machte der Mann mit der Pferdekutsche.
„Ok! Nächster Kandidat?"
„Cenclik Ömer! Wohnt auf der Bismarckstraße", las Fred wieder die Adresse vor. Also fuhren sie in den ersten Gelsenkirchener Stadtteil, jenseits des Kanals. Dieser folgte dem Stadtteil Erle, der zu Buer gehörte. Sie fanden den weißen Transit auf der Bismarckstraße vor dem Laden eines türkischen Gemüsehändlers. Nach einem kurzen Gespräch mit Herrn Cenclik, war dessen Aufenthalt zur Tatzeit geklärt, und die Beamten konnten sich wieder verabschieden.
Und so ging es den ganzen Tag weiter. Ein Transit nach dem anderen wurde von ihnen überprüft. Bis es Johnny reichte. Sie hatten wegen der Überprüfung bereits ihr Essen ausfallen lassen, und nun machte sich Johnnys Magen richtig bemerkbar. „Ich hab jetz ersma Hunger, und darum gehen wa jetz bei Rosie watt essen."

Bald darauf stand der weinrote BMW vor der Wäscherei,

gegenüber der Pommesbude. Und Johnny und Fred saßen, jeder vor einem großen Teller mit Pommes Currywurst darauf. „Zeig ma", forderte Johnny seinen Kollegen auf, und dieser reichte ihm die Liste über den Tisch. Elf Positionen hatten sie bis jetzt abgearbeitet. Und Johnny überflog die Namensliste, und wollte diese bereits wieder beiseite legen, als ihm etwas auffiel. „Mann, das isn Ding!" Nun sah Fred kauend von seinem Teller auf. „Was?", fragte er mit vollem Mund.

„Tarelli, Guiseppe", antwortete Johnny.

„Aber, unser Opfer im Schloß hieß doch Tarelli", fiel Fred der Name des toten Kellners wieder ein. „Genau so is et! Pasquale Tarelli.Und glaub mir, datt is kein Zufall."

„Na, dann würde ich sagen, statten wir der Familie Tarelli mal einen Besuch ab."

Diemal führte sie Ihr Weg in den Stadtteil Scholven, bis vor die Tür eines italienischen Restaurants. „Bella Napoli" stand über der Tür. Es gab keinen Parkplatz, so hielt der BMW direkt an der Straße. Sie stiegen aus, und traten auf den Bürgersteig. „Kein weißer Ford Transit", stellte Fred fest, der die Straße herunter und hinauf sah. Es standen etliche Fahrzeuge an der Bordsteinkante, aber eben kein Ford Transit. „Nee, sieht schlecht aus", stimmte Johnny zu. Und dann sah er ein Haus weiter eine Durchfahrt mit einem geschlossenen Hoftor. Langsam ging er auf das Tor zu. Fred folgte ihm. „Und jetzt?"

„Na ja, ich hab da so ne Ahnung", meinte Johnny. „Ich hatte ma nen Kumpel, damals. Der wohnte auffe Crangerstraße, und bei dem wa datt auch so. Ein Haus weiter, wa die Durchfahrt zu den Höfen. Wenn wir seine Mofa rausholen wollten, mussten wir immer da durch, und erst über den Hof vom Nachbarhaus."

„Und du denkst das ist hier auch so?"

„Is doch möglich", antwortete Johnny. „Die müssen doch datt Restaurant beliefern. Und die Küche is garantiert im hinteren Bereich des Hauses. Ich glaub nich, datt die allet durch die Gaststätte tragen." Da schüttelte Freddy seinen Kopf. Johnny trat an die Tür des Nachbarhauses, und drückte eine beliebige Klingel. „Ja?", erklang eine Stimme. „Guten Tach, hier ist Hauptkommissar Thom von der Wache in Buer. Ich müsste ma auf ihren Hof."
Der Türöffner wurde betätigt, und die Tür sprang auf. Die beiden Beamten traten in den kühlen Hausflur ein, wo an einer geöffneten Wohnungstür ein älterer Mann stand. „Watt wolln sie?"
Johnny hielt seinen Dienstausweis hoch. „Wir müssten ma auffn Hof."
„Ja, kein Problem." Er zeigte auf die Tür im hinteren Bereich des Flures. „Da geht et raus auffn Hof. Abba machen se die Tür wieder zu, wegen die Ratten. Den Itaker seine Mülltonnen da hinten ziehn die Ratten an." Fred holte gerade Luft, und wollte etwas sagen, doch Johnny zog ihn mit sich. Drei Betontreppen führten auf den Hof, und so wie es Johnny geahnt hatte, sahen sie das Tor zum Nachbarhof. Sie gingen an das Tor, und stellten fest, dass es verschlossen war. „Wa ja zu erwaten", sagte Johnny verärgert.
Das eigentliche Schmiedeeisentor war mit Wellblechplatten verkleidet. So konnte man nicht mehr ungehindert in den Hof blicken. Johnny trat nah heran. Er zog sein Messer aus der Tasche, klappte die Klinge aus, und begann an der Stelle, an der zwei Platten übernanderlagen, zu stochern. Nach einer Weile entstand ein schmaler Spalt, durch den man hindurchblicken konnte. Johnny sah durch den Spalt, und begann zu grinsen. „Und?", wollte Fred wissen. „Kuck selbst!"
Der Kommissar beugte sich vor, und linste durch den Spalt. „Da steht was Weißes. Was großes Weißes!"

„Kuck richtich." Johnny zwängte seine Finger zwischen die Platten, und zog. So wurde der Spalt ein wenig breiter. „Er ist es! Ein weißer Transit!"

*

Eigentlich wollte Fred sofort in das Restaurant stürmen, aber Johnny hatte davon abgeraten. „Gehen wir mal davon aus, datt dieser Kellner zu der Tarelli Familie gehört hat. Dann sind die jetz auf allet gefasst. Und datt Mädchen is in in Gefahr, wenn wir da so reinschneien."
„Ja, aber Johnny, wir müssen doch das Mädchen…", drängte Fred, doch Johnny stoppte ihn. „Willse da jetz reinstürmen, oder watt? Ne ne, datt machen wa überlecht, und mit Ruhe."
Johnny ließ den Motor an, und fuhr zurück zum Präsidium. „Wir müssen ersma durchblicken, watt die Tarellis mit den Sorvinos zu schaffen haben."
Als sie dann endlich wieder in Dreizwölf saßen, griff Johnny zum Telefonhörer und wählte eine Nummer. Es dauerte einen Augenblick, bis er sagte: „Johnny hier! Kannste ma rüber kommen? Ok, bis gleich."
Freddy sah seinen Kollegen fragend an, erhielt aber keine Antwort. Und er ahnte, dass es nun ernst wurde, denn Johnny hatte darauf verzichtet, das Radio anzuschalten. Dann klopfte es, und Friedrich Kaltenberg trat ein. „Was gibt es, Jungs?" Er setzte sich auf den Stuhl neben Johnnys Schreibtisch.
„Wir haben den weißen Ford Transit gefunden", verkündete Freddy stolz. „Was? So schnell?", zeigte sich der Chef erstaunt. Auch ihm war natürlich klar gewesen, dass das Kennzeichen gefälscht sein musste. „Der Halter des Wagens ist Guiseppe Tarelli! Merkste was? Du muss Schröder und Klump von dem Tarelli Fall widda abziehn. Bevor die die

aufschrecken!" Johnny sah den Polizeirat streng an. „Wie? Ich verstehe nicht. Was soll das heißen, Johnny?"

„So wie es jetzt aussieht, ist das ein Fall", erklärte Johnny. „Das entführte Mädchen, und der tote Italiener. Datt gehört zusammen!"

„Ach, Johnny, das ist doch zu spät! Die haben doch mit den Verhören bereits angefangen."

Da sah Johnny seinen Kollegen an. „Darum stand der Wagen versteckt auf dem Hof!" Freddy nickte.

„Aber das ist doch völlig normal, dass wir ermitteln. Schließlich ist der Sohn der Familie erschossen worden", hielt Polizeirat Kaltenberg dagegen. „Es wäre doch wesentlich auffälliger, wenn da niemand kommen würde." Wieder nickte Fred. „Da hat er Recht!"

„Na ja, vielleicht hamm wa Glück, und die Tarellis sehn datt genau so." Nun stimmte der Hauptkommissar zu.

Friedrich erhob sich. „Wie soll es jetzt weitergehen?" Johnny erhob sich ebenfalls. „Ich denke, wir werden uns jetzt ma mit denen unterhalten. Wenn die glauben, datt wir wegen Pippo kommen, würde uns datt ja in die Hände spielen." Friedrich nickte und gab sein Einverständnis.

„Gut! Aber keinen Zugriff ohne mein Ok!"

„Na klar, Friedrich. Wie du befiehlst, großer Bwuana." Dabei machte Johnny eine ehrfürchtige Verbeugung. „So ist's Recht", sagte der Polizeirat kopfschüttelnd, und verließ Dreizwölf.

Jetzt drehte sich Johnny dem Whiteboard zu, nahm den schwarzen Filzschreiber und schrieb oben den Namen Melanie Bulle Entführungsopfer hin. Darunter schrieb er auf die linke Seite Tarelli, und auf die rechte Sorvino. Unter Tarelli schrieb er den Weißen Transit, und darunter Pippo Tarelli Opfer. Unter Sorvino schrieb er Anwesend zur Tatzeit Mord an Pippo.

„Also, watt hamm wa?", fragte Johnny, und sah auf das Whiteboard. „Wir wissen, datt die Sorvinos im Schloßrestaurant den Geburtstag von Papa Sorvino gefeiert hamm. Allerdings wissen wir auch, datt Papa Sorvino in Düsseldorf einsitzt, und so unmöglich an seiner Geburtstachsfeier teilnehmen konnte."

„Stimmt", nickte Freddy zustimmend. „Und dann fragt man sich doch, warum kommt der Clan hierher zum feiern? Die sind doch ganz anderen Luxus gewöhnt, da in Düsseldorf."

„Richtich", stimmte nun Johnny zu. „Nehmen wir ma an, die sind nur hierher gekommen, um Pippo Tarelli eine Kugel zu verpassen. Dann stellt sich die Frage, warum?"

„Aber von denen wird keiner reden!" Fred trat an das Whiteboard, nahm den roten Filzstift, und zog eine Linie von den Sorvinos zum Opfer Pippo. „Ich denke, da müssen wa nochma ansetzen. Ich fahr nochma zum Schloß", schlug Johnny vor, und zeigte auf Freddys Kunstwerk.

Da begann Freddy zu grinsen. „Da gibet ga nix zu grinsen, Herr Kollege. Ich mach dann auch Feierabend für heut!"

„Tja dann, bis morgen, Johnny!"

Es war fast halb sechs, als der BMW auf den Parkplatz am Schloß fuhr. In der Nachmittagsonne ging Johnny den Weg am Schloßgraben entlang, der als Ententeich fungierte. Er trat über die Steinbrücke zum Eingang des Restaurants. Der große Raum war gut besetzt. Kellner wuselten mit Tabletts zwischen den Tischen herum. Noch stand Johnny am Eingang, und sah sich um. „Herr Thom", erschallte eine ihm bekannte weibliche Stimme. „Treibt sie die Sehnsucht zu mir?", begann sie sofort wieder, dem Hauptkommissar schöne Augen zu machen. Johnny besah sie von oben nach unten, und nickte, ohne dass es ihm bewusst war. „Ähm... ich hätte da noch einige Fragen, an das Personal."

„Aber Herr Thom, bei uns ist jetzt volles Haus, das sehen sie doch. Ich brauche jetzt jeden Mann und jede Frau im Schankraum."

„Frau Schneider, ich ermittle in einem Mordfall, dass wissen sie doch", sagte Johnny so freundlich er konnte.

„Hatte Pippo hier sowatt wie nen Freund unter den Kollegen? Sie hamm doch ma watt von nem Rolf erzählt", begann Johnny zu bohren. „Ja, der Rolf ist schon lange unser Kellner, und hat Pippo vorgeschlagen", erzählte sie. „Die haben sich gut verstanden, und kannten sich wohl auch vorher schon. Aber um sowas kümmere ich mich nicht." Jetzt nickte Johnny und lächelte die Blondine an. „Damit kann ich doch arbeiten! Mit diesem Rolf Hahmann müsste ich mal sprechen, Ulrike." Sie atmete tief ein, und zeigte sich doch etwas genervt. „Gut", gab sie nach. „Geh in mein Büro, ich schick ihn dir. Aber mach nich so lange, ich brauch Rolf im Restaurant." Johnny nickte, und begab sich in das Büro der Restaurantleiterin. Und er musste grinsen, denn wie es schien, waren sie nun per du.

Es dauert nicht lange, da wurde die Bürotür geöffnet, und ein blonder, junger Mann trat ein. Lockiges Haar und ein Schnäuzer machten aus ihm soetwas wie einen blonden Thomas Magnum. Eigentlich fehlte nur das Hawaiihemd. Johnny saß auf der Ledercouch. „Hallo, ich bin Hauptkommissar Thom", stellte er sich vor, und der Kellner antwortete mit seinem Namen. „Ich müsste ihnen mal ein paar Fragen stellen, wenn ihnen das Recht ist." Auf dem Tisch lag ein Stift und Johnnys kleiner Schreibblock. „Nehmen sie doch Platz", bot Johnny dem Kellner an, und dieser ließ sich nieder. „Sie kannten Pasquale Tarelli schon länger?"

Rolf Hamann nickte. „Wir sind zusammen zur Schule gegangen. Außerdem wohne ich nur drei Häuser weiter, wie die Tarellis."

„Heißt datt, Pippo hat noch zuhause gewohnt?" Rolf Hamann nickte. „Na ja, datt Haus, mit dem Restaurant, gehört den Tarellis, und Pippo hatte die Dachwohnung."
„Wie kam et sein, datt er hier zu Arbeiten angefangen hat? Den brauchten die doch sicher in ihrem eigenen Restaurant?", fragte der Kommissar weiter. „Et gab immer wieder Ärger mit dem alten Guiseppe. Pippo war der jüngste von drei Brüdern, und hatt et oft abgekricht. Außerdem passten ihm die italienischen Familiengeschäfte nich!"
„Italienische Familiengeschäfte?" Johnny sah den blonden Kellner fragend an. „Die Tarellis kommen aus Neapel, wenn ihnen datt watt sacht?" Irgendwie wollte Rolf noch nicht mit der Sprache heraus, das merkte Johnny natürlich. „Nee, sacht mir jetz nix, wenn ich ehrlich bin."
„Camorra, Mann! Die Tarellis sind ne Camorra Familie!"
„Und Pippo wollte da nich mehr mitmachen?" Johnny war schon etwas erstaunt. Sollten die Tarellis ihren eigenen Sohn liquidiert haben, weil dieser sich gegen die Familie gestellt hatte?
„Genau! Darum hatt er hier im Schloß angefangen", sagte Rolf, und sah dann den Hauptkommissar traurig an. „Datt Ende kennen se ja."
„Und sie glauben echt, der alte Guiseppe hat seinen Sohn…?", wollte Johnny fragen, doch der Kellner unterbrach ihn. „Nee, so'n Quatsch! Doch nich der Guiseppe!" Er schüttelte energisch den Kopf. „Da war watt im Busch im Bella Napoli. Und zwar ganz heftich!" Johnny verstand nicht. „Watt soll datt wieder heißen?"
„Pippo hat mir erzählt, datt da ein anderer Clan von den Tarellis einen Gefallen eingefordert hat. Da wollte er aber nich mitmachen, und er wa strikt dagegen. Hat Guiseppe sogar abgeraten. Daraufhin kam et zum Streit zwischen Vater und Sohn."

Johnny zog die Augenbrauen hoch, und machte sich Notizen. „Aber der Guiseppe hat niemals den Pippo erschossen. Im Leben nich!" Rolf Hamann war sich da ganz sicher. „Nee, da muss watt anderet vorgefallen sein. Und ich glaub ich weiß auch watt." Jetzt horchte Johnny auf. „Ja, und watt?"

„Pippo hatte schon einige Tage hier gearbeitet, da hatter mir erzählt, datt der Alte wohl auf ihn hören würde. Und datt hatt den Pippo echt verwundert, denn bei den Tarellis hatte Guiseppe datt uneingeschränkte sagen. Wahrscheinlich hatten Mutter Maria und sein Bruder Tino sich auf seine Seite geschlagen. Und als ältester Sohn, hat den Tino seine Stimme schon Gewicht!"

Johnny nickte, und ahnte, dass da noch was kam. „Er hat erst fünf Tage hier gearbeitet, da hatt er mir gesacht, datt er wohl zurückgehen wird, ins Bella Napoli. Die Familie würde ihn da brauchen."

„Und dann?", fragte Johnny.

„Ja, datt wa am Samstach, und am Sonntach wa er tot, der Pippo!"

*

III. VON EINER BRINGSCHULD

Johnny saß auf dem Sofa, der weiße Kater lag neben ihm, und sie sahen fern. Er begann zu grinsen, denn ausgerechnet der rote Ferrari 308 GTS mit Tom Selleck als Thomas Magnum darin, raste gerade unter den Palmen der Küstenstraße von O'ahu entlang.

Tja, Privatdetektiv auf Hawaii, das wäre was, geriet Johnny ins träumen. Da klingelte es an der Tür. Johnny sah den Kater an. „Jetz noch Besuch?" Was eigentlich bedeutete, seit wann bekomme ich Besuch? Denn normalerweise besuchte Johnny niemand. Klar früher kam Anja, aber seit dem sie in Kanada war, gab es keinen Besuch mehr.

Die Uhr zeigte zwanzig nach Zehn. Johnny erhob sich, und ging zur Tür. Er nahm den Hörer der Gegensprechanlage ab, und fragte wer da sei. „Ulrike!" Mit dieser Antwort hatte er ganz und gar nicht gerechnet. Johnny drückte die Tür auf, und sah dann an sich herunter. Er trug nur eine Boxershort und ein T-Shirt. „Ich glaub, ne Hose wär angebracht." Er lief ins Schlafzimmer, und griff nach der Jeans, die auf dem Bett lag. Auf einem Bein hüpfend, schlüpfte er erst in das eine, dann in das andere Hosenbein. Plötzlich klopfte es. Mann, war die schnell!

Johnny öffnete die Tür, und bemerkte erst jetzt, dass sein Gürtel noch geöffnet war. Umständlich versuchte er die Buckleschließe zuzumachen. „Äh, ja… tut mir leid", sagte er beschämt. Doch Ulrike hauchte, dass sie so etwas gehofft hatte. Dies wiederrum hatte Johnny aber nicht verstanden. „Darf ich rein?", fragte sie. „Oh… äh, na klar!" Er trat einen Schritt zur Seite, und ließ Frau Schneider eintreten. Was diese tat, und sich dabei neuguerig umsah. Jetzt sah Ulrike schon eher aus, als könnte sie zu einem Typen wie Johnny passen. Sie trug nicht mehr dieses piekfeine Kostüm von Dolce und Calimero, sondern eine einfache Jeans, und ein pinkfarbenes T-Shirt. Und auch auf Highheels hatte sie verzichtet, und trug nun einfache Pumps. „So wohnst du also", stellte sie fest. Johnny nickte. „Ja, is nix besonderet. Abba für mich reicht et. Bin ja eh kaum zuhause." Da kam Mr. Flocke um die Ecke, und sah die Besucherin an. „Oh, wer ist denn das?"

„Tja, datt is mein Mitbewohner", erklärte er. „Überbleibsel meiner Verlobten! Abba… ähm, komm doch ersma rein", forderte Johnny sie auf, in das Wohnzimmer einzutreten. Die Blondine, jetzt mit Pferdeschwanz, nickte, und ging vor. „Datt is falsch, Johnny", grummelte er, und folgte ihr. Sofort nahm sie auf dem Sofa platz, und Johnny bot ihr etwas zu trinken an. Allerdings war seine Auswahl recht übersichtlich, und so bekam sie das, was Johnny auch trank. Einen Tully Ginger!

„Oh, das schmeckt ja", stellte sie überrascht fest. Johnny nickte. Irgendwie schien sie sich in seiner Bude wohlzufühlen, denn schon nach kurzer Zeit hatte sie sich ihrer Pumps entledigt, und lümmelte auf dem Sofa herum. In ihrer Wohnung war es da ganz anders. Teuer! Und irgendwie nicht so gemütlich. Allerdings verkehrte Ulrike Schneider in völlig anderen Kreisen, die den Besuch bei Johnny sicher mit einem Kopfschütteln quittieren würden. Aber das war ihr im Moment egal!

„Du warst verlobt?", nahm sie das Thema wieder auf. Johnny nickte. „Eigentlich schon so gut wie unter de Haube", antwortete er. „Abba dann kam ihre Jugendliebe, und zack, wa se in Kanada." Er ahmte mit der Hand ein startendes Flugzeug nach. „So schell kann et gehen."

„Das kenne ich", sagte Ulrike. „Ist mir auch so ergangen. Aber bei mir war es ein Hotel in Brasilien." Johnny zog fragend die Augenbrauen hoch. „Er bekam ein Angebot, dieses Hotel zu leiten. Und schon war er weg!"

So unterhielten sie sich, und immer wieder hielt sie Johnny ihr leeres Glas hin. Und dann irgendwann, als Johnny aus der Küche zurückkam, war das Wohnzimmer leer. Er stellte die Gläser auf den Tisch, und sah sich um. Die Klotür stand auf, so wie immer wenn es nicht besetzt war. Wegen dem Kater, da sein Katzenklo da drinnen stand, musste die Tür geöffnet bleiben.

Dann sah Johnny ins Schlafzimmer. „Johnny, datt is falsch", grummelte er, zog sein T-Shirt über den Kopf, ließ die Jeans an den Beinen heruntergleiten, und schlüpfte zu der Blondine unter die Bettdecke.

*

Irgendwie hatte Johnny wegen der letzten Nacht ein schlechtes Gewissen. Und das zu recht, denn Ulrike war ein Teil eines laufenden Verfahrens, und würde Friedrich Kaltenberg von der Beziehung erfahren, wäre der Teufel los. Johnny nahm sich vor noch einmal mit Ulrike darüber zu reden.

Es war Mittwoch der erste Neunte, und für heute hatte der Hauptkommissar einen Besuch im Bella Napoli geplant. „Nach der Aussage von Rolf Hamann würd ich sagen, et is Zeit die Tarellis ma genauer zu beleuchten." Fred stimmte dem zu, denn Johnny hatte ihn über die Aussage des Kellners natürlich in Kenntnis gesetzt. „Also haben wir es tatsächlich mit dem organisierten Verbrechen zu tun", sagte Fred immer noch etwas ungläubig. Mit so etwas hatte er hier nicht gerechnet. „Die gibet doch überall", bemerkte Johnny achselzuckend.

Da klopfte es, und Polizeirat Kaltenberg trat ein. „Guten Morgen, meine Herren! Gibt es schon etwas Neues zu vermelden?"

„Moin Friedrich", grüßte Johnny mit seiner gewohnt schlacksigen Art. Und auch Fred grüßte den Chef freundlich. „Watt den verbleib des Mädchens angeht, können wa noch nix sagen. Abba sonst kommen wa voran."

„Und das heißt genau?", wollte Friedrich Kaltenberg wissen. „Nun, wir hatten endlich einen Zeugen, der uns etwas Licht ins Dunkel brachte." Fred sah den Chef kopfnickend an.

„So is et! Die Tarellis stehen bei einem anderen Clan in der Schuld. Und dieser Clan hat wohl den Tarellis einen Auftrag erteilt", begann Johnny zu erklären, und Freddy fügte hinzu: „Das wollte der jüngste Tarelli Sohn Pippo aber nicht." Friedrich sah von einem zum anderen. „Ihr vermutet, dass es sich dabei um die Entführung handelt?" „Genau", übernahm wieder Johnny. „Datt hat Pippo nich gefallen. Darum hat er im Schloßrestaurant angeheuert. Und sich von der Familie getrennt. Abba scheinbar hamm sich die Mutter und der älteste Sohn auf Pippos Seite geschlagen, und so hat sich der alte Guiseppe Tarelli umstimmen lassen."

„Und die Weigerung hat dann Pippo Tarelli das Leben gekostet", erkannte nun der Polizeirat die Zusammenhänge. „Richtig! Um den Tarellis zu zeigen, was passiert, wenn sie nicht gehorchen", sprach Fred, und Johnny nickte. „Genau so stellen wir uns datt vor. Und laut der Aussage von Rolf Hamann, dem Kellner im Schloß und Kumpel von Pippo, is et auch so gewesen."

„Und nachdem der Sorvino Clan den Tarelli Clan zur Raison gebracht hat, haben die Tarellis dem Klaus Bulle seine Tochter entführt", vollendete Fred die These der Ermittler. „Stellt sich immer noch die Frage, ob die Tarellis das Mädchen den Sorvinos übergeben haben?" Friedrich sah

Johnny an. „Und ob Melanie noch lebt", fügte Fred hinzu, und Polizeirat Kaltenberg winkte ab. „Herr Rudnick, das setzen wir doch wohl voraus!"

„Wie sieht et denn in Gelsenkirchen aus?", fragte nun Johnny. „Gibtet von denen irgendwatt zu vermelden?" Friedrich schüttelte den Kopf. „Nein, von da gibt es keine Neuigkeiten. Wir sind wohl auf uns allein gestellt."

„Watt anderet hab ich ehrlich gesacht von dem Bulle auch nich erwatet", motzte Johnny verärgert. „Ein bissken watt über diese Sorvinos wäre schon hilfreich."

Der Chef zuckte mit den Schultern und verließ Dreizwölf. Die beiden Ermittler machten sich auf den Weg nach Scholven.

Es war gerade zehn Uhr durch, als sie vor dem italienischen Restaurant hielten. Wie zu erwarten war, war dieses noch geschlossen, und öffnete erst um halb Zwölf. Allerdings stand ein VW Golf vor der Tür, dessen Heckklappe geöffnet war. Darin standen Kisten, mit verschiedenen Gemüsesorten, unzähligen Paketen Mehl, Kisten mit Olivenölflaschen und Kisten mit italienischem Wein, gestapelt bis unters Dach. Sogar der Rücksitz war voll beladen. Johnny drehte den Schlüssel und der Motor erstarb, genau wie das Radio, in dem gerade Real Life ihren Song „Send me an angel" gesungen hatten. Die beiden Beamten stiegen aus, und gingen zu dem VW Golf. Zwei Männer waren damit beschäftigt den Kofferraum des Autos zu entladen, und schleppten den Inhalt in das Restaurant. „Bissken viel für den kleinen Golf, wa?" Johnny sprach den einen der Männer an. „Ja, is wohl wahr. Sonst fahr ich eigentlich mit einem Lieferwagen zum einkaufen, weil ich auch für mein Restaurant miteinkaufe. Aber datt geht im Moment nich. Da muss halt der Golf herhalten." Da trat ein anderer Mann zum Wagen. Im Gegensatz zu dem ersten, der blondes Haar hatte, und mit Sicherheit ein geborener Deutscher war, hatte dieser dunkles Haar, und sah südländisch aus. „Wir öffnen erst um halb Zwölf", sagte der Mann. „Datt is gut, da können wir uns noch in Ruhe unterhalten." Johnny war herangetreten, und hatte dem Mann seinen Dienstausweis entgegengehalten. „Darf ich nach ihrem Namen fragen?", meinte Fred und zückte seinen Block. „Antonio Tarelli", antwortete der junge Mann, und Fred wandte sich dem anderen zu. „Und sie? Wie heißen sie?"

„Peter Brunnen! Ich bin der Schwager!"

Johnny legte seine Hand auf das weiße Dach des Golfs. „Is der nich bisskin klein, für soviel Ware?"

„Der muss reichen, unser Lieferwagen is nämlich kaputt", antwortete Antonio Tarelli, und Johnny war sofort klar, dass er versuchte den Transit aus der Schußlinie der Polizei zu nehmen. „Haben sie Neuigkeiten für uns?", fragte der dunkelblonde Peter Brunnen. Fred sah ihn fragend an. „Na, wegen dem Tod von meinem Schwager Pippo! Wissen se schon, wer datt wa?"

„Du wills uns wohl verarschen, du Vogel! Du weiß doch ganz genau wer datt wa!" Hätte Johnny am liebsten gesagt, doch das tat er natürlich nicht. „Tut mir leid, die Ermittlungen laufen noch. Und aus dem Grund sind wa auch hier. Wir hätten da nämlich noch ein paa Fragen an die Familie."

„Mein Vater und mein Bruder sind nich da", sagte Antonio, und zeigte dann zu der geöffneten Restauranttür. „Meine Mutter ist in der Küche."

„Ja, dann werden wir mal mit ihr sprechen, wenn es recht ist." Fred wandte sich ab, und nahm Kurs auf das Restaurant. „Sie kommen ja sicher auch gleich rein", stellte Johnny fest, und folgte dem Kollegen.

Das Restaurant Bella Napoli war ansprechend und gemütlich eingerichtet. Auf eine Wand hatte man ein riesiges Bild gemalt. Und Johnny erkannte sofort was er sah. Das alte Neapel am Fuß des Vesuvs. Dazu standen überall in Korb eingearbeitete Ballonflaschen. Und es roch bereits aus der Küche nach Kräutern. Oregano, Basilikum, und Rosmarin drangen in Johnnys Nase. Hier konnte man sicher gut Essen. Plötzlich drang eine Stimme an Johnnys Ohr. „Es is nock nicke geoffnet. Sie konnen dock nicke einfack…", rief Maria Tarelli, die gerade aus der Küche trat. Doch sie wurde von Antonio unterbrochen. „Mama, das sind Männer von der Polizei. Die haben noch Fragen." Er ging mit einer Kiste an den Männer vorbei in die Küche. „Oh, dann entschuldige sie. Bitte nehmen sie dock Platze." Maria zeigte auf einen Tisch mit vier Stühlen. „Sie haben es aber schön hier", lobte Fred das Restaurant. „Man kommt sich vor wie im Urlaub."

„Ick würde ihne ja etwas zu die Essen anbieten, aber de Soße kochelte nock, und der Pizzaofen ist nock nicke heiße genuge." Johnny wiegelte ab. „Das ist nicht nötig, Frau Tarelli." Er setzte sich an den Tisch. „Mein herzlichet Beileid zum Verlust ihret Sohnes. Ich bin Hauptkommissar Thom und datt is mein Kollege Kommissar Rudnick." Maria nickte nur. Da trat eine junge Frau aus der Küche, und nahm an dem Tisch mit Platz. „Das isse meine Tockter Mia", stellte Frau Tarelli ihre Tochter vor. „Mein Name ist Mia Brunnen", fügte die junge Frau noch hinzu, zeigte auf den blonden Mann, der immer noch den Golf ausräumte. „Das ist mein Ehemann!" Johnny sah Fred an, und nickte zu einem anderen Tisch hinüber. Dieser verstand sofort. „"Würden sie bitte mit mir kommen?", fragte er Mia, und erhob sich. Die junge Frau nickte, und folgte ihm an einen anderen Tisch. Überrascht sah Frau Tarelli ihrer Tochter nach.

„Ihr Sohn Pasquale hat nach einem Streit mit seinem Vater, datt elterliche Lokal verlassen, und im Schloßrestaurant angefangen zu arbeiten", begann Johnny die Befragung. „Ist datt nich etwas ungewöhnlich für einen italienischen Familienbetrieb?" Fragend sah Maria den langhaarigen Beamten an. „Frau Tarelli, watt wa der Grund für Pippos Flucht?"

„Eine Streit mit seine Pappa", antwortete die Frau in dem schwarzen Kleid. „Worum ging et bei dem Streit?", bohrte Johnny weiter. Doch da schwieg sie.

„Vielleicht ging et darum, bei dem Sorvino Clan eine Schuld zu begleichen." Mit starrem, Blick sah Johnny die Italienerin an. Diese erwiderte den Blick kalt und hart. „Kenne ick nich!"

„Oh, Frau Tarelli, datt sehe ich anders. War es nich so, datt Pippo ganz und ga nich einverstanden wa, für die Sorvinos ein illegales Ding zu drehen?" Johnny lehnte sich zurück. „Schon ga nich die Entführung eines jungen Mädchens." Nun erschrak Maria Tarelli sichtlich. „Er wollte damit nix zu tun haben, und hat datt Bella Napoli darum verlassen", fügte der Ermittler hinzu. Der Blick der Frau wurde nun weicher. Johnny strich sich über sein unrasiertes Kinn. „Und dann haben sie sich auf die Seite ihres Jüngsten gestellt. Denn eigentlich wollten se schon lange nix mehr mit diesen Mafiamachenschaften zu tun haben. Stimmt's?" Johnny glaubte nun die Frau im Griff zu haben, doch er irrte sich. „Pippo musste dafür büßen, datt sein Vater sich nun doch weigerte, die Schuld zu begleichen. Richtich?"

„Ick sage nickse mehr", stellte sich die Frau jedoch stur. „Ick weiße nickte. Auffe Wiedersehen!" Maria Tarelli erhob sich, und verschwand in der Küche. Johnny sah ihr verwundert nach. Das Gespräch hatte ein abruptes Ende gefunden.

Fred hatte an dem anderen Tisch die gleichen Fragen gestellt, und auch hier stand er vor einer Mauer des Schweigens. „Frau Brunnen, sie können mir glauben, wir werden den Fall lösen, und wir werden das Mädchen finden. Mit oder ohne ihre Hilfe."

„Wollen sie nicht verstehen, Herr Kommissar?", wurde der Ton der jungen schwarzhaarigen Frau strenger. „Ich weiß nichts von einem entführten Mädchen."

„Also bitte, halten sie mich doch nicht für dumm." Fred musste sich zusammenreissen, um nicht laut zu werden. „Der weiße Transit, mit dem Melanie Bulle entführt wurde, gehört ihrem Vater, und steht hier auf dem Hof. Außerdem wissen wir von der Verbindung zu den Sorvinos." Fred lehnte sich zurück, und sah die Frau eindringlich an. „Diese ganze Geschichte hat ihren Bruder getötet. Den Bruder, der mit der Angelegenheit nichts zu tun haben wollte." Da trat Peter Brunnen an den Tisch. „So, wir wären fertig. Wie sieht es bei ihnen aus. Unsere Tochter kommt gleich aus der Schule, da wollen wir zuhause sein."

„Na, gut", sagte Fred nickend. „Halten sie sich bitte zu unserer Verfügung, Frau Brunnen." Die Frau nickte, erhob sich, und ging mit ihrem Mann in die Küche zu ihrer Mutter. Johnny hatte sich inzwischen Antonio Tarelli an den Tisch geholt. „Der Verlust ihret Bruders tut mir leid", begann Johnny das Gespräch. Doch es stellte sich schnell heraus, dass Antonio schweigen würde wie ein Grab. Und so beendeten die beiden Beamten die Befragung.

Der Sohn ging zu der Schwingtür mit dem Bullauge, die in die Küche führte, und rief hinein: „ Mamma, la polizia se ne sta andando!" So kündigte er das Gehen der Beamten an. „Non me en fregga un cazzo!", antwortete Maria Tarelli mit verärgerter Stimme, dass es ihr egal war. „Dai, dai, di' addio, Mamma", rief Antonio, und forderte seine Mutter zur Höflichkeit auf. Da trat Maria Tarelli aus der Küche. Sie

ging zu den Beamten und verabschiedete sich. „Addio, meine Herre!"
„Frau Tarelli, würden sie ihrem Mann und ihrem ältesten Sohn bitte sagen, dass wir sie morgen um halb Zehn im Präsidium in Buer, in Zimmer Dreihundertundzwölf erwarten", sagte Fred noch zu der Frau des Restaurantbesitzers. Dann gingen die beiden Beamten.

*

Donnerstagmorgen um halb Zehn traten Guiseppe und Toni Tarelli aus dem Fahrstuhl und begaben sich nach Zimmer Dreihundertzwölf suchend, auf den Gang.
Johnny saß in Dreizwölf, und las in der Akte, während Freddy Rudnick mit dem Team der Spusi auf dem Weg zum Bella Napoli war. Der Durchsuchungsbefehl lag am Morgen schon auf dem Schreibtisch, denn Johnny hatte am Vorabend noch mit seinem Chef Friedrich Kaltenberg telefoniert. Und der Polizeirat hatte sofort für die zügige Ausstellung des Beschlusses gesorgt. Die Hoffnung war groß, dass Melanie Bulle irgendwo bei den Tarellis festgehalten wurde.
Plötzlich klopfte es an der Tür. „Herein", rief Johnny, und die Tür wurde geöffnet. „Sind wir hier richtig?", fragte Tino Tarelli, und streckte seinen Kopf in das Büro. „Ja, das sind sie. Bitte Guiseppe Tarelli zuerst eintreten. Sie warten bitte draußen." „Papa, voglio che tu entri per primo", sagte Tino seinem Vater, auf dass dieser eintreten sollte. Der Clanchef ging hinein, schloß die Tür und setzte sich auf den Stuhl neben dem Schreibtisch. Johnny drehte sich um, und machte das Radio aus. Die Stimmen der Bananarama Sängerinnen, die „Cruel Summer" sangen verstummten. Stattdessen stellte er das Aufnahmegerät auf den Schreibtisch, und

stellte das Mikrofon auf an. „Guten Tag, Herr Tarelli",
grüßte Johnny freundlich. „Wir haben ein riesiges Problem."
„So, welchet denn?", fragte der Restaurantbesitzer kühl.
„Wir suchen nach einem jungen Mädchen. Und wir haben
den Verdacht, datt se in die Entführung verwickelt sind.
Nein, wir wissen et soga. Mit ihrem weißen Ford Transit
wurde Melanie Bulle entführt." Stumm sah Guiseppe Tarelli
den Ermittler an. „Möchten se dazu watt sagen, Herr
Tarelli?"
Er zuckte gleichgültig mit den Achseln. „Datt müssen se
erstemal beweisen."
„Oh, datt werden wir, denn genau jetzt nehmen meine
Kollegen ihre Wohnung, ihr Restaurant und auch den
weißen Transit komplett auseinander. Und wenn wir auch
nur ein einziges Haar von Melanie Bulle finden, sitzen se
für lange Zeit im Knast! Na, watt sagen se dazu?" Johnny
lehnte sich selbstsicher in seinem Stuhl zurück. „Also, wie
wäre et wenn se uns ein bissken entgegen kommen würde,
und sagen, wo datt Mädchen is. Damit würden se ihre Lage
ausserordentlich verbessern, Herr Tarelli."
„Dasse kann ich nickte", entgegnete der Verdächtige. „So,
warum nicht? Denken se daran, datt wir auch den Mörder
ihres Sohnes suchen. Und ihr Schweigen macht uns die
Suche nich leichter." Da sah Guiseppe den Beamten streng
an. „Ich habe sie nickte darum gebeten." Was das bedeutete
wusste Johnny durchaus. Damit wollte Tarelli ihm sagen:
misch dich nicht in unsere Angelegenheiten!
„Pippo war dagegen, und darum musste er sterben",
versuchte Johnny den Mann zu erweichen. „Wo is Melanie
Bulle? Oder haben sie datt Mädchen den Sorvinos
überlassen? Datt war doch der Deal, oder?"
„Isch sage keine Wort mehr ohne meine Anwalt!" Und
somit war das Gespräch beendet. Genau so lief auch das
Gespräch mit Tino Tarelli ab. Obwohl Johnny das Gefühl

hatte, dass dieser reden wollte. Doch sein Vater hatte das sagen, und dieser befahl zu schweigen.

Genau jetzt gegen zehn Uhr, drückte Klaus Bulle mit dem Daumen auf die Klingel am Tor der Villa in Düsseldorf. Hinter ihm standen zwölf Beamte aus Gelsenkirchen und der Landeshauptstadt, die bereit waren die Villa der Sorvinos auf den Kopf zu stellen. „Eine Hausangestellt kam an die Sprechanlage. „Wer ist da?"
„Hier ist die Polizei, machen sie bitte auf", sagte Klaus Bulle im Befehlston, doch die Frau antwortete: „Bitte warten sie einen Moment, ich hole Frau Sorvino!"
„Das müssen sie nicht! Öffnen sie nur die Tür", rief der Hauptkommissar, allerdings war niemand mehr am anderen Ende der Sprechanlage. Klaus Bulle drehte sich zu einem Kollegen. „Das darf doch nicht war sein!"
„Ja, wer ist da?", fragte plötzlich eine weibliche Stimme aus dem Lautsprecher. „Hier ist die Polizei. Bitte öffnen sie, wir haben einen Durchsuchungsbeschluss für ihr Anwesen!"
Wieder dauerte es einen Moment, und Klaus Bulle wollte gerade den Befehl erteilen, das Tor mit Gewalt zu öffnen, da summte es, und das Tor begann zu piepen. Langsam fuhr die breite Pforte nach rechts auf, und verschwand in der Mauer, die das gesammte Anwesen umgab. „Na dann, meine Herren." Klaus Bulle setzte sich in Bewegung, und die Polizisten und ein Team der Spurensicherung folgten ihm auf das Gelände. Ohne Widerstand ließ man die Beamten eintreten.

*

IV. DIE DROHUNG

Das Telefon klingelte schon eine Weile, doch keiner der sechs Männer in dem Raum kümmerte sich darum. Es dauerte bis Luigi Sorvino aufstand und zum Hörer griff. „Avete tutti qualcosa per le orecchie? Banda Pigra! (Habt ihr alle was an den Ohren. Faule Bande)", rief Luigi verärgert auf italienisch, und nahm den Hörer ab. „Cosa c'è?", fragte er was los sei. „Ah, si… si, gracie, Mamma!" Er knallte den Hörer auf die Gabel, und setzte sich wieder auf die braune Ledercouch, in der Suite des Hotels, in dem sie seit Tagen wohnten. Erwartungsvoll und neugierig sahen die anderen ihn an. Doch Luigi schwieg!

„Was war?", fragte einer der Männer, der in einem der breiten Sessel saß, und an einem Glas Rotwein nippte.

„Wärst du aufgestanden, mein lieber Bruder, dann wüsstest du es jetzt", schnauzte Luigi ärgerlich. „Aber ihr überlasst ja lieber mir als Ältestem den Telefondienst, nicht wahr, Francesco?" Beschämt schaute der Angesprochene auf den Teppich, denn sein ältester Bruder führte die Familie, solange der Don im Gefängnis saß. Also gehörte es sich nicht, ihn zum Telefon gehen zu lassen. Allerdings war es für die Brüder nicht einfach, Luigi als Boss zu akzeptieren.

„Es war Antonella", sagte Luigi, und griff nach seinem Glas.

„Na und! Wenn Mamma italienisch spricht, verstehen wir sowieso kein Wort", sagte Adriano grinsend, denn keiner der Brüder beherrschte die Muttersprache besonders gut. Sie waren geborene Rheinländer, und ihre Sprache war deutsch! Luigi war dreiundreißig Jahre alt, und der älteste der vier Brüder. Sein Italienisch war noch das Beste. Jetzt, nachdem sein Vater in Düsseldorf einsaß, hatte er das Kommando übernommen. Mario Sorvino, den alle Don nannten, war sechsundfünzig Jahre alt, hatte graues Haar, und er lebte seit seinem sechzehnten Lebensjahr in Deutschland. In der Landeshauptstadt hatte er mit Gemüse ein Unternehmen gegründet, welches ihn reich gemacht hatte. Doch nicht nur das Gemüse allein hatte für ein gut gefülltes Bankkonto gesorgt. Mario entstammte einer Camorra Familie, und übernahm die Geschäfte im Rheinland. Da war er vierundzwanzig!

Er heiratete Antonella, die ihm nach Deutschland gefolgt war, und gründete eine Familie. Und jetzt saß der Don der Sorvino Familie im Knast!

Überführt von einem eifrigen Hauptkommissar der Abteilung Organisiertes Verbrechen aus Düsseldorf, der bei der Verhaftungsaktion den jüngsten Sohn Lorenzo Sorvino erschossen hatte.

Franceso war der Zweitälteste der Brüder, und nach ihm kam Adriano Sorvino. Der war dreißig Jahre alt. „Also, was war jetzt?", drängte Adriano. Er war leicht erregbar, und galt als schnell reizbar.

„Die Polizei hat die Villa durchsucht. Angeführt von unserem speziellen Freund. Wegen dem wir hier sind." Luigi erzählte, was seine Mutter Antonella am Telefon berichtet hatte. „Ich habe ja gleich gesagt, legen wir den Drecksack einfach um, und fertig", schnauzte Adriano verärgert. „Jetzt hocken wir hier rum, und warten darauf, dass dieser Tarelli endlich das Mädchen abliefert."

„Reg dich ab", forderte Francesco. „Wenn er seine Tochter wieder haben will, muss er vor Gericht für Pappa aussagen. Tut er das nicht, wird es ihn hart treffen, dass sein einziges Kind als Nutte in Neapel anschaffen geht. Glaub mir!"

„Na, dann sollen die Tarellis das Mädchen endlich rausrücken, und wir können zurück nach Hause fahren!"

Adriano hatte das Warten satt, aber er hatte nun mal nicht zu bestimmen was geschehen würde.

„Schluß jetzt", beendete Luigi die Debatte der beiden Sorvino Brüder. „Ich habe Guiseppe bis Samstagmittag Zeit gegeben, und solange warten wir. Basta!"

*

Johnny saß im Büro und war ein wenig gelangweilt. Es war bereits zwei Uhr durch, und er hatte großen Hunger. Zur Pommesbude wollte er nicht, da er die Rückkehr seines Kollegen erwartete. Aber die Durchsuchung bei den Tarellis schien länger zu dauern, als erwartet. Da klingelte plötzlich das Telefon. „Polizeidienststelle Buer Hauptkommissar Thom am Apparat", meldete er sich. „Na, du", flötete eine weibliche Stimme. „Ich bin es. Uli!"

„Ach, Ulrike", erkannte Johnny ihre Stimme. Er war ein wenig verwundert, über den Anruf, wegen der Durchwahlnummer. Dann fiel ihm aber ein, dass er ihr seine Karte gegeben hatte. „Watt gibt et?"

„Ach, ich hätte bisschen Zeit. Wollen wir zusammen Mittagessen?" Der Vorschlag gefiel Johnny eigentlich ganz gut. Sein Magen knurrte inzwischen lauter, als es Johnny lieb war. „Ok, gehen wir was Essen."

„Dann hol mich an der Haltestelle am Schloß ab, ja." Johnny nickte, obwohl ihm sofort klar war, dass ihr diese Information nicht nutzen konnte. „Äh… ja gut, bis gleich!"

Eine halbe Stunde später rollte der weinrote BMW auf die Bushaltestelle zu, wo Ulrike Schneider wartete. Diesmal nicht so leger gekleidet, wie bei ihrem letzten Treffen. Sie trug ein teures Kostüm, und High Heels. Ihre blonden Locken, hatte sie hochgesteckt. Lächelnd stieg sie ein, griff nach dem Drehknopf des Radios und drehte die Musik leiser. Mike Oldfields „To France" verstummte fast. Sie beugte sich herüber, und küsste Johnny. „Na sag, in welches Restaurant fahren wir?", fragte sie hungrig und neugierig. Das aber war für Johnny gar keine Frage. Er aß immer in seinem Stammlokal, welches sicherlich von Ulrikes Vorstellung weit abwich. Bald bog der Wagen auf die Crangerstraße, und fuhr dann nach Süden.

Johnny Thom grinste zufrieden, denn der Parkplatz vor der Wäscherei war frei. Er stellte den Wagen ab, und drehte den Schlüssel. Motor und Radio verstummten!

Fragend sah Ulrike den Fahrer an. „Äh... wo sind wir hier?" Johnny zeigte über die Straße zu dem Imbiss. „Meine Stammpommesbude! Beste Currywurst überhaupt!" Ein bisschen beleidigt sah Ulrike ja schon aus, aber sie sagte nichts. Wenn sie es auf eine Beziehung mit Johnny abgesehen hatte, musste sie das wohl in Kauf nehmen.

Als sie dann nach einer halben Stunde wieder in den Wagen stiegen, sah Johnny sie an, und fragte: „Na, Uli, zuviel versprochen?" Da lächelte sie. „Beste Currywurst überhaupt!" Da begannen sie beide zu lachen.

Freddy saß am Schreibtisch, als Johnny in das Büro trat. „Ah, du biss zurück", stellte er fest. „Und, seid ihr fündig geworden?" Eigentlich ging Johnny von einer positiven Antwort aus, doch er wurde enttäuscht. „Die Tarellis waren alles andere als begeistert. Aber sie haben keinen Ärger gemacht", erzählte Fred. „Na ja, jetzt wissen wir auch warum."

„Nix gefunden?"

Fred schüttelte seinen Kopf. „Nein, nichts! Nicht mal ein Haar von Melanie Bulle!"

„Son Scheiß! Ich hätte wetten können, datt die da is", ärgerte sich Johnny. „Dann haben die se wohl schon den Sorvinos übergeben."

Freddy nickte. „Ja, sieht so aus. Hoffen wir, dass Klaus Bulle sie findet. Wir müssen abwarten, was Polizeirat Kaltenberg berichtet." Und Friedrich Kaltenberg ließ nicht lange auf sich warten. Noch am selben Nachmittag, kam er mit Neuigkeiten. „Tja, meine Herren", sagte er beim eintreten in Dreizwölf, „es gibt gute und schlechte Nachrichten, und ich beginne mal mit der guten Nachricht. Die Kommissare Klein und Röder haben den Mörder des Pasquale Tarelli ermittelt. Sie haben die Zeugin Nina Bruck noch einmal vernommen, und ihr Bilder des Sorvino Familie vorgelegt. Sie hat Adriano Sorvino als den Mann identifiziert, der Tarelli in den Keller gefolgt ist." Johnny schüttelte seinen Kopf, und das fiel Friedrich Kaltenberg auf. „Was?"

„Na ja, hättes du geglaubt, datt sich hier bei uns ma die Mafia zofft?" Nachdenklich sah Friedrich seinen jüngeren Beamten an, und nickte dann. „Du siehst, Johnny, alles ist möglich." Der Polizeichef zog sich den freien Stuhl heran, und nahm platz. „Und jetzt die schlechte Nachricht. Ich habe einen Anruf aus Düsseldorf bekommen. Sie haben das Mädchen nicht gefunden."

„Wie?", fragte Fred verwundert, denn er hatte wirklich damit gerechnet, dass Melanie Bulle bei den Sorvinos zu finden sei. „Ich hätte darauf gewettet, dass die das Mädchen haben."

„Nein, Herr Rudnick, da hätten sie verloren. Die Kollegen haben stundenlang das Anwesen der Sorvinos auf den Kopf gestellt. Ohne Erfolg!"

„Und watt wa mit denen?", fragte Johnny." Hamm die wenichstens den Adriano einkasiert?"

Polizeirat Kaltenberg schüttelte den Kopf. „Scheinbar war von den männlichen Familienmitgliedern niemand zugegen. Aber ich werde einen genauen Bericht anfordern."

Johnny strich sich über sein Kinn. „Mensch, Friedrich, watt is, wenn die Tarellis datt Mädchen noch ga nich übergeben hamm?" Johnnys Frage ließ den Polizeirat aufhorchen. „Ich glaube, die Sorvino Söhne sind immer noch hier bei uns! Und warten auf die Übergabe."

„Ja, aber wir haben bei den Tarellis doch auch nichts gefunden", bemerkte Fred. „Mann Freddy, dann hamm die die eben woanders hingebracht. Sicher wissen wir doch nur, datt denen der weiße Transit gehört, mit dem Melanie entführt wurde."

„Das ist gut", entfuhr es Friedrich, und Freddy sah den Chef fragend an. „Was ist daran gut, Herr Polizeirat?"

„Wenn die Tarellis das Mädchen noch haben, dann kann man davon ausgehen, dass Melanie noch lebt. Vielleicht haben sie beschlossen die Tochter von Klaus Bulle für ihre eigenen Zwecke gegen die Sorvinos zu nutzen." Friedrich Kaltenberg zeigte sich plötzlich hocherfreut. „Am Montag beginnt die Verhandlung von Mario Sorvino, soweit ich weiß. Bis dahin wollen die Melanie in ihren Händen haben, schätze ich." Wieder sah Fred den Chef fragend an, und dieser verstand. „Klaus Bulle wird als Zeuge aussagen. Von seiner Aussage könnte es abhängen, ob und für wie lange Mario Sorvino einfährt." Jetzt hatte Fred verstanden. „Dann treten wir jetzt in die heiße Phase ein?" Johnny nickte, denn die Vorstellung gefiel ihm. „Bis zu dem Zeitpunkt von Bulles Aussage in Düsseldorf, is seine Tochter relativ sicher. Und bis dahin, müssen wa se finden."

*

Johnny lag mit offenen Augen auf seinem Bett. Er starrte an die Decke, während der makellose, nackte Körper der Restaurantchefin sich an den seinen schmiegte. Es hatte eine ganze Weile gedauert, bis beide wieder richtig atmen konnten, denn heute war das Liebesspiel wohl eher ein heftiger Kampf gewesen. „Ich hatte schon lange nicht mehr so einen guten Liebhaber im Bett", schmeichelte Uli dem um einige Jahre jüngeren Johnny. Natürlich ging ihm das runter wie Öl. „Sag mal Johnny, stört es dich nicht, dass ich älter bin", fragte Uli plötzlich, und richtete sich auf. Sein Blick fiel auf ihre schönen Brüste. Das waren die Brüste einer Zwanzigjährigen, straff und schön geformt. Genau wie der Rest ihres Körpers. Dazu war sie klug, und auch dies gefiel Johnny. Hinzu kam noch, dass er es nicht mehr ertrug allein zu sein. Die Zeit mit Anja hatte vieles verändert. Und Johnny hatte sich daran gewöhnt. „Es stört mich, wenn du so dummes Zeug redest. Natürlich stört es mich nicht, dass du älter bist. Du bist eine schöne Frau, und du liegst in meinem Bett." Da legte sie sich auf ihn, begann ihn zu küssen. Ihre Hand griff nach seinem besten Stück, und das Spiel begann von vorn.

Als Johnny erwachte, lag Uli seitlich an ihn geschmiegt. Ihr Arm lag quer über seiner Brust, der Kopf lehnte an seiner Schulter, und er hatte Schwierigkeiten sich zu drehen, um auf den Wecker zu schauen. Es war gerade sieben Uhr durch. Eingeschlafen war er gegen Drei.
Uli war unersättlich gewesen, hatte ihn immer wieder auf's Neue erregt, so dass sie bis tief in die Nacht gevögelt hatten. Kurz bevor er dann erschöpft eingeschlafen war, war sein Blick auf den Wecker gefallen. Drei Uhr!
„Mann, nur vier Stunden geschlafen", grunzte Johnny leise. Vorsichtig pellte er sich aus der Decke, und setzte sich auf den Rand des Bettes. Er wandte sich um, und besah sich die schlafende Blondine. War sie seine neue Anja? Johnny verzog sein Gesicht. Der Sex war gut, das passte. Aber sonst trennten die beiden Welten! Wie lange würde das gut gehen? Er erhob sich und ging ins Badezimmer.

Als er zurück ins Schlafzimmer kam, war Uli wach. „Warum bist du aufgestanden?", fragte sie, und Johnny zeigte zur Klotür. „Musste pinkeln."
„Dann komm wieder ins Bett. Ist so gemütlich", forderte sie, und Johnny ahnte, was geschehen würde. „Du, der Tank is echt leer", sagte er. „Ich bin ausgelaugt, hatte heute Morgen nicht mal ne Latte. Lass uns lieber Frühstücken!" Ulrike sah ihn ein bisschen beleidigt an. Das war ihr auch noch nie passiert, dass einer sie nicht vögeln wollte. Johnny nahm seine Unterhose, die vor dem Bett lag, und ging zurück ins Bad. „Ich geh mich ma waschen."

„Wa ne schöne Nacht! Bissken wenich Schlaf, abba schön", sagte Johnny, als sie in der Küche am Tisch saßen und frühstückten. Sie lächelte, und biss in ihren Toast. Johnny hatte eigentlich eine Bemerkung der schönen Blondine erwartet. Aber er täuschte sich. Sie schwieg, und schien beleidigt zu sein. „Was hältst du davon, wenn wa datt Wochenende zusammen verbringen?", fragte er, und dachte dass ihr das gefallen würde. Doch Ulrike hielt sich zurück. „Oh, das kann ich noch nicht sagen. Ich habe Samstag und Sonntag Schicht bis achtzehn Uhr." So langsam beschlich Johnny ein merkwürdiges Gefühl. „Sach ma, watt is los mit dir?"
„Nichts", kam die knappe Antwort. „Gut!" Johnny war nicht doof, er hatte verstanden. Schweigend frühstückten sie zu ende. Dann verließ Ulrike die Wohnung mit einem kalten Gruß. Bald darauf fuhr der knallrote Porsche 944 vom Parkplatz des Hochhauses. Und irgendwie wusste Johnny dass er die Frau nicht wiedersehen würde.

*

Die Reaktion auf die Durchsuchung der Sorvino Villa ließ nicht lange auf sich warten. Schon am Freitagmorgen klingelte bei Klaus Bulle das Telefon. Seine Frau nahm ab, und hörte eine Stimme sagen: „Wenn Klaus Bulle gegen Don Sorvino aussagt, ist das Mädchen tot! Wird Don Sorvino verurteilt, ist das Mädchen tot!" Dann klickte es. Daraufhin bekam die Frau des Hauptkommissars einen Schwächeanfall, was zur Folge hatte, dass die Nachricht von dem Anruf erst gegen Mittag in der Hauptwache ankam. Dass die Sorvino Brüder geblufft hatten, konnte dort natürlich keiner wissen. Denn sie hatten Melanie Bulle immer noch nicht in ihrer Gewalt. Die Tarellis dagegen blieben ruhig und gelassen. Sie hatten die Durchsuchung über sich ergehen lassen, und schienen sich nun wieder ihrem Restaurant zu widmen. Außerdem warteten sie darauf, dass ihr Sohn Pasquale von der Pathologie freigegeben würde, um diesen beerdigen zu können. Wovon weder die Polizei noch die Sorvinos wussten, war der Schwur den Guiseppe Tarelli seiner Frau Maria geleistet hatte. „Bevor wir Pippo zu Grabe tragen, wird der Mörder seine Schuld bezahlen!"

Im Büro Dreizwölf im Präsidium an der großen Kreuzung im Stadtteil Buer, dem alten Gebäude mit den aus Stein gemeißelten Bergmannsfiguren an den Ecken, und der großen Freitreppe, zermarterten sich zwei Beamte über den Verbleib des jungen Mädchens den Kopf. Johnny saß auf seinem Drehstuhl, und blätterte in der Aktenmappe. Für den Fall der Fälle hatte hier Polizeirat Kaltenberg sogar noch einen Durchsuchungsbeschluss gebunkert. Immer wieder las der Hauptkommissar die Aussagen der Befragten durch, in der Hoffnung einen kleinen Hinweis zu finden. Im Radio flog gerade der Gruppe Spliff das Blech weg, als Johnny aufblickte, und seinen Kollegen ansah. „Ich glaub mir

fliecht auch datt Blech wech!" Johnny starrte auf die
Aussage von Peter Brunnen.

Freddy verstand nicht, und sah Johnny fragend an. Er erhob
sich und ging zur Schreibmaschine.

„Also, einet steht fest, die Sorvinos haben Melanie nich.
Und ich glaube, ich weiß auch warum."

Der Hauptkommissar stand auf, ging zur Kaffeemaschine
und schenkte sich nochmal von dem heißen Gesöff nach.

„Die Tarellis brauchen Melanie als Köder."

„Warum als Köder? Wofür?"

„Mensch Freddy, ich habe mich die ganze Zeit gefracht,
warum die datt Mädchen trotzdem entführt haben, wenn sie
doch nix mit der Sache zu tun haben wollten. Glaubs du, der
alte Guiseppe lässt sich seinen Sohn erschiessen, ohne daruf
zu antworten?" Nun redete Johnny Tacheles, und Freds
Gesicht erhellte sich. „Du glaubst, der Tarelli will Rache?"

„Na kla, Mann", rief Johnny kopfnickend, „der will den
Mörder seines Sohnes in die Hände bekommen. Nur aus
dem Grund hat der die kleine Bulle überhaupt entführt."

Freddy hatte sich zurückgelehnt, und schrieb schon eine
Weile nicht mehr. Das Tippgeräusch war längst verstummt.

„Du könntest Recht haben. Aber wo ist Melanie? Bei den
Tarellis ist sie jedenfalls nicht!"

„Mia Tarelli!", sagte Johnny knapp.

„Ja, was ist mit der?", wollte Fred Rudnick wissen. „Sie hat
Melanie Bulle!" Johnny war sich sicher. „Mia und ihr Mann
haben auch ein Restaurant. Er hat et erzählt, als er datt
Gemüse ausgeladen hat. Und genau da, wird Melanie
gefangen gehalten."

Der Hauptkommissar zog eine Schublade auf, und wühlte
darin herum. „Ah, da ist et." Er knallte den Wälzer von
Telefonbuch auf den Schreibtisch und begann darin zu
blättern. „Brunnen", nannte er laut den Namen von Mias

Ehemann. „Hier Peter Brunnen! Restaurant Zum goldenen Brunnen!" Er las die Adresse vor.

„Ziemlich bescheuerter Name", urteilte Freddy, über die Namensschöpfung.

Johnny nahm noch einen Schluck Kaffee, stellte dann seine Tasse ab, und griff nach dem Durchsuchungsbefehl. Er zog seine Bessie aus dem Holster, überprüfte die Trommel mit den sechs Schuß, und schob den Revolver zurück in das Leder. „Na los, komm!"

*

V. GUISEPPES VERGELTUNG

Die beiden Ermittler verließen das Präsidium am Freitagmorgen gegen zehn Uhr, und traten auf den Hof, wo die Autos standen. „Willst du nicht die Kavallerie mitnehmen?", fragte Fred, doch Johnny winkte ab. „Ne, lass ma. Datt machen wa allein!"
Kurz darauf fuhr der weinrote BMW Richtung Norden durch den Stadtteil Hassel. Sie sahen bereits die Felder, links und rechts der Landstraße, die nach Polsum führte, als sie auf der linken Seite an dem Bordstein hielten. Der Motor verstummte, die beiden Beamten stiegen aus, und traten auf den Bürgersteig. Zwischen einem Wohnhaus und einer Spielhalle, lag das Restaurant „Zum goldenen Brunnen".
„Zum goldenen Brunnen. Italienische Spezialitäten", las Fred die Leuchtreklame über der Tür. „Merkwürdiger Name für ein italienisches Restaurant." Mittig der Hausfront befand sich zwischen zwei großen bunten, bleiverglasten Fenstern, die dreistufige Treppe zur Eingangstür. Diese war aber abgesperrt, denn das Restaurant hatte noch geschlossen. Auf der rechten Seite der Hausfront befand sich ein weiterer, durch eine ebenfalls dreistufige Treppe zu ereichender Eingang. Dieser führte in ein Treppenhaus, das in die oberen Stockwerke zu den Wohnungen führte. Sie schellten ganz oben, denn Johnny wollte zuerst einmal in das Haus gelangen. Im oberen Stockwerk wohnten zum Glück Mieter, die nicht dem Clan angehörten. Und so erhielten sie tatsächlich Einlass, ohne Fragen beantworten zu müssen, denn eine Gegensprechanlage gab es in dem Haus nicht. „Wer issen da?", rief eine weibliche Stimme von oben durch den Hausflur. Johnny legte seinen Finger auf den Mund, denn Fred wollte gerade losplärren, blieb

aber dann still. „Oh wartet, ihr Blagen, irgendwann erwisch ich euch beim Klingelmännchen machen. Dann hat der Arsch abba Kirmes!"

Jetzt war wieder Ruhe im Hausflur. Johnny ging den Gang nach hinten entlang. Dort war eine Tür mit einem kleinen Fenster, die wohl auf den Hof oder in einen Garten führte. Er blickte kurz hinaus, drehte sich dann wieder um, und stand vor der Kellertür. Das fand Johnny interessant. „Freddy, hier", flüsterte er, als plötzlich die Stahltür auf der rechten Seite des Flurs geöffnet wurde. Fred konnte sich gerade noch in die Ecke vor die Kellertür zwängen, wo bereits Johnny stand. Peter Brunnen trat aus der Gaststätte in den Flur, nahm ein dreißig Liter Alufass, welches dort stand, und schleppte es in das Restaurant. Dann kam er zurück, und schloß die Verbindungstür wieder. Freddy atmete tief ein. „Los, wir sehen uns erstmal im Keller um", schlug Johnny vor, und öffnete die Kellertür. Eine lange Treppe führte hinunter.

Ein langer Gang, mit gegenüberliegenden Türen lag nun vor ihnen. Johnny griff an den Lichtschalter und es wurde hell. Alle Türen waren weit geöffnet. Nicht eine war verschlossen, wo man gedacht hätte, dass dort jemand gefangengehalten werden könnte. In dem einen Raum standen große und kleine Fässer. Dieselben Alufässer wie Peter Brunnen eines in das Restaurant geschleppt hatte. In einem Raum standen Tische, und eine alte Theke. In einem anderen Raum standen Stühle. Wahrscheinlich hatten sie kürzlich die Bestuhlung des Restaurants ausgetauscht, und lagerten hier die alten Stühle. In einem weiteren Raum standen Regale, die mit Konserven, Kanistern und allen möglichen Lebensmitteln gefüllt waren. Und plötzlich zischte Fred herüber. Johnny sah ihn fragend an, und trat dann zu seinem Kollegen. Dieser stand vor einer Kiste. Einer großen, mannshohen Kiste. Diese bot genügend Platz, dass dort drinnen ein Mensch, zum Beispiel auf einem Stuhl sitzen konnte. Johnny klopfte gegen das Holz, und horchte. Doch er bekam keine Antwort. Da sahen sich die beiden Männer mit ernsten Gesichtern an. Melanie Bulle war schon seit mehr als einer Woche verschwunden. Kein gutes Zeichen, fanden die Beamten!

Johnny ging nun suchend durch die Räume. Irgendwo musste er doch Werkzeug oder wenigstens ein Brecheisen finden. Diese Kiste ließ ihm nun keine Ruhe mehr. Und als er durch den Raum mit den Stühlen ging, fand er ganz hinten tatsächlich ein Beil. Es lag neben einem Haufen Kleinholz, oder besser gesagt, alten Stühlen, die jemand begonnen hatte zu Kleinholz zu machen. Johnnys Freude war jedenfalls groß. Er schnappte sich das Beil, und lief zurück in den anderen Raum. Mit zwei gezielten Schlägen zerschlug er das Schloß, und die Kiste ließ sich öffnen. Mit angehaltenem Atem standen die beiden Ermittler da, als sie die Klappe öffneten. Ihre Anspannung fiel von ihnen ab, als sie in die Kiste sahen. Sie war leer!

Fred sah Johnny an und nickte lächelnd. Irgendwie war ihm ein Stein vom Herzen gefallen. Zwar hatte keiner etwas gesagt, aber befürchtet hatten sie dasselbe.

In dem Keller hatten sie das Mädchen jedenfalls nicht gefunden, und gingen nun leise die Trepep hinauf. Johnny löschte das Kellerlicht, und trat in den Flur. „Restaurant?", fragte Fred, doch Johnny schüttelte seinen Kopf. „Die Wohnung!" Da hörten sie plötzlich wie oben die Tür geöffnet und wieder geschlossen wurde. Schritte kamen die Treppenstufen hinunter, und die beiden Ermittler drängten sich wieder zurück gegen die Kellertür. Es war Mia, die zur Verbindungstür trat, doch als sie zur Klinke greifen wollte, wurde die Tür von innen geöffnet. „Is watt?", fragte Peter Brunnen, als er seine Frau sah. „Pappa hat angerufen", sagte

die schwarzhaarige Italienerin. „Wir sollen sie heute rüberbringen." Erstaunt sah Peter sie an. „Auf einmal?"
„Er sagt, nach dem die alles durchsucht haben, dürfte die Luft wohl rein sein", erklärte Mia die Worte ihres Vaters.
„Na, dann sind wir se wenichstens los", zeigte sich der Wirt erfreut. „Nochma mach ich sone Scheiße nich mit!"
„Da werden se wohl auch so schnell nich zu kommen, Herr Brunnen." Johnny trat hinter der Ecke hervor in den Flur.
Mia Brunnen erschrak, und Peter Brunnen lief in das Restaurant. „Nimm sie fest", rief Johnny, und spurtete dem blonden Wirt hinterher. Dieser verschanzte sich hinter der Theke, und kramte eine Pistole aus einer Schublade. „Bleib mir vom Hals, Bulle!"
Johnny warf sich hinter einen Tische, den er gekippt hatte. Er hatte die Mündung der Pistole gesehen, und rief nun zur Tür: „Freddy pass, auf der is bewaffnet."
Mia hatte der Kommissar bereits die Hände auf dem Rücken mit Handschellen gesichert. „Machen sie keinen Fehler, Herr Brunnen", rief er in das Restaurant. Johnny kauerte an der linken Seite des Tisches, hatte Bessie in der Hand, und hoffte, dass Peter Brunnen zur Vernunft kommen würde.
„Schieben se die Pistole hier rüber! Bitte!" Doch die Antwort, die Johnny bekam gefiel ihm gar nicht. Ein Schuss krachte, und ein Projektil schlug neben Johnny in die Tischpaltte ein. Mia schrie auf. „Peter, nicht!"
„Letzte Warnung, Brunnen!" Johnny hob seine Bessie, um zu zielen. „Die Waffe fallen lassen, und zu mir schieben."
Da erhob sich Peter Brunnen, und zielte mit der Pistole, doch Johnny ließ seine Smith & Wesson krachen. Peter Brunnen schrie vor Schmerz auf. Seine Frau vor Schreck. Jetzt flog die Pistole durch den Gastraum, bis vor den umgekippten Tisch. Johnny erhob sich, und trat zu der Theke. An diese gelehnt, hockte Peter Brunnen und hielt sich den Arm. Blut tränkte sein Hemd und färbte es rot.

„Mann, Mann datt hätten se sich auch ersparen können."
Nun kam Mia Brunnen in den Gastraum gestürmt, und
Freddy hinter ihr her. „Peter, bist du verrückt geworden",
blaffte sie ihren Ehemann an. „Ja, datt hab ich mich auch
gefracht." Der Hauptkommissar nahm einen Lappen von
der Theke, knüllte ihn zu einem Ball zusammen, und reichte
ihn dem Brunnen. „Hier, auf die Wunde drücken!" Dann
wandte er sich dem Kollegen zu. „"Geh zum Auto, und ruf
die Kavallerie, und einen Krankenwagen." Freddy nickte,
und verließ, den Gastraum. „Und sie setzen sich da hin",
befahl er Mia, die nun auch folgte.

*

Es dauerte gar nicht lange, da drang auch schon das
Martinshorn der herannahenden Kollegen an Johnnys Ohr.
„So, letzte Chance! Wo is Melanie Bulle?"
Der Hauptkommissar sah das Ehepaar streng an. Er zog den
Durchsuchungsbeschluss aus seiner Gesäßtasche, und hielt
diesen den beiden unter die Nase. „Wir werden se finden,
datt können se mir glauben."
Fred hatte die Tür zur Straße geöffnet. So kamen zuerst die
uniformierten Kollegen, und dann auch die Sanitäter und ein
Notarzt ins Haus. Diese kümmerten sich sofort um den
angeschossenen Peter Brunnen. „Nur ein Streifschuss im
Oberarm", stellte der Notarzt fest, der dem Krankenwagen
gefolgt war. Johnny wandte sich noch mal den beiden
verhafteten zu. Doch diese schwiegen weiter. Da zuckte er
mit den Achseln. „Komm Freddy!"
Die beiden Ermittler gingen die Treppe hinauf in das erste
Stockwerk. Die Wohnungstür war verschlossen, doch durch
so etwas ließ sich Hauptkommissar Thom jetzt nicht mehr
aufhalten. Es krachte laut, als der Cowboystiefel gegen das
Schloß trat. Die Tür sprang auf und schlug gegen die Wand.

197

Die beiden Polizisten betraten, mit gezogener Waffe, die Wohnung der Familie Brunnen. Musik drang an ihre Ohren. Fräulein Menke sang „Tretboot in Seenot". Johnny begann zu grinsen. Langsam gingen sie von Raum zu Raum, und begannen die Schränke zu öffnen. In der Küche fanden sie dann auch das Radio. Besonders groß war die Wohnung nicht. Ein Wohnzimmer, ein Schlafzimmer, ein kleines Zimmer, und die Küche. Das kleine Zimmer war als Kinderzimmer eingerichtet. Aber die Tochter war wohl im Kindergarten oder Schule. In den anderen Räumen fanden sie nichts, was auf Melanie Bulle hingewiesen hätte. Johnny setzte sich auf die Lehne der Couch im Wohnzimmer. Man sah ihm seinen Ärger an. „Das gibt es doch nicht", beschwerte sich Fred nicht weniger verärgert. „Ich hätte wetten können, dass wir sie hier finden." Johnny nickte zustimmend. „Deswegen war der Brunnen so siegessicher. Ich hätte vielleicht doch besser zielen sollen."

„Na, ich weiß nicht! Damit wären wir jetzt auch nicht weiter", zweifelte Fred an Johnnys Bemerkung, die dieser natürlich nicht ernst gemeint hatte. „Na, gut. Gehen wir." Sie traten auf den Flur hinaus, und da stand plötzlich die Nachbarin aus dem obersten Stockwerk vor ihnen. „Watt is denn hier los?", wollte sie wissen. „Hatt da jemand geschossen?" Johnny nickte. „Ja, da hatt jemand geschossen." Er wollte sich abwenden, drehte sich aber noch mal zurück. „Sagen se ma, hamm se hier im Haus vielleicht in den letzten Tagen ein Mädchen gesehen? Blond, schlank, und so vierzehn Jahre alt?"

„Ja, hab ich!"

Nun stand Johnny starr vor der Frau. Er sah Freddy an. „Hatt se!", sagte er ruhig, und Fred nickte. „Hatt sie!"

„Und wo hamm se die gesehen?", fragte Johnny weiter.

„Im Garten", antwortete die Frau. Mit der Mia is se da rumspaziert."

„Wann?", hackte Fred nach. „Keine Ahnung", sie begann zu überlegen. „Ich glaub, datt erste ma hab ich die am Samstach gesehen."

„Letzte Woche Samstag?", fragte Fred. Da sah die Frau ihn mitleidig an. „Ne, diesen Samstach!"

Da schüttelte der Kommissar den Kopf. „Das ist doch erst morgen!" Johnny musste grinsen.

„Ja, ebend! Natürlich letzten Samstach", schnauzte die Frau den Kommissar an. Beeindruckt war sie jedenfalls von ihm nicht.

„Und sons noch?", wollte Johnny wissen.

„Na ja, datt wa datt einzige ma am Tach. Danach immer nur spät abends."

„Is ihnen datt nich merkwürdich vorgekommen?" Johnny sah die Frau eindringlich an. „Warum? Ich hab gedacht, datt wär Besuch von den Brunnen. Manchma kommt von dem Pedder schon ma die Familie zu Besuch.Is datt nich den Pedder seine Cousine ihre Tochter?" Fred schüttelte seinen Kopf. „Nein, das ist sie nicht!"

Dies war für Johnny Thom eine einleuchtende Erklärung, die die Zurückhaltung der Nachbarin durchaus begründete. Und dann überkam ihn plötzlich ein Gedanke. Der kurze Blick durch das kleine Fenster in der Hoftür, schoß ihm durch den Kopf. „Mensch, Freddy", sagt er, und lief die Treppe hinunter. „Watt is denn mit dem jetzt?", fragte die Frau, und sah Johnny nach. „Äh… ja, dann danke erstmal. Wir melden uns nochmal, wenn wir noch Fragen haben." Er nickte zum Gruß, und folgte seinem Kollegen die Treppen hinunter.

Johnny stand bereits auf der Hoftreppe und sah nach rechts, wo unter einem hohen Carport, der weiße Ford Transit stand. „Was macht der denn hier?" Freddy war erstaunt, das Fahrzeug ausgerechnet hier zu sehen.

„Mit dem hat der Brunnen sie hergebracht, und zwar am Samstach."

„Aber warum hat er den Wagen nicht wieder zu den Tarellis zurückgebracht?", fragte Fred. „Die Karre verrät ihn doch nur."

„Richtich, Freddy! Falscher Fehler, den der Pedder da gemacht hat. Sie ist hier, da bin ich mir jetz sicher. Und ich weiß auch wo!" Er sah in den großen Garten hinein. Schweigend blieb der Kollege neben Johnny stehen. Dieser hob den Arm, und zeigte in den langen Garten, zwischen die Bäume. „Da hinten!" Ganz weit hinten stand eine Laube. Diese hatte Johnny bei seinem kurzen Blick durch die Scheibe der Hoftür gesehen, bevor sie in den Keller gegangen waren. Er hatte sie nur nicht wirklich als solche wahrgenommen. Erst die Aussage der Nachbarin, hatte es bei ihm klingeln lassen. Johnny ging die Stufen hinunter, und zwischen den vielen Obstbäumen auf die Laube zu. Freddy folgte ihm.

Die Laube war nicht besonders groß, und zum größten Teil von zwei Bäumen und Sträuchern verdeckt. Die Fenster waren mit hölzernen Fensterläden verschlossen, und auch die Tür war versperrt. Wieder überkam die beiden Polizisten dieses beklemmende Gefühl. Johnny trat auf die Terrasse und klopfte kräftig gegen die Tür. Zuerst blieb es ruhig. „Melanie", rief er. „Melanie Bulle! Hier ist die Polizei!" Und dann drang ein Stöhnen und Grunzen an ihre Ohren. „Da ist jemand drin", stellte Fred fest. Kaum hatte er ausgesprochen, da flog die Laubentür auch schon krachend gegen die Wand. Johnnys Stiefel widerstand keine Tür. Zum mindest keine Holztür, wie die dieser Laube. Er stürmte hinein, und sah ein blondes Mädchen auf einem Stuhl sitzen. Auf einem Tischchen stand eine kleine Nachttischlampe. Daneben lag ein Buch. Das Mädchen trug an einem

200

Fußgelenk eine verschlossene Manschette mit einer Kette daran, die an der Wand befestigt war.

Sie sah mit verweinten Augen auf. „Wir sind Kollegen deines Vaters, und kommen, um dich zu holen", sagte Fred Rudnick, und hätte fast angefangen zu weinen. Das Mädchen sprang auf, und fiel dem Kommissar um den Hals.

*

Johnny und Fred hatten Melanie in den BMW gepackt, und waren mit ihr nach Buer ins Krankenhaus gefahren, da der Notarzt und der Rettungswagen schon abgezogen waren. Fred verstand zwar nicht, was sein Kollege vorhatte, aber er vertraute ihm. Sie betraten mit dem Mädchen die Ambulanzabteilung, und riefen sich einen Arzt heran. Mit etwas Überredungskunst und seinem Dienstausweis, konnte Johnny Thom einen Arzt davon überzeugen, dass Melanie jetzt und sofort untersucht werden musste. Trotzdem mussten sie noch eine Dreiviertelstunde warten, bis Melanie Bulle aus dem Behandlungsraum kam. Der Arzt trat auf Johnny zu und lächelte. „Es geht ihr den Umständen entsprechend gut. Trotzdem würde ich sie lieber ein paar Tage zur Beobachtung hier behalten." Doch Johnny wiegelte ab. „Ne ne, wir wollten nur sicher gehen, datt et ihr gut geht. Jetz kann se nach Hause zu ihren Eltern."

Bevor sie ins Präsidium fuhren, schlug Johnny erst ein anderes Ziel vor. „Haste Hunger?" Das Mädchen nickte heftig. „Ok, fahren wa watt essen."

Bald darauf parkte der weinrote Nullzwo vor der Wäscherei in Erle, und die drei Insassen des BMW saßen an einem der Tische in der Imbissstube. „Dreima Pommes Currywurst Mayo, und drei Cola", rasselte Rosie die Bestellung runter, und stellte die Teller auf den Tisch. „Lasst et euch schmecken!"

Es war fast vierzehn Uhr, als die drei Personen durch den kühlen Flur zum Büro Dreizwölf gingen. Doch kaum hatten sie die Tür geöffnet rief ihnen Polizeirat Kaltenberg verärgert entgegen: „Verdammt nochmal! Wo kommt ihr jetzt her? Die Kollegen haben mich schon vor zwei Stunden über den Einsatz informiert. Die Brunnens sitzen längst unten ein. Aber von euch fehlt jede Spur." Friedrich saß auf Johnnys Stuhl, und sein Blick suchte nach Melanie Bulle, die sich hinter Fred versteckte.

„Melanie hatte Hunger. Da warn wa watt essen. Bei de Rosie", beruhigte Johnny seinen Chef. „Abba jetz sind wa ja da." Plötzlich wurde Friedrich ganz ruhig. „Ihr habt das Mädchen tatsächlich gefunden und befreit!" Johnny nickte. „Datt wolltesse doch. Wir warn auch schon beim Arzt. Melanie geht et gut! Du kanns jetz den Bulle Bescheid geben, er kann seine Tochter abholen."

Da nickte der Polizeirat zufrieden. „Und entführt haben die Brunnens das Mädchen?", fragte er. „Tja, sicher bin ich da nich", antwortete Johnny. „Einen Grund hatten eigentlich nur die Tarellis. Warum es der Schwiegersohn getan hat, weiß ich nich. Und der Schwiegersohn hat se auch in seiner Gartenlaube festgehalten."

„Und was wird jetzt mit den Tarellis?", fragte Friedrich. Johnny zuckte mit den Schultern. „Keine Beweise! Wenn der Peter Brunnen oder seine Frau nix sagen, kommen wir nich an die Tarellis ran." Da erhob sich Friedrich Kaltenberg und ging zur Tür. „Gute Arbeit, Jungs." Er sah das Mädchen an. „Dann komm mal mit mir, wir wollen deine Eltern anrufen." Da ging sie nochmal zu Fred und umarmte ihn. Dann lief sie hinaus. Johnny sah ihr hinterher. „Und watt is mit mir?"

Eigentlich war Johnny hoch zufrieden, als er auf den Parkplatz vor dem Hochhaus fuhr. Er schloß den BMW ab, und ging die Treppen zum Eingang hinauf. Zog seinen Haustürschlüssel aus der Tasche und schloß auch die Eingangstür auf. Dann traute er seinen Augen kaum. Der Fahrstuhl, er funktionierte wieder. Er zog die Tür auf und trat ein. Sollte er es wirklich wagen? Johnny drückte auf die Taste mit der Vier. Die Innentür schob sich zu, und der Fahrstuhl setzte sich in Bewegung. „Oh, Mann, das fühlt sich an wie ne Seilfahrt auffm Pütt." Ganz Geheuer war Johnny die Fahrt nicht, denn das Ding wackelte gehörig. Er war heilfroh, als er vor seiner Wohnungstür stand, öffnete diese und trat ein. Freudig begrüßt wurde er von dem weißen Kater Mr. Flocke, der sich natürlich jeden Abend auf ihn freute. Die Smith & Wesson verschwand in dem kleinen Safe im Sideboard im Korridor. Die Lederjacke warf Johnny an den Haken. „Na, dann komm ma." Gefolgt von Mr. Flocke ging er in die Küche, nahm eine Schale Katzenfutter aus dem Schrank, und füllte den Inhalt in den Futternapf. Dann stellte er noch einen Napf mit frischem Wasser hin, trat an den Kühlschrank, und nahm eine Flasche Ginger Ale heraus.

Als er sich seinen Ginger Tully gemischt hatte, nahm er im Wohnzimmer Platz, und machte den Fernseher an.

Plötzlich klingelte das Telefon im Schlafzimmer. Johnny drehte den Kopf. Er stellte sein Glas auf den Tisch, und ging zum Bett. Dort setzte er sich auf die Kante, und nahm den Hörer ab. „Thom", nannte er seinen Namen, und hatte nun erwartet die Stimme der blonden Uli zu hören.

„Hallo Johnny", drang eine ihm bekannte Stimme an sein Ohr. „Anni? Du?"

„Ja, ich! Ich musste deine Stimme hören." Eigentlich verspürte er plötzlich den Drang sofort aufzulegen. Doch er tat es nicht. „Watt wills du von mir?"

„Es… es ist alles so fremd hier in Kanada. Und Tobias ist so anders. Auf einmal! Und überhaupt, die von Drängens sind hier so merkwürdig", jammerte Anja. „Ich glaub ich will nach Hause!"

*

Es war kurz vor Zwölf in der Nacht von Freitag auf Samstag. Der letzte Gast hatte das Bella Napoli bereits verlassen, und die Küche war bereits aufgeräumt, als zwei Männer das Restaurant betraten. Tino Tarelli stand hinter dem Tresen, den er gerade gesäubert hatte, und hatte die beiden Männer sofort erkannt. Die späten Gäste traten näher. „Hallo Tino", grüßte der größere von beiden. „Hallo Luigi", antwortete Tino Tarelli, und seine Hand tastete sich suchend unter dem Bartresen entlang. „Was wollt ihr hier? Reicht euch der Tod meines Bruders Pippo nicht?"
In diesem Moment hörte Antonio in der Küche die Stimmen in dem Schankraum. Er ging zu der Schwingtür, und sah vorsichtig durch das Bullauge hinaus in den Schankraum. Er wandte sich um. „Pappa", machte er seinen Vater auf die Männer aufmerksam, und zeigte nach draußen. Nun trat auch Guiseppe heran, und sah hinaus. Und der alte Restaurantbesitzer verstand sofort.
„Ach Tino, Tino. Du weißt doch genau was ich will", sprach Luigi Sorvino. Ihr habt für uns einen Auftrag ausgeführt, und nun frage ich mich, warum das Mädchen noch nicht bei uns angekommen ist?"
„Ja, weißt du, Tino, das macht meinen Vater ganz schön wütend, denn bald ist seine Verhandlung, und da brauchen wir die Kleine dringend in unserer Hand", fügte der jüngere Sorvino Bruder Adriano hinzu. „Also, gebt das Mädchen heraus. Wir geben euch bis morgen Mittag Zeit, die Kleine bei uns abzuliefern", verlangte Luigi Sorvino drohend.

„Was sonst?", fragte Tino herausfordernd. „Sonst wird der nächste Tarelli dem Pippo folgen", sagte Adriano, zog plötzlich einen verchromten Revolver aus seinem Hosenbund, und fuchtelte drohend mit der Waffe herum. Da wurde die Schwingtür aufgestossen, und Guiseppe trat heraus. Adriano erschrak, drehte sich dem Guiseppe zu, und hob den Revolver um zu zielen. Da krachte ein Schuß! Das Projektil hatte Adriano Sorvino in die Brust getroffen. Er sackte zu Boden, und sein Revolver fiel ihm aus der Hand. Luigi blickte kurz auf seinen sterbenden Bruder, überlegte nicht lange, und lief aus dem Restaurant. Guiseppe Tarelli zielte dem flüchtenden Luigi Sorvino hinterher, doch Antonio drückte den Arm seines Vaters nach unten. „Lasciateci in pace e andate all'inferno (Lasst uns in Ruhe, und fahrt zur Hölle)!" Voller Wut rief Guiseppe dem Sorvino Sohn hinterher, doch Luigi war bereits auf der Straße, wo in einem Auto sein Bruder Frederico, und zwei Männer warteten.

Es war Samstagmorgen, als das Telefon in der Zentrale im Präsidium in Buer klingelte. Einer der Uniformierten die Dienst schoben, nahm das Gespräch entgegen, und leitetete es gleich an die Kripo weiter. Kurz darauf klingelte das orangfarbene Telefon auf dem Nachttisch in Johnny Thoms Schlafzimmer. Langsam pellte er sich aus dem Kopfkissen, und griff nach dem Hörer. „Thom… äh Hauptkommissar Thom", sagte er mit krächzender Stimme. „Guten Morgen, Johnny. Hier ist Fred. Wir haben eine männliche Leiche auf einem Feld in Scholven." Fred nannte die Adresse. „Ist wohl nur so ein schmaler Weg. Ich fahre dann jetzt los, und erwarte dich dort."
„Ja gut, bis gleich." Johnny setzte sich auf die Kante des Bettes, und prüfte seinen Zustand. Übel war ihm nicht, das war schon mal gut. Kopfschmerzen hatte er auch keine, bis

jetzt. So erhob sich Johnny und ging ins Bad. Gefolgt von dem weißen Kater, der ihn nur ungern alleine ließ.

Nun ging alles recht schnell, und dann stand Johnny auf dem Parkplatz.

Den Tatort musste der Hauptkommissar erst suchen, und so dauerte es ein wenig, bis er den Weg fand, der auf der rechten Seite an einem Wald, und der linken Seite an einem Feld vorbeiführte. Hinter einer Biegung sah er dann einen Streifenwagen, einen Kombi von der Spusi, einen Leichenwagen von der Pathologie in Essen, und Freddys Kadett. Vor dem hellblauen Kadett hielt er seinen BMW. „Na, watt haben wa denn da?", fragte er, als er aus dem Wagen stieg. „Tja, Johnny, da wirst du dich wundern", sagte Fred, und grinste geheimnisvoll. Der Hauptkommissar trat an den Graben neben dem Weg heran, und sah dann seinen Kumpel, den Pathologen Peter Lorenz. „Quincy", grüßte er erfreut. „Na, watt hasse denn da schönet für uns?"

„Na, schön? Ich weiß nich, Sheriff?" Er zeigte auf einen jungen Mann mit schwarzem Haar, und südländischem Aussehen. „Schuß in die Brust." Johnny trat näher heran. Dr. Lorenz reichte Johnny einen Ausweis herüber, und dieser staunte nicht schlecht. „Alter Falter! Adriano Sorvino!"

„Du kennst den Mann?", wunderte sich Peter Lorenz. „Und ob wir den kennen! Na ja, nich persönlich, abba den Namen kennen wa."

„Mit denen haben wir schon seit zwei Wochen zu tun", klärte Fred den Pathologen auf.

„Kannste schon watt sagen?", wollte Johnny wissen, und beugte sich zu dem Toten hinunter. „Also, Tatzeit zwischen dreiundzwanzig und zwei Uhr heute Nacht. Der Tatort ist nicht hier. Man hat ihn hier abgelegt. Die Reifenspuren hat die Spusi gesichert, und den Obduktionsbericht schicke ich euch so schnell es geht rüber."

„Die ganze Sache scheint sich jetz abba ma richtich zu verschärfen." Johnny sah auf den toten Sorvino Bruder. „Du meinst die Tarellis haben…?" Freddy Rudnick zeigte auf den Leichnam, und Johnny nickte sofort. „Na kla, Mann, watt glaubs du denn? Guiseppe Tarelli hat doch nur drauf gewartet, den Mord an seinem Sohn Pippo zu rächen. Und ich schätze bei den Sorvinos is gestern Nacht der Geduldsfaden gerissen."

„So weit ich weiß, ist Montag die erste Verhandlung dieses Don Sorvino in Düsseldorf", stimmte Fred Johnnys Vermutung zu. „Die wollten ernst machen. Dass wir Melanie befreit haben, wissen die scheinbar noch nicht. Und die Tarellis wohl auch nicht." Da wiegte Johnny seinen Kopf hin und her. „Na, ich denke, inzwischen wissen die et. Mia wird sicher heute Morgen ihre Eltern benachrichtigt haben."

„Egal, für die Tarellis war das Mädchen nur ein Köder." Ein bisschen überrascht hörte Peter Lorenz den beiden Ermittlern zu. „Ihr hängt ja ordentlich drin, in der ganzen Geschichte."

Plötzlich drang das Motorengeräusch eines herannahenden Wagens an die Ohren der Männer. Und bald darauf bog ein cremefarbener Opel Senator um die Kurve des Feldweges, und hielt neben Freddys Kadett. „Was will der denn hier?", fragte Fred Rudnick. Johnny richtete sich auf, zuckte mit den Achseln, und ging auf den Wagen zu. „Wahrscheinlich will er sich bei uns persönlich bedanken, Freddy", sagte er grinsend. „Dafür, datt wa sein Töchterlein gerettet hamm." Die Fahrertür wurde geöffnet, und Klaus Bulle stieg aus. „Guten Morgen, meine Herren", sagte der Hauptkommissar aus dem Präsidium in der Innenstadt, und ging schnurstracks an Johnny vorbei zu der Leiche. Er grüßte den Pathologen und besah sich den Toten. „Adriano Sorvino", erkannte er den Toten sofort. „Hat es dich erwischt, du kleine Ratte."

Klaus Bulle begann zu grinsen. Peter Lorenz erschien dies doch ein wenig befremdlich. „Finden sie das witzig, Herr Hauptkommissar?"

Da nickte Klaus Bulle. „Oh, Herr Doktor, wenn sie wüssten, was für ein Stück Dreck dieser junge Mann war, würden sie mich verstehen. Er war ein kaltblütiger Killer! Ohne Gewissen und ohne Skrupel"

In der Zwischenzeit war auch Bulles Beifahrer ausgestiegen. Er hatte sich als Frank Lewandrowski vorgestellt, und war sofort zu seinem Kollegen getreten. Fred sah Johnny an. „Was wird das jetzt?"

„Würde mich auch interessieren." Der Hauptkommissar mit den schulterlangen Haaren und den Cowboystiefeln drehte sich um, und trat auf Klaus Bulle zu. „Kollege Bulle, kannste mir ma verraten, watt datt hier wird?"

„Ach so, ja, die Dienststelle Gelsenkirchen Innen übernimmt den Fall ab hier", sagte er in seiner arroganten Art. „Der Fall Sorvino ist immer noch meine Angelegenheit!"

„Ja dann, Kollege! Viel Spaß noch!" Johnny drehte sich um, und unterrichtete seinen Partner. Dann verabschiedete er sich von Dr. Lorenz, und stieg in seinen weinroten BMW Nullzwo. Er steckte den Schlüssel in das Zünschschloß und ließ den Motor röhren, und aus dem Blaupunkt sangen Extrabreit von einer gewissen Annemarie.

*